U0528329

每本书都是一座传送门

次元书馆

OVERLORD ⑮
# 半森妖精的神人（上）

[日] 丸山黄金 著

刘晨 译

新星出版社　NEW STAR PRESS

## 目录

| | |
|---|---|
| *001* | Prologue |
| *015* | 第一章　为了得到带薪假 |
| *119* | 第二章　纳萨力克式旅行景象 |
| *223* | 第三章　亚乌菈的奋斗 |
| *331* | 角色介绍 |

Prologue

教国的国家元首——最高神官长。

六个宗派的最高负责人——六位神官长。

三位机关长——司法机关长、立法机关长、行政机关长。

负责魔法开发、研究的关键人物——研究馆长。

军事机关长——大元帅。

这个集团由共计十二人构成，他们正是教国的最高行政机构。

教国权力最大的人们现在齐聚一堂，而决定国家何去何从的就是他们。

这个房间并不宽敞也不奢华，而且房间中没有一个人面带喜色。

当然，在这种场合下，本就很少会有人乐乐呵呵。不过，来到这里的都是为教国奉献人生的同志，他们彼此之间相识已久，说话时开上一两个玩笑不足为奇。平常他们集会时，气氛也不会如此紧张，可是唯独这一次，他们无论如何也轻松不起来。

"魔导国对王国发起了进攻。不，这样说不对，应该说进攻早就开始了。可怕的魔导国……在进攻开始后的一个月内，就连王国自身都没有发现已经受到了攻击。为我们收集情报的风和水已被摧毁，如果没有'占星千里'，恐怕我们还会发现得更晚。王国的命运可以说已成定数。留给我们的时间没有多少了，我们必须加快吸收冒险者的速度。"

最高神官长看向了土神官长——雷蒙·扎克·洛朗森。

"我们正全力以赴操办此事。"

洛朗森话音刚落，研究馆长便问道：

"眼睁睁看着王国的魔法道具落入魔导国手中太可惜了。能不能想办法把它们搞到手？特别是王国的秘宝，不灭护符、守护铠甲、活力护手，还有——"研究馆长一一细数，说到最后放慢了语速，意思是他接下来要说的才是最重要的那一件，"剃刀之刃。"

"没希望啊。我们现在顾不上这个，能动员的人手毕竟有限，再说我们还得保证王国中的教国国民安全撤离。"

"魔导国就要打过来了。那位战士长去世之后，下一位应该是战士长候补，那个名叫安格……劳……咳咳，现在装备着它们的那个男人好像是叫这个吧？"

听到大元帅的提问，研究馆长又开了腔：

"应该是布莱恩·安格劳斯，确实是他。只要把他本人劫持到教国问题就解决了。看到马径直向着悬崖跑去，谁还会死抓着不放？他应该不至于那么愚蠢吧？一开始他恐怕会感到不快，可是过不了多久，他反而会感谢我们。"

"可是根据我们的调查，他不是您说的那样一位男士啊。"

火神官长——贝雷妮丝·纳格亚·圣蒂尼开了腔，她是最高执行机构中的两名女性之一。

"你对他的评价相当高嘛。"

说这话的是两位女性中的另一位，司法机关长。火神官长闻言微笑着回答道：

"是的，我们神官长不光对那位男士的评价很高，而且认定他不会答应我方的邀请，所以下令避免与他接触。"

"看来他和上一代战士长一样啊——好吧。不看大局，只会感情用事，我实在没法理解他们这种不合理的思维方式。"立法机关长小声嘟囔了这样一句之后，发现好几位同事都向他投来了反感的视线，他赶忙又开口补充道："请原谅，看来我这话说得有些过了火。可我还是要说，从我的角度来看，考虑到今后——考虑到人类的未来，不珍惜生命的行为还是不值得赞赏。在这一点上，不管别人怎么说，我也不会改变我的主张。"

"这一点我也不会否定。"刚才把不快的视线投向立法机关长的几人中，有一位用平和的声调开了口。这位风神官长——多米尼克·伊雷·帕尔图什说道："不过，我们不也有不能退让的底线吗？对他来说那就是底线，仅此而已。"

"圭尔菲老师也赞同那种想法吗？"研究馆长的腔调中带着一丝不满，可是看到枯木一样的老人——水神官长齐内迪那·德兰·圭尔菲点了点头，他只好说道，"……那么，关于此事，我没有什么好说的了。"

"优秀的人才来到我们教国当然是好事，他们现在情况如何？"

已经有几支冒险者小队来到了教国，其中大部分都是秘银级以上，不过根据水明圣典收集的情报，其中也包括一些有潜力的低级别冒险者小队。

"不是很好啊——不对，不是很乐观。"负责安顿冒险者等工作的是光神官长伊冯·加斯那·德拉克鲁瓦。他说道："虽然冒险者们都是因为赞同我们的想法才来到教国，不过我们毕竟抛下了大多数冒险者，这也在——似乎在他们心中留下了芥蒂。"

"不用专门换成敬语。"与会者中有人提出了意见，不过伊冯还是坚决地说道："向前辈表达敬意是理所当然的。"说完之后马上改口道，"是我应该做的。"

确实，只有神官长参加的会议上，他的敬语是想起来就用，想不起来就不用，不过那也是因为他和神官长们的关系比较亲密而已。

"所以——我们认为，最好消除掉冒险者心中的芥蒂。"

"怎么消除？"

回答司法机关长的是土神官长雷蒙：

"芥蒂因为没能救人而生，所以我们认为也能通过救人消除。我们打算先让冒险者前往龙王国，请他们去那里与兽人战斗。"

"如此甚好。"有人赞叹起来。

他们已经得到了情报，龙王国正在接近魔导国，购买了不死者，而且是非常强大的不死者。

如果置之不理，教国在龙王国的影响力将会下降，与此同时魔导国的影响力则会提升。为了防止这样的情况出现，把冒险者派过去称得上是一招妙棋。

不过，也有人对此表示担心："那些冒险者都是我们从王国招揽来的，把他们送到监视不充分的环境下，魔导国会不会从他们口中得知，我们曾经在魔导国与王国的战争期间暗中活动呢？我觉得还是让冒险者们在教国内滞留一段时间比较安全吧？"

"这方面应该不用担心吧。他们已经得知了王国的现状——为抛弃了王国感到后悔，肯定不会做对那么残暴的国家有好处的事。当然，魔导国还是有可能用精神控制系魔法撬开他们的嘴。"

"不，问题应该不在这里。最大的问题是魔导国可能会发现我们国家有能使用'传送'的魔法吟唱者。"

"确实，这倒是。"

"我们虽说是用魔法道具实现了'传送'，实际上冒险者有可能已经看穿了我们的谎话。哪怕我们告诉冒险者不要说出去，谁也说不好情报会在什么地方走漏……最好设法避免魔导国看到我们手中的牌啊。"

"咳咳，咳咳。"水神官长齐内迪那·德兰·圭尔菲咳嗽两声后说道，"……嗯，嗯。抱歉啊。我理解你的想法。不过我觉得，让敌人看到自己手里的牌，同时意味着让对手产生戒心，可以避免敌人采取欠考虑的行动——有震慑敌人的效果，对不对？"

"我也赞同老师的看法。那位三重魔法吟唱者的事就是一个例子。我觉得我们不必过度谨小慎微。"

"哎呀,知道那种情报的人有多少呢?帝国的大魔法吟唱者能用到什么位阶的魔法,人们恐怕只掌握了不准确的情报吧?"

"如果他们是那样的人,关于'传送'的情报,他们恐怕也不会太在意吧?"

人们开始你一言我一语地议论起来,最高神官长看这样议论下去得不出结论,决定投票表决。投票结果是派冒险者们去支援龙王国。

虽说如此,刚刚招揽来的冒险者对教国来说与佣兵没有多大区别,没法指望他们对教国能有多高的忠诚度。所以在场的教国首脑们其实觉得,派遣过去的冒险者就算直接在龙王国扎下根,不再回到教国也不要紧。教国把他们从王国带回来,主要是避免眼睁睁看着人类这个种族中的强者葬送在王国,不是为了强化教国本身。

"要是我们能开发出制造第五位阶以上卷轴的技术,'传送'用起来就方便多了……"

"我们已经花掉了几百年时间,直到现在还没有成功,一步一步慢慢研究吧。"

教国能制造第四位阶以下的魔法卷轴,这是周边国家中只有教国成功掌握的绝密技术,而这样的绝密技术教国有许多种。几百年中,为了保护人类种族,击败比人类更优秀的种族,教国一直在开发新技术。

打个比方，教国成功生成了被人们称为"神之血"的药水，可是性价比太差，目前正在日复一日研究对其进行改良。

"不过话说回来，魔导王为什么做出那样的屠杀行为呢？就算支援圣王国的物资被抢走了，那样做也太过火了吧？这方面军方是如何分析的？"

"那首先可能是示威行为。"

大元帅竖起一根指头开了口，有几人在听到他的话之后点了点头。

"其次，魔导王说到底是个不死者。"

"你可能主张是对生者的憎恶冲昏了他的头脑，不过我反对这种意见。只要看看魔导王以往做的事，就会发现这次的事有点儿不对劲儿，哪怕他是在等开战的机会。"

"是的，我们军部也推测，这种可能性比较小。"大元帅一本正经地说完这句话后，就听到人们你一句我一句地说道，"那你就别绕弯子了啊！""他只是想模仿雷蒙吧？""你这人总是不分时间和场合啊！"

"咳咳……而我们认为可能性最大的是第三种。"大元帅竖起了第三根手指，"和卡兹平原那次一样，他的目的是制造容易出现不死者的地带。"

"有这种可能。"有人这样沉吟了一声。

教国——这个国家信仰系魔法吟唱者很多，而在场者中有很多都是这个国家最高阶的魔法吟唱者，他们对大元帅的这句话有很深入的理解。

魔导王的计划很可能是扩大污秽的大地，然后让其中出现的不死者加入魔导国。正常情况下这种做法行不通，可是魔导国之王同样是不死者，这就成了有可能实现的手段。

他们听说魔导国就是为了这个目的，才把同为污秽大地的卡兹平原纳入领土之内，魔导国或许就是在卡兹平原尝到了什么甜头，于是才采取了这次的做法。

"这样想来——魔导国的下一招棋就能猜到了啊。"

"为什么？"

"在魔导国和评议国之间制造一片污秽的大地，这样一来，魔导国就能得到一道抵御评议国的屏障——"

"为了和教国开战，是吗？"

室内鸦雀无声，与会者都在自己负责的领域比较教国和魔导国，特别是军事实力方面。

人们都满面愁云，没有谁还能保持泰然自若。

人们回想起了上一次会议拿到手的情报，难怪他们脸上会露出这样的表情。不管在谁眼中，卡兹平原上与王国的那一战，魔导国展现的实力都不仅强大得过了头，而且邪恶得过了头。

哪怕动用教国的王牌，也就是包括神人在内的漆黑圣典，恐怕也无法与之抗衡。不仅如此，对他们来说，魔导国依然深不见底，他们越是调查，越是感觉自己在窥探一道无底的深渊。

"不管有多少兵力也不会显得充足，看来我们只能和评议国缔结全面同盟了啊。"

"这样一来，到了紧要关头，他们肯定会派援军来嘛。"

人们脸上都浮现出类似于冷笑的表情。

评议国不可能派来足以拯救一个国家的援军。

这是显而易见的。

两个国家主义主张、目的等完全不同，她们之间不可能实现真正意义上的协作。如果结成同盟，评议国应该会派来援军，可是白金龙王本人恐怕不会前来助阵。

教国和评议国之一如果灭亡，剩下的一方将承受来自魔导国的全部压力。为了避免这样的情况发生，两国全面合作抵抗魔导国才是聪明的做法。可是，如果——这真的只是如果，如果两国联军攻打魔导国，最终取得了胜利，将会怎样呢？取得胜利的那一刻，评议国和教国就会变回彼此的潜在敌国。

同盟双方只要稍微考虑一下战后的问题，都会设法让尽可能多的魔导国士兵流向自己的同盟国，而且同盟导致人员流动增大，谍报战恐怕会比眼下更加激烈。

考虑到这些因素，就算教国与评议国结成同盟，双方也无法全面信任对方。

对最高执行机构来说，思考教国如何单独取得胜利反而比较现实。

而就算教国真的要与魔导国开战，也需要避免发生会导致双方两败俱伤的全面战争，因为这样的结果会使得评议国渔翁得利。

三足鼎立是最理想的状态，可只有力量均衡才能达到这样的状态。

"向魔导国屈膝其实不是个坏主意，蛰伏几十年甚至几百年，设法从内部破坏魔导国就行了。到了几十年、几百年之后，我们也会更了解魔导国的内情。"

"帝国已经成了魔导国的藩国，教国想做魔导国的藩国应该也不是绝对不可能的。看帝国现在的情况，他们似乎也没有落得多么凄惨的下场。"

"可是，我们能说服国民吗？"

"恐怕很困难啊，普通国民不可能愿意，搞不好还会发生暴动。"

"那些愚蠢的家伙镇压下去就行了。"

"喂，这样说太极端了，镇压只是最后的手段。再说，普通国民和我们不一样，他们接触不到所有的情报。"

"这么说，要把我们所有的情报给他们吗？不就是因为以前这样做过导致国民暴动，才把决策方式改成了现在这样吗？"

"不要急嘛，就算魔导国攻陷王都，还得花上很多时间来安抚人心和推行占领政策，我们还有一些时间来考虑今后的问题——"

"不，这可不好说。魔导国已经彻底毁掉了好几座城市和村庄，谁也没法保证他们在王都不会这样做。"

王都居民很多，把这么多的居民全部杀光有些不现实，不过人们也担心魔导国或许做得出来。

"魔导王毕竟是憎恶生命的不死者啊。"

"……他们在耶·兰提尔还尽可能避免出现死者，这让我们有些大意了啊。"

"魔导国把帝国变成自己的藩国，把手伸向圣王国和龙王国，现在又在践踏王国，这样想来，下一个岂不是轮到我们教国了？服从还是死，最老套，但是无法避免的选择题会摆在我们面前。我们为了准备做这道选择题——就算要和魔导国开战，也要先解决一下我们自己的问题。"

"嗯，我们应该尽快消灭那个可恶的精灵。虽然不知道今后我们和魔导国的关系何去何从，可是同时拉开两条战线就太愚蠢了。"

早在魔导国诞生之前，教国就一直分出国力，试图消灭精灵之国。他们之所以没法全力投入魔导国相关的问题，就是因为这个。

"魔导国拥有绝对的军事力量，正面与其为敌是最糟糕的情况，为教国掌舵，为发生最糟糕的情况做好准备，这就是我们的使命。最好在短时间内把那些家伙的问题彻底解决。"

"魔导国的军队还在王国的这段时间里，应该不会对我们下手，不过有可能会来牵制我们，以免我们在发现王国之事后采取行动。他们有可能让国境附近出现不死者,并且将其伪装成自然发生,借此声东击西。这方面我们也有必要进行一定的准备。"

"是啊……同时,我们应该尽可能为人类种族留下更多生存的可能性。"

好几个人面带严肃的表情点了点头。

"让一部分民众避难吧,去我们的希望之地,不对,应该说是绝望的遗迹。"

说是避难,其实教国国民在国外没有可以投靠的国家,而这些人也并不打算让那部分国民变成难民。

教国在国外有唯一一处避难所。这处避难所也称得上是一处避世之乡,本来是人类种族六百年前,只能仓皇逃命,在恐惧中度日时曾经生活的地方。

保护这处避世之乡的,就是六色圣典中的土尘圣典。

"既然要避难,最好从现在就开始做准备吧,谁来挑选避难的民众。"

"总不能胡乱挑选。我们当然要留下,大家各自选出代表,然后再由这个人挑选避难的民众如何?"

"等等,洛朗森阁下应该去吧。"

"什么?"

"你曾经是漆黑圣典的一员,哪怕我们被消灭了,你也能保护剩下的人,教导他们,对不对?"

"现在的我没有以前的实力。再说组织的高层不管什么情况下都应该留下，否则很多人都会心怀疑念。"

"可是——"

"不——"

"我认为——"

人们讨论得越来越激动，最高神官长果然又在这时开了口：

"现在还不到心急的时候，这虽然是一件很重要的事，不过多少还有些时间。"

对此没有人提出异议。

"很好。那么——先说眼下最重要的事。那些精灵——就算不杀光也没关系。可是，那个可恶的精灵王无论如何都不能再放过——"

最高神官长好像变了个人一样，说这番话时脸上写满了憎恶。听到这番话，雷蒙也点了点头。

"给绝死绝命一个选择的机会。"

"嗯。哪怕白金龙王感知到那孩子去了国外，现在这种情况下应该也不会对我们太强硬。我个人认为应该让精灵王尝到这世上所有种类的痛苦，然后再杀掉他——不过要尊重那孩子的选择。拜托了啊。"

"遵命。"

# 1章 为了得到带薪假

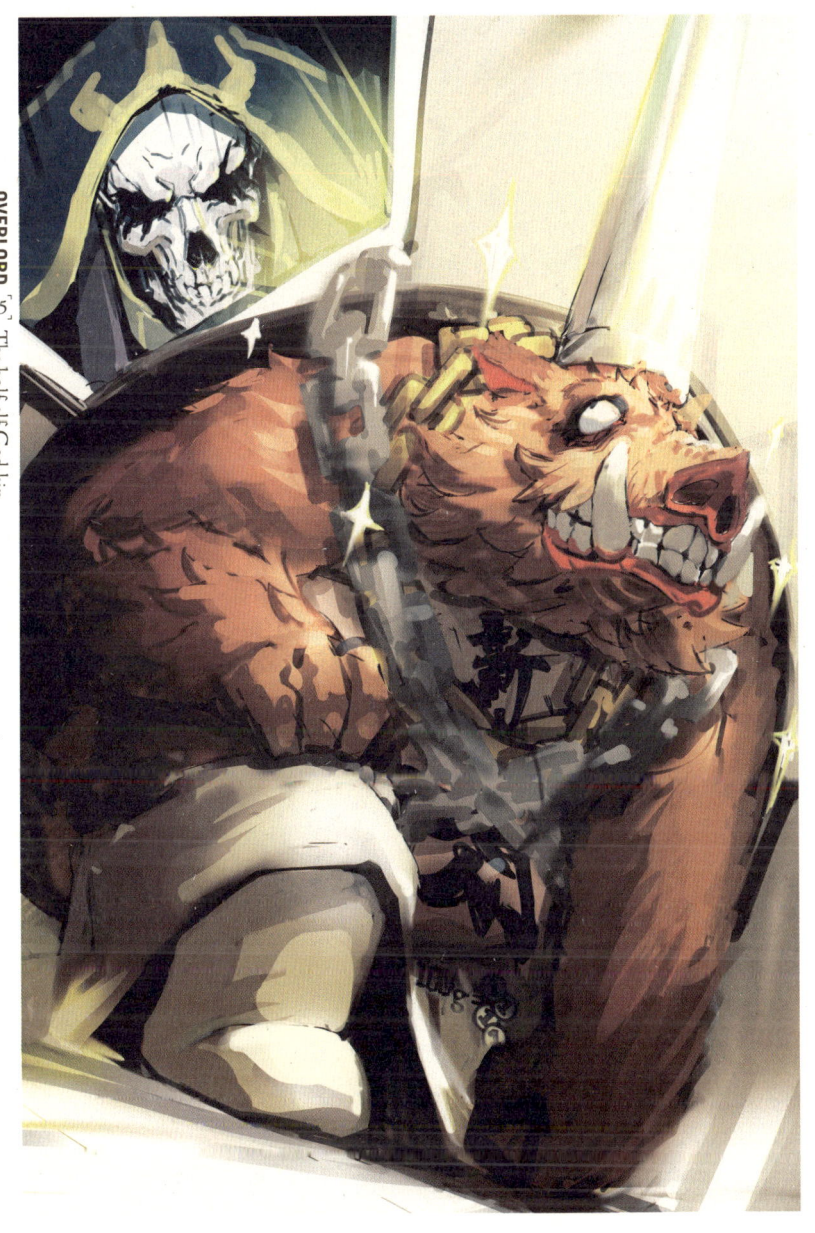

# 第一章 | 为了得到带薪假

# 1

把文件夹里厚厚的一沓文件读完之后,安兹把文件翻回第一页,在其一角按下了自己的印章。按完之后,安兹犹豫了片刻,把同意的印章也按了上去。这样一来,这个文件夹里提到的——对安兹来说算是极其复杂的政治问题的——解决方案就算得到了他的批准,接下来雅儿贝德将会选出执行者,为了达到目的开始实施方案。

安兹把文件夹交给候在一旁的卢米埃尔,这样一来他今天的最后一项工作就完成了。

安兹把视线转向了钟表。

钟表的指针指向了十点三十分。

安兹开始工作的时间是十点,也就是说他开始工作之后只过了三十分钟。最近他的工作总是结束得很早,虽说安兹以往也总会在上午完成所有的工作,可是今天格外早。

换成做公司职员时的铃木悟,他不可能这么晚才开始上班——除非是上晚班。不过,这只是铃木悟的常识,对在超级公司中工作的人们来说,这么晚才开始工作并不稀奇。乌尔贝特他们也说过:能享受弹性工作制本身就是幸运的。

那么,生活在这个世界上的人们又如何呢——比方说安莉和恩弗雷亚这种生活在村庄中的人，他们一般会随着太阳升起开始一天的活动，随着太阳落山开始休息。

换成城市中的平民，在这一点上也和村民基本无异，只是他们早上会起得稍微晚一点，晚上休息得也稍微晚一点。有无照明影响很大，而换成有许多魔法照明的贵族，晚上则睡得更晚，开始工作的时间也会变得更晚一点。

那么，要说整个纳萨力克是否都是十点开始工作，其实根本不是。

纳萨力克在黑心公司中都是最黑心的。

首先，普通女仆分成早班和晚班，每天都要工作很长的时间。科塞特斯负责第九层警卫的部下也是如此，他们没有固定的休息时间，基本上不会得到小憩的机会，当然也没有吃零食和吸烟的时间。

可是纳萨力克的九成员工对自己的待遇没有感到不满。

安兹想在纳萨力克打造友善的职场环境，他已经就这方面的问题问过了普通女仆的意见。

问过之后，安兹的感想是：这些家伙脑袋有问题。不对，应该说是忠诚度太高吧。

"既然有道具能让人感觉不到疲劳，那一直工作下去难道不是理所当然的吗？"普通女仆一本正经地对安兹说出这话的时候，他不禁打了个寒战。更可怕的是，表示对待遇有不满的那一成员工，他们的愿望居然是"希望工作再多一些"。

不过——这已经是不久之前的事了。

安兹无时无刻不在考虑如何让员工福利更上一层楼，虽说对纳萨力克的员工来说，这或许要算是安兹强加于人的想法。为了达到这个目的，安兹还是把着眼点放在了普通女仆身上。

首先，她们的等级非常低。还有，她们都有着俊美女性的外貌，这一点也有很关键的作用。安兹不觉得自己对她们有所偏爱，可是和科塞特斯之类对比起来，他还是总忍不住对普通女仆放松要求。

只要安兹下令，纳萨力克中不管是谁都会服从，可是安兹担心这样做会打击她们的工作热情。

所以，他想改善女员工的福利，必须设法说服她们。

安兹是这样对普通女仆解释的：

今后普通女仆有可能成为人类女仆的上司，指导她们的工作，必须避免普通女仆以自己平时的标准要求人类女仆，导致她们工作过长的时间。

这样解释之后，虽然普通女仆老大的不情愿，安兹还是成功地减少了她们的劳动时间，增加了她们的休息日。

以前她们是每四十一天才休息一天，现在的休息日竟然提升到了原来的两倍。

现在，普通女仆每四十一天会有两天休息日。

这不是根本没变化吗？安兹其实也有这样的想法，可是要想再增加，他觉得会遇到非常大的阻力，所以不得不就此妥协。

因此安兹设想的休假制度——他本想为纳萨力克的员工安排的带薪假、夏季假期、节日时的休息日等还没有实现。

安兹不惜冒着NPC的反对推行休假制度，说不定主要不是为了女仆，而是因为铃木悟在原来的世界与之无缘，所以很向往这样的休假。

所以，安兹决定采取其他手段。

身为纳萨力克的首脑，安兹决定让自己减少工作。首脑都不怎么工作，我们是不是也不必工作得那么勤奋呢？安兹希望借此来实现NPC的意识改革。

当然，安兹决定这样做还有一个原因，那就是他预感自己明明称不上优秀，如果自己身先士卒努力工作起来，恐怕会把纳萨力克搞得乱成一团。

可惜他的期待落空了。

NPC的意识确实变了，只是方向和安兹想看到的正相反。他们现在认为，安兹不工作是理所当然的，而他们应该更加努力。

结果就是，安兹的工作本来就基本只有批示"同意"而已，现在他的工作变得更少了。这结果本身其实是很好的，毕竟安兹并不优秀，他负责的工作多起来对纳萨力克来说绝对不是好事。可是因此导致纳萨力克的其他成员更加辛苦，安兹也有点于心不忍。

（唉……）

安兹侧眼打量着一脸认真、目光如炬凝视着他的两位女仆。她们是今天负责值班的女仆和房间专属女仆，只要安兹正眼撞上她们的视线，她们一定会马上问："您需要我们做什么吗？"为了避免这种事频繁发生，安兹只好侧眼看她们。

（用不着这么认真地工作啊……真希望她们能放松一点啊……气氛这么紧张，我都觉得胃有点疼……）

安兹开始回忆，上一次看到女仆们的笑容是多久之前。安兹在心中叹完最后一口气，向站在旁边的女仆开了腔：

"好了，卢米埃尔啊。"

"是，安兹大人。"

"跟你确认一下，我今天的工作这就结束了吗？"

"是的，安兹大人，已经结束了。"

今天负责值班的是卢米埃尔，安兹之所以这样问她，是因为雅儿贝德不在的时候，普通女仆还要承担秘书的工作。

看来今天安兹没有安排谒见、交涉之类的工作。

虽说是这样，工作也有可能突然找上门来，绝对不能大意。特别是安特玛，只要她突然用"讯息"把安兹叫去，等着他的一定是非常棘手的工作，毫无疑问会让他那本来没有的胃痛如刀绞。

"是吗……"

安兹移动视线，看向了房间中的另一张办公桌。

在雅儿贝德的强烈要求下，安兹为她在这个房间中安排了一个工位，不过这里现在没有她的身影。

大多数时候，雅儿贝德都会在这个房间中和安兹一起办公，不过王都陷落后刚过了几天，她似乎非常忙碌。雅儿贝德会在纳萨力克东奔西走，有时还要赶赴当地商谈事情，现在出现在这个房间中的时间反而比较少。

安兹曾经问过女仆们，他不在的时候雅儿贝德是什么状态，结果女仆们说雅儿贝德显得很烦躁。安兹觉得她可能是因为工作太多，要不然就是因为见不到他。

（如果是后者，解决的最好办法就是增加与她见面的时间啊。）

如果这样做能让雅儿贝德的心情转好，那么安兹没有拒绝的理由。

只要安兹不说话，谁也不会开口，房间中又变得鸦雀无声了。

说真心话，安兹想要的是那种不时有人闲聊的职场，可是经过这几年，安兹已经明白了，她们绝对不会那样做。

他觉得非常落寞。

（这种别人对我毕恭毕敬的日子，我恐怕要过一辈子了啊……好吧，这也是没办法的事。只是，应该有必要稍微改变一下环境啊。）

平时安兹会把他多余的时间用在各种事情上。

他会练习骑马。

他会装作阅读学术书，其实是在读经营管理类书籍，还有政治类书籍——读了半天脑海中还是一片空白，恐怕是因为他只过眼不走心吧，绝对不是因为安兹的脑壳其实是空的。

他还会进行各种魔法的试验。

最近他不光会跟着科塞特斯使用武器进行训练，还加上了和潘朵拉·亚克特一起进行训练。

"那好——"

安兹在办公室中像自言自语一样——其实他是故意的——嘟囔了一声。

他觉得现在开始行动应该没问题了。

接下来他打算实施帮马雷和亚乌菈交朋友的计划，现在要事先做好准备。

要问他打算让姐弟二人交什么样的朋友，最佳候选当然是黑暗精灵，然后是黑暗精灵的近亲，也就是精灵。哪怕考虑到今后世界的走势，一开始——他们的第一批朋友——就选择蜥蜴人和哥布林，难度还是高过了头。

安兹觉得应该先从与他们相近的种族开始。

他把目光投向了卢米埃尔。

"接下来我要去第六层，跟我一起来吧。"

"遵命。"

安兹就算不发话，值班的女仆也会自动跟着他，不过他觉得还是说一声好点儿。

他发动戒指的力量，带着卢米埃尔传送到了第六层。

只要安兹向卢米埃尔下令，她会把他要找的人带到他的办公室来，而他作为纳萨力克的最高统治者，召见他想见的人或许才更符合他的身份。他之所以没有这样做，是因为希望事情推进得更顺利。安兹亲自前去更能表现诚意。

安兹觉得比起粗暴地召见对方，还是自己亲自前去，显得更尊重对方，也更容易让对方感觉到他平易近人。本地的统治者特地前来，这一点如果能带给对方适当的压力，那么安兹也会更容易实施自己的计划。

安兹要见的，就是他们以前把冒险者引到纳萨力克时，抓住的那三名精灵俘虏。

（把精灵安置到第六层的时候，应该多从她们那里获得一些情报……可是当时不可能啊。）

从那时到现在已经过去了几年，她们刚到纳萨力克的时候，安兹和她们说过几句话，可是没有问她们的国家和她们自己的个人情报。救下了这些被当成奴隶，受到欺压的精灵之后，安兹一直在努力保持友善的不死者形象。如果他尝试让她们说出自己家的位置和精灵这一种族的详细情报，她们肯定不会认为安兹救下她们只是出于善意。

不过，要说现在去问她们也一样，其实并非如此。

现在情况已经和他们只有一个纳萨力克地下大坟墓的时候不同了。

纳萨力克地下大坟墓——安兹·乌尔·恭魔导国吸收了各个种族，他们为了与精灵之国开展外交，试图从她们这里得到情报并不显得突兀。

（这方面现在很容易找到借口了。我倒是没听说他们姐弟二人对她们动过粗……如果她们现在已经信任了他们，那就太好了，不过嘛，还是不要抱那么大的期望为好。当时如果考虑到了今天，我或许能下达更合理的命令吧……）

想是这么想，安兹还是觉得不愿意命令亚乌菈和马雷怀着伪装出的善意接触那些精灵。如果换成迪米乌哥斯和雅儿贝德，安兹就不会有这种感觉。

普通女仆和科塞特斯的对比也是如此，虽说凭对方的外表做决定不是好习惯，可是安兹无论如何都会受到对方外表的影响，这或许也说明他只是个普通人吧。

安兹带着卢米埃尔在昏暗的通道中走了起来。通道前方拦着一扇巨大的栅栏门，有阳光从栅栏的缝隙射到通道里。

前方就是第六层的圆形竞技场。

只要使用戒指，安兹就能把自己传送到姐弟二人的住处附近，之所以没有这样做——

栅栏门像自动门一样迅速升了上去，这让安兹产生了既视感。来到这个世界的第一天，安兹也曾经像这样来到这座竞技场，然后发现了等在前方的那个小小的人影。

"安兹大人，欢迎您来到这里！"

安兹听到了少女那活泼的声音。

"嗯，亚乌菈，我找你有些事——拜托了。"

看来今天留下看家的是亚乌菈，安兹觉得自己运气不错。

随着魔导国变得越来越大，各楼层守护者开始承担各种各样的工作。当然，他们变得要经常到纳萨力克外面去。不过，楼层守护者似乎商量好了，雅儿贝德、迪米乌哥斯、马雷、亚乌菈、科塞特斯、夏提雅之中总有两三人会留在纳萨力克。

留下看家的往往是雅儿贝德、科塞特斯和夏提雅，不过科塞特斯有时要到蜥蜴人的村庄去，夏提雅有时也要出去指挥龙族。

安兹听说在这种时候，他们就会安排别人看家。

楼层守护者这样安排并不是遵照安兹的命令。

确实，安兹曾经考虑任命科塞特斯为纳萨力克的防卫负责人，任命夏提雅为其副手。可是现在纳萨力克的控制范围和当时不可同日而语。所以现在安兹觉得，只要纳萨力克里能留一位守护者，其他人尽可以到外面去工作。

不过，他自己实在没法说出这话。

守护者们现在开始了自主思考和自主行动，安兹担心他这个绝对的统治者提出意见，守护者们会优先他的意见。他还是更愿意尊重守护者们的自主性。

再说，守护者们这样安排经过了比安兹聪明得多的雅儿贝德和迪米乌哥斯的同意，安兹再为此操心只能说是白费功夫。安兹只有凡人以下的水平，他的想法肯定不如守护者们正确。

"好的！明白了，安兹大人。那么，今天安兹大人需要我做什么呢？"

"嗯——"

安兹郑重地向面带笑容的亚乌菈回答了一声。说实话，现在表现得这么郑重没有意义，安兹其实只要拿出平时的统治者风范，像平时一样回答一声"嗯"就行了。只是，安兹一想到接下来要做的事——不知会不会顺利——他便不由自主地郑重了起来。

不过，安兹这郑重的一声回话有着极大的效果，亚乌菈的神情马上严肃了起来。

安兹觉得大事不妙，亚乌菈肯定又误会了什么。

"不——"安兹差点儿把"不妙"说出口，想到亚乌菈可能会困惑到底有什么不妙，赶紧把第二个字咽了回去。如果她问起来，安兹千方百计扮演的统治者形象将会全面崩溃，而他在慌乱之中一定会满口胡言，在这一点上他很有自信。"不错，是的，不错，我是来见精灵的。"

"请允许我确认一下，您说的精灵，指的是我们俘虏的精灵吗？"

（对不起。我不该信口胡说，请你不要那么认真地看着我……请再露出一次刚才的笑容吧……）

"你说得没错。现在那些精灵情况如何？为了下一步棋，我想和她们聊一聊。"

"我明白了，那我这就把她们带来。"

安兹猜到了她会这样说。应该说只要是纳萨力克中的人，不管是谁都会和亚乌菈做出一样的反应。所以安兹把他事先准备好的，用来说服亚乌菈的台词继续说了下去——或许也可以说是用来哄亚乌菈的台词。

"不，不必，我其实有两个目的。"

"居然有两个吗？只是与俘虏见面，安兹大人也会考虑得这么周全啊……"

亚乌菈向安兹投来了崇拜的目光。"不会，我只是准备好了对付亚乌菈和马雷你们的理论武器"——这样的话安兹说不出口，只好把自己的视线略微移开了一点。

"第一个目的，是通过我亲自到访向对方施压。另一个目的……这一点与精灵没有直接的关系。我们完全控制了都武大森林，各种各样种族的人来到了第六层，我想亲眼看看他们现在的情况。怎么样，亚乌菈啊，如果你愿意，就带我到变化最显著的地方看看吧，可以吗？"

安兹把各楼层全权交给了相应的守护者，他基本不会插手各楼层的事务，所以，他没有亲眼看过第六层的变化。这代表着他对部下的信任，只要部下的工作推进顺利，上司就不该随意插手，否则会招致部下的反感。

安兹只是觉得反正来都来了，那就顺便看看。可是亚乌菈不知是如何领会了安兹的意思，她给人的感觉是变了。安兹觉得她好像紧张了起来。

"遵命。您说得'不错'，指的是这个意思啊。"亚乌菈一本正经地回答道,"还有,您不用问'可以吗',安兹大人!安兹大人是纳萨力克的绝对统治者,您不管想到什么地方去,都不必征求管理者的同意!"

"啊?嗯、嗯。你能这样说,真是太值得感谢了。"

"还有值得感谢也是一样……那个,我觉得花田应该是变化最大的地方,我带您到花田去看看吧。"

"花田——"安兹在自己的记忆中搜索起来,"我记得有一部分植物系魔物移居到了那里,对吧。"

"对,是这样的。此外还有移栽了没有知性的植物系魔物的隔离区域、有知性的植物系魔物居住的区域,其中有些魔物以我们过去建造的村庄为据点,过上了像人类一样的生活,您想到那里去看看吗?"

亚乌菈说的这个村子是安兹让他们在纳萨力克内建立的。它是一个人类也能生活的地方——如果将来遇到了其他的玩家,有这个村子,安兹就能向对方解释,纳萨力克也在尝试与人类共存共荣。那里建着几座小小的房子,也有农田,不过说实话,从规模来讲称不上村庄,可是除了"村"之外也没有更合适的称呼,于是大家都把它称为村子、村庄。

"您还记得树精皮尼森吗?"

"是啊,我记得很清楚。"

安兹这话中有很大的水分,其实他已经不太记得那位树精长什么样子了,只有一个模糊的印象,不过他确实记得亚乌菈提到的这个树精。应该说他是把那之后的战斗记得太深刻,所以顺带把这个树精也记住了。说实话,安兹不擅长记别人的名字和相貌,他是拿到别人的名片后,会在背面把对此人的第一印象记下来的那种人。

"皮尼森在村子里的地位相当于村长一样。"

亚乌菈告诉安兹,植物系魔物中很多都是我行我素不受管束,皮尼森这个村长的地位也只相当于是她自封的。不过,她第一个来到纳萨力克——会做纳萨力克与其他植物系魔物之间的中间人,所以还是有一定的威望的。可以说是来自纳萨力克外的植物系魔物的代表吧。

有的植物系魔物比皮尼森更强大,所以它们有时候不怎么听皮尼森的话,不过她毕竟有亚乌菈和马雷这个后盾,所以眼下还没有发生什么特别让她为难的事。

来到纳萨力克的植物系魔物都受过亚乌菈和马雷的欢迎。说是欢迎,其实就是让它们看两人的战斗能力,还有追随他们的魔物。看过之后,了解到彼此之间战斗力差距之悬殊,大部分魔物都会老老实实听亚乌菈和马雷的话。

受到"欢迎"的时候,魔物还会看到马雷使役付费魔物森林龙的样子,它们都会像敬畏神一样敬畏马雷。亚乌菈说,植物系魔物们看到马雷用魔法下雨的样子,看到他用魔法让大地肥沃得吓人的样子之后,马雷在它们心目中的地位便再也不会动摇。

"不过，并不是所有魔物都把马雷当成神来信仰，也有魔物明白那是森林祭司的魔法。要说魔物怎样看待马雷，应该是把他当成了崇拜的目标……该怎么说才好呢……"

"嗯——"亚乌菈说着，沉思起来。

安兹大致明白亚乌菈想表达什么，大概就和玩家会把制造出优良外装的玩家称为"神"一样吧，要不然就是像普通人崇拜演艺明星一样，再不然就是这几种崇拜掺和在了一起。

"是这样啊，我大概明白了。总而言之，只要它们好好服从你姐弟就没有问题。不管你们用什么样的方法、手段都没关系……啊，嗯，我要说的就是这个。"

安兹觉得自己搞错了称赞姐弟二人管理成功的方式，他开始后悔。

他觉得自己用不着说那么多没用的废话，只要坦率地称赞"干得好"就行了。

安兹偷偷瞥了瞥亚乌菈脸上的神情，发现她好像并不在意。可是，她不一定把真正的情感表现了出来。

（社长说话要注意，不能用那些打击下属工作热情的词语，我读的那些经营管理的书上不都这样写着吗……）

安兹提醒自己，以后要更注意用词才行，腔调和声音也同样需要注意。

"咳咳。我也想到村子那边去看看，不过这次只看花田好了。谢谢你的建议，不好意思，亚乌菈啊。"

亚乌菈赶忙摆了摆手。

"您、您不用在意！刚才我也说了，安兹大人是这纳萨力克的绝对统治者！安兹大人想怎么逛这一层都可以。我向您提建议太僭越了，真是非常抱歉！"

（怎么说起谢罪的话来了？不仅如此……亚乌菈这样说话不太符合她平时的作风吧？莫非是刚见面时我那次改口引起了她奇怪的反应？莫非她以为我有什么计划吗？）

安兹感到困惑的时候，亚乌菈的话还在继续：

"安兹大人不能去的地方，这纳萨力克——不对，整个世界上也没有！"

安兹心想：不对，这世界上我不能去的地方有很多。特别是只有女性才能进入的地方，要说多少都应该说得出来。可是，如果安兹提出这一点，亚乌菈恐怕会说他就算进去也没关系。安兹觉得那样回答一定会搞得很尴尬——尴尬的当然是他——所以他不会那样回答。

安兹侧眼看了看卢米埃尔，发现她正在点头，好像在说"当然是这样"。

安兹觉得再争辩什么反而更麻烦。

不过他还是注意着不表现出内心的感情，慈祥地对亚乌菈说道：

"那就拜托你带路吧。"

"遵命！请交给我吧。"亚乌菈说着，拍了拍自己的胸脯，

"那么——您想怎么去？要搭乘坐骑吗？"

"好啊，可以拜托你吗？"

"好的！请交给我吧！"

亚乌菈把视线投向了不相干的地方，微微皱起眉头。她似乎是在集中精神，不过这个过程只持续了几秒。

"更近的地方其实有别的魔兽，不过我自作主张把芬恩和克亚德拉西尔召唤来了。您看可以吗？"

"在这里不必事事向我请示，只要亚乌菈认为合适，我都没有异议。"

"非常感谢，那么可以请您稍等片刻吗？"

"可以，拜托了啊。"

安兹说着，开始环视起竞技场来。

纳萨力克地下大坟墓散起步来比较有趣的地方——第九层和第十层另有一番乐趣——就是第六层和第五层。如果运气足够好，在第五层还能看到极其罕见、被人们称为"极光"的发光现象，只是这极光的出现概率设定得非常低。从这层意思上来说，平常散步最有趣的就要算第六层了，而安兹现在就是要穿过第六层。

安兹脸上露出了微笑，他觉得胃不像刚才那么难受了。

\* \* \*

"请允许我离开一下。"亚乌菈说着,走到离主人和卢米埃尔稍远的地方,取出了项链。

他们姐弟二人的项链是一种遗产级道具,两人可以用它实现双向通话。这种道具并没有多么强力,两人却时常装备着它,这是因为它只有在装备两天之后才能使用。按说有这种限制的道具相应地都会比同级的其他道具更加强力,可是这种项链是个例外,而且它的使用条件是启动者——准确地说是发起对话的一方——要把项链握在手中,这让人没法在比较激烈的战斗中使用它。

不过这也是它唯一的限制,用它可以实现无限通话。

这样的道具算不算优秀,有没有占一个装备栏的价值,这就仁者见仁智者见智了。

"马雷,安兹大人驾到了。"

过了一段时间之后,马雷的声音在亚乌菈的脑海中响起。

"咦、咦?安兹大人亲自来了这里?这是怎么了?"

"这还用问吗,当然是视察了。视察!"

"什么?!"

"我觉得安兹大人是想看看,咱们俩还有领域守护者们有没有管理好这一层。安兹大人决定这次只视察我们新开辟的花田……不过我觉得还是提醒一下各领域守护者,看看他们最近有没有松懈为好啊。"

"因为这一层来自纳萨力克外的人最多吗……要不然就是安

兹大人在按顺序视察？"

"——是啊，我觉得有这种可能。"亚乌菈想到了什么。当然，这或许只是亚乌菈的猜测，不过应该不会错。"安兹大人说有两个目的，可是安兹大人那么睿智，我觉得肯定不只两个。说不定借此机会让咱们打起精神来就是安兹大人没有说出口的第三个目的。"

"是啊……虽然我们在外面的工作变多了，但是最重要最基本的还是纳萨力克的工作。安兹大人是想确认一下我们有没有做好吧？"

亚乌菈能大致猜到主人为什么要这样做。

雅儿贝德和迪米乌哥斯一直依照按分钟规划的日程表工作，人们——比如夏提雅和科塞特斯——曾经向他们投去羡慕的视线，而现在他们这些人在纳萨力克外的任务也多了起来。特别是在消灭王国的时候，他们已经凭借自己的武功证明了自己的忠义。可是他们的主人或许发现了，他们处在类似于庆祝节日的状态之中。

不管有了什么样的新任务，亚乌菈他们还是纳萨力克的楼层守护者，保护、管理、统领自己分到的楼层，这是他们永远不变的职责。他们的主人或许是想问他们，是不是在有了新的工作之后，忘记了自己的本分。

可是，如果等主人亲口说出对亚乌菈他们的工作不放心，那他们作为楼层守护者就太不称职了。如果其他楼层守护者——特别是守护者总管雅儿贝德知道了,一定会横眉竖目地训斥他们。所以,没有直接开口说出来,可以说正代表着主人的仁慈。

"说不定安兹大人还有一个目的,为了让所有守护者紧张起来,想通过我们的口,告诉其他守护者发生了这样的事……"

"我也觉得有这种可能。如果再加上这个,就是第四个目的了吧?我觉得安兹大人恐怕还有其他的目的……"

亚乌菈猜不到,这一点上马雷也和她一样。想到迪米乌哥斯和雅儿贝德说不定能猜到,她就觉得有点不甘心。

"总而言之,让她们准备一下吧。"

"咦?让她们准备?"

"啊,抱歉,我忘了说。刚才我不是说了,安兹大人说有两个目的吗,其中之一是视察,另一个就是见分到那个空房间的精灵。"

"是她们啊……她们总是说王室什么的,很烦人的啊。安兹大人会把她们带走吗?"

亚乌菈从马雷的腔调中听得出,他好像真的非常不乐意。

马雷喜欢窝在被窝里不起床,在那三人眼中似乎是一个必须好好照顾才行的人物,比起亚乌菈,马雷要受到她们多上几倍的照顾。她们会给马雷晒被子,帮马雷穿衣服,有时甚至为马雷洗澡。在马雷眼中,她们的照顾他不但不需要,而且还会妨碍他。可是主人把她们交给他们姐弟来管理,他又没法不客气地拒绝她们的"照顾"。

"啊，芬恩他们到附近了。我也不知道再过多久到你那边，不过，马雷，你马上开始准备吧。"

"嗯，交给我吧。"

结束与马雷的通话之后，亚乌菈回到了主人他们身边。

\* \* \*

闯入纳萨力克的敌人经历过前面的各种鬼门关之后，看到第六层那万紫千红的花田，肯定会认为里面有魔物在拟态，或者隐藏着致命的陷阱。不过，这片花田其实没有防卫作用。

它位于如此"可疑"的地方，其实没有用来对付闯入者的机关。

YGGDRASIL中确实有拟态成花的植物系魔物和昆虫系魔物，只是安兹他们没有设置在这里。不仅如此，这种地方按说都会有相应的领域守护者，可这片花田也没有。

这里在某种意义上称得上是亚乌菈和马雷的直辖领域，真的只是一片美丽的花田。

安兹他们本来确实打算把这里设置成陷阱。

可是能闯进第六层的外敌不会把这里当成一片普通的花田，要么怀着戒心不肯靠近，要么直接用附带燃烧效果的攻击将它化为一片焦土。为了防止这种事情发生，有人提出在周围种上会对火产生反应，散播剧毒或麻痹毒的花。可是三名女性强烈反对，他们只好重新制作，结果就是一片普普通通的花田。

那才是安兹所知的第六层的花田，不过现在的花田和安兹认识中的已经有所不同了。

花田中长着能轻松包住一个人的巨大花蕾，一共有十二个。这些花蕾谁看了都会觉得可疑——一看就知道不是普通的花。

安兹开始在记忆中搜索。

这个世界上有许多安兹不认识的魔物，不过YGGDRASIL中也有和那些花蕾形状一样的魔物。

"那是爱娜温，对不对？"

"是的！没错！"

安兹他们没有在纳萨力克内设置过这种魔物，他来到这个世界后召唤的魔物中也不包括这一种。看来它们是外来者——来自都武大森林的魔物。

而花田正中央插着一把小铁锹。

它就是神器级道具大地治愈者。

大地治愈者是神器级的武器，虽然耐久性高得吓人，与之相对，攻击性能却差得吓人。之所以会这样，是因为它的大部分数据都用在了附加效果上。

除了小铲子之外，花田里还有像巨大安哥拉兔一样的魔物——千枪棘兔。它一屁股坐在花田里，大口大口咀嚼着巨大的胡萝卜，那样子实在太有田园风情和童话色彩了。不过，这种魔物设置在这里，恐怕不是为了制造这种效果。

不问亚乌菈，安兹也猜不到姐弟二人到底有什么意图，不过他明白这个魔物一定是监视员。

这种兔子的等级也有六十大几，就算爱娜温有什么企图，兔子也能轻易将它们歼灭。

"顺便说一下，那孩子正在啃的胡萝卜就是从农田里采摘的。皮尼森他们这些植物系魔物用各自的力量给予普通的胡萝卜巨量的养料，导致它们变质，长得如此巨大。"

"不是品种改良而是变质？让它吃这种东西不要紧吗？当然，有它那么高的等级，普通的毒物也不会生效……"

"它没有毒。我问过料理长了，它作为食材拿到了及格分。虽说如此，遗憾的是，它不像纳萨力克中本来就有的那些食材有强化效果，只是纯粹地变得更大更甜了而已。"

"作为食材来说应该算是很成功了吧？魔导国的普通农民也能种出这种胡萝卜吗？"

"不行的。现在就算有植物系魔物的协助，也还不能大规模培育，哪怕有大地治愈者的力量也是一样。因为每一棵都会吸收大量的养料……虽然不至于让土地荒漠化，如果不使用让大地养料恢复的魔法，种过后最起码要让田地休耕一年才行……"

安兹和亚乌菈正看着爱娜温的花蕾，只见其中最大的那个花蕾缓缓开放了。

"她是爱娜温王，这里的共计十四个爱娜温的头领。"

亚乌菈小声向安兹介绍起来，她指的毫无疑问就是那朵正在开放的花蕾。

"十四个？"安兹赶忙又重新数了一次，小声问道，"这不是十二个吗？"

"是的。另外两个刚刚诞生，被花田里的其他花挡住了。要我把她们拽出来吗？"

"不……不用做那样的事。"

在纳萨力克内诞生，不知道算不算是纳萨力克的魔物，也不知道性能如何。安兹脑海中浮现出各种疑问，不过还没来得及向亚乌菈开口问，那花蕾已经完全绽放了。

正如安兹想象的，花蕾中出现的是一个有着女性外表的魔物，其实应该说和安兹在纳萨力克看到过的爱娜温非常相似。亚乌菈说她是王，可是除了个头之外，和普通的爱娜温相比没有什么区别。

她的头发和眼睛的颜色和花朵一样，全身的颜色和花茎一样是绿色。她虽然没有穿衣服，可是皮肤看起来像是纤细的茎形成的，说实话安兹看了觉得有点不舒服。

她脸上相当于眼睛的部分是吊起来的，面相看起来让人觉得并不友好，甚至像是有点怒气。

安兹突然觉得有些怀念，他想起了圣王国那个眼神十分不友善的少女。

安兹不擅长记住别人的长相，可是唯独那位少女的眼睛给他留下了深刻的印象。

这时，那个魔物的面孔扭曲得显得更加邪恶了。

"早上好，亚乌菈大人，您今天又带给了我们温暖的光芒，我代表绿色的种子向您献上我们的感谢。"

爱娜温王的声音像铃铛一样通透，安兹不但感觉不到敌意，甚至能感觉到敬意。看来刚才她的面孔扭曲，只是露出了表示欢迎的笑容。不过，现在她脸上的笑容不管怎么看还是都像在酝酿什么阴谋。

爱娜温王之外的花蕾都大幅度晃动起来，可是没有开花的迹象。只是她们的头没有完全被花瓣挡住，偷偷地看着安兹和亚乌菈他们这边。

安兹也不知道这代表什么意思，没法断定她们这样做是不是无礼的行为。在爱娜温的文化中，她们说不定是在表达最大限度的敬意。

"那么——"

爱娜温王把目光转向了安兹。

"这位大人就是纳萨力克地下大坟墓的统治者，不光控制了那座森林，而且把附近的一带彻底纳入了统治之下，统领着多种多样的种族，建立了魔导国的王中之王，绝对的霸主安兹·乌尔·恭魔导王陛下！"

亚乌菈得意扬扬地说完这番话，只见爱娜温王的面相似乎变得更加邪恶了。其他爱娜温的花瓣开始发抖，一点一点把头缩了回去。安兹也不知道她们这是因为戒心变强了，被吓到了，还是在表达对他的尊敬。

安兹也猜不准她们的表情到底是什么意思，不过他认为第二种可能性恐怕更大。

"这、这还是我第一次得到谒见您的机会，此地的统治者，魔导国的王者，而且还是亚乌菈大人、马雷大人的主人的安兹·乌尔·恭魔导王陛下。"她张开了双臂，安兹猜她大概是在行礼。"我的名字叫紫，如果您能记住我，那真是我的荣幸。"

紫不就是你头发的颜色吗？安兹在心里这样想着。

他觉得这名字实在取得太直白、太随便了。可是他肯定没法把这种感想说出口，当面嘲笑人家从父母——他猜应该是——那里得到的名字，那简直是最下作的行为。

"嗯，我会记住的。虽说如此，我已经把此地交给了亚乌菈和马雷来管理，直接向你下达指示的机会应该非常少。你只要遵照他们姐弟二人的指示做就行了。"

安兹不知道亚乌菈和马雷是如何管理爱娜温的，所以只说些模棱两可的话。社长和部长各说一套，会造成非常麻烦的问题，安兹自己就有这样的经历。

再说安兹不知道亚乌菈和马雷给了爱娜温什么工作，如何对待她们，他找不到自己该说的话。

"遵命，魔导王陛下。"

安兹在心里赞叹：爱娜温在森林里生活，居然这么有礼貌。不知道这位爱娜温王关于礼节的知识是什么时候，在什么地方得到的，或许是受到了亚乌菈和马雷的指导吧，要不然就是——

（或许只是她的这番话在我听来是这个意思，其实她在表达的是爱娜温特有的某种含义，比如她这话本来的意思说不定其实是"安兹大花蕾"。）

语言相通当然是一件非常好的事，不过也有些问题恐怕正是因为语言相通才会出现。不过，就算爱娜温王真的是把他称为"大花蕾"，安兹也不觉得有什么不好。

安兹一边想，一边放眼向花田中看去。

他觉得爱娜温有点挡视线，不过花田的其他部分和他记忆中一样。

安兹在脸上露出——他的脸当然不会动——若有似无的微笑，尽他最大的努力用威风的动作抖开长袍，掉转脚步，向着神狩狼（芬里尔）、太阳鬃蜥蜴（伊察姆纳）还有卢米埃尔走了过去。

安兹迈起步子之后，亚乌菈马上走到他的身旁，问道：

"您不再多看看了吗？要给其他爱娜温谒见您的机会吗？"

"不，那就不用了。我想看的都看过了，接下来能请你带我到精灵那边去吗？"

"遵命。"亚乌菈回话之后，安兹和她一起坐到芬里尔的背上，开始在第六层向前行进。

不一会儿，他们便到了目的地附近。安兹抬起头来，从树木伸展出的枝条形成的缝隙中，看到了亚乌菈和马雷居住的那棵奇形怪状的树。

随后过了没有几秒，芬里尔便穿过树木之间，前方是一片开阔的草原。这片草原中央是一棵直径比高度更大的胖墩墩的树，它茂密的枝叶在大地上形成了一片树荫。

树干上开着一个门洞，马雷站在门洞前，三个精灵就候在他的身后。他们毫无疑问是在等着迎接安兹。

安兹不知道亚乌菈是什么时候联络了马雷，他觉得如果自己刚到这层的时候亚乌菈就告诉了马雷，那马雷和精灵们恐怕已经等了很久。

不过安兹没有明确什么时间到达，所以没有必要感到过意不去。

话是这么说——

如果他是一位分店店长，接到电话通知总公司的社长已经到了分店附近的车站，他肯定会马上到店门口等着，对他来说没有不到店外迎接这个选项。安兹这样一想，又觉得自己没有告诉部下什么时间到达，这就是他做得不对。

安兹本人在看到马雷之前一直没有想到这一点，他也想说这是没办法的事，为自己开脱一下。可是，这真的是没办法的事吗？安兹不知道让马雷他们等了多久，不过他觉得要是有人在这种情况下说"你们不用等着的啊"，那这人毫无疑问应该多学学为别人着想。

马雷穿得和平时一样，精灵们则都穿着朴素的——可能会有人觉得朴素的才最好看——工作服。安兹觉得她们可以打扮得再稍微讲究一点，不过如果亚乌菈和马雷觉得她们就应该这样穿，那他也没法多说什么。

再说——

（要是她们穿上女仆装，卢米埃尔她们说不定会有意见。）

我们是安兹大人的女仆——普通女仆似乎为这一点感到非常骄傲。所以，如果安兹从纳萨力克外带来有可能成为女仆的人，普通女仆虽然不会直接欺负外来者，不过有时会间接地欺负她们，比如不教她们如何工作，这样的事安兹曾经听塞巴斯提到过。

如果只是服侍亚乌菈和马雷的女仆，普通女仆说不定不会特别反感，不过安兹也拿不准。再说，她们说不定因为外来的女仆穿上了和她们一样的制服感到不高兴，毕竟女仆装相当于她们的战斗服。

芬里尔走到了四人面前。

"辛苦你们特意出来迎接了，你们的耿耿忠心让我非常满意。"

安兹骑在芬里尔的背上先发制人，高傲地向四人说了这样一句话。他本来想听马雷说完欢迎辞之后再开口，不过又觉得还是先表达谢意才更显得他平易近人。

"非、非常感谢。"

马雷脸上带着笑容低头行礼，三名精灵也跟着向安兹鞠躬。

（很好。）

安兹觉得自己完成了一次有成效的交流，他在心中攥起了拳头。

精灵们抬起头之后，安兹挨个看了看她们。

她们不光表情僵硬，就连身体都绷得很紧。精灵们发现安兹的视线投向自己，都咽了一口口水。

不管让谁来看，都看得出她们紧张得不得了。问题是她们的紧张源自畏惧还是其他原因。也就是说，她们紧张可能是害怕自己失了礼数就会被杀掉，也可能是因为见到最高长官才紧张起来。

以防万一，安兹确认了一下自己有没有释放灵气。他对这些精灵没有敌意和杀意，她们的恐惧应该不是来自这方面。

（这一点其实相当麻烦啊，我倒是觉得我应该比以前熟练多了……）

有些时候，安兹这样的强者只要表露出强烈的情感，弱者就会敏锐地感知，并且被恐惧之类的负面情绪控制。从某种意义来说，这相当于把自己的想法告诉了敌人，在训练中科塞特斯经常这样提醒安兹。与之相对，安兹自己却没法敏锐地感知敌人的杀气之类的气息。

尽管科塞特斯极其不愿意，安兹还是命令科塞特斯对他释放出那一类的情感。当时安兹确实感受到了震慑力,可要说那是不是所谓杀气,安兹也说不清楚。他觉得或许是不死者在感知情感方面的能力上存在先天的劣势。

毕竟不死者对影响精神的效果有完全抗性,而感知杀气从广义上来说或许也该算是对精神有影响——安兹觉得这或许就是原因。

不过,夏提雅能感知到杀气。科塞特斯说过:"只要作为战士的实力进一步增强,或许会变得更容易感知那一类的情感。"安兹觉得以感知那一类情感为训练的目标或许不错,当然,也很可能只是安兹格外迟钝。

(哎哟——我不能再瞎想了。)

安兹重新集中注意力,基本就在同时,马雷开了口:

"那、那个、就、就是,我是说,那、个,安兹大人今天,说想见这几个人,这是为什么呢?"

马雷显得比平时还要怯懦,不过看样子,他已经听亚乌菈说了安兹此行的目的。安兹觉得这就好办了。

安兹故意用幅度很大的动作把脸和视线从马雷转向了精灵们。精灵们像是在躲闪一样,把视线朝向了地面。安兹能看得出,她们的身体明显在颤抖。

他觉得不管怎么看,她们也不是紧张。

(这应该是恐惧导致的颤抖吧。亚乌菈和马雷这两个孩子虽然是我的部下,难道他们还是对我怀有戒心?说实话,亚乌菈和马雷都是生者，对我宣誓效忠，而且他们也正常生活在这里，看这一点，他们应该明白我和她们熟知的不死者不一样才对啊……好吧，毕竟我的外貌在这里摆着，就算她们脑子里明白，感情上也很难接受啊。）

在这个世界上，人们都认为不死者憎恶生者，是所有生者的敌人。面对这样的不死者，她们怀有戒心，感到畏惧，要说理所当然也是理所当然的。

如果她们一直跟着夏提雅，接触她手下的不死者，说不定能因习惯不死者而表现出不同的态度。安兹觉得她们现在这样也是没办法的事，毕竟第六层基本看不到不死者的踪影。

（所谓百闻不如一见啊。）

在YGGDRASIL时也是这样。

当时安兹就觉得，玩家技巧之类的游戏诀窍，比起口头说明，还是亲眼看对方表演一次更容易领会。当然，看过之后，还要他自己练习许多次——不对，是反复练习几百次之后，才能真正掌握。

"是的，没错，马雷。我有件事……一件很简单的事找你身后的那几个人。"

精灵们的呼吸开始变得短促。

安兹真心想说：你们用不着那么害怕啊。可是，他又不能开朗地对她们说你们别害怕嘛，他得扮演好纳萨力克的统治者安兹·乌尔·恭，不能失了身份，可是又得设法安抚她们。

"……不用这么担心。我来到这里没有打算危害你们。"

安兹本想再加上一句"所以尽管放心吧",可是想到换成自己,听到害怕的人说出这样的话,恐怕也不会相信,于是没把这句说出口。就算社长说让大家不必拘束,也不会真的有员工去和社长称兄道弟。

(唉,真麻烦……)

哪怕明白那是一招臭棋,安兹还是想用"支配"之类的精神操作系魔法。他不觉得自己能说服这些精灵,让她们得到安心感。

那类魔法失效之后,施法目标会记得施法者说过的话和自己做过的事。不仅如此,在这个世界上,有不少国家都把使用精神操作系魔法当成暴行。

安兹也不知道精灵们如何看待精神操作系魔法,不过肯定不会感到愉快。其实安兹自己也是,如果有谁对纳萨力克的人用了那样的魔法,他一定会伺机给对方致命一击。

当然,如果是为了获得重要情报,安兹会毫不犹豫地使用那一类手段,甚至会当机立断地使用"记忆操作"。

可是现在他还没有必要使用那样的手段。他又不是确定精灵们做了坏事,或者是隐藏了什么情报。再说——

(现在的情况和任倍尔那时候不一样了。为了得到只是聊天就能得到的情报使用魔法,亚乌菈和马雷说不定会误以为自己没有取得该取得的情报——甚至觉得我怀疑他们的能力。)

姐弟二人，不，纳萨力克地下大坟墓中所有的人，都会把安兹做的所有事当成——安兹觉得这样的思想非常危险——正确的，安兹很清楚这是因为他们都忠心耿耿。

　正因为是这样，安兹认为自己一定有失察的方面。他要尽可能避免会导致类似的误解发生的行为，毕竟他不知道会引起什么样的后果。再说，安兹绝对不会怀疑守护者们。

　不仅如此，如果要用精神操作系魔法，安兹早就用了。

　刚刚抓到她们的时候安兹就可以用精神操作系魔法，可是安兹没有那样做，那是因为希望她们能对纳萨力克方面保持善意——当时纳萨力克方面救下了被当成奴隶的她们，安兹希望能保持好人的形象。考虑到以往的感情投资，现在再用魔法强制她们提供情报实在太欠考虑了。

　"嗯。总而言之，这里不是说话的地方，我们换个地方吧。"

　既然没有自信通过语言让她们敞开心扉，那就换个办法好了。安兹决定先换地方。

　"那就到上边去吧！"

　"好、好的！请到上边去吧！"

　"啊——"

　安兹抬头向上看去——看向了那棵圆墩墩的巨树。

　他觉得作为和她们聊天的地方，这里似乎有不太合适的地方。

　这里称得上是她们的生活圈，在这里谈或许她们更容易开口。那么，谁来为他们准备饮料呢？亚乌菈和马雷吗？等等，只要安兹带来的卢米埃尔承担这项工作就没问题了。

（这样不错。对话要么在友好的气氛下进行，要么在紧张的气氛下进行。也就是说，要么在友好的气氛下让她们自发地说出情报，要么在紧张的气氛下威逼她们说出情报。嗯，时间不多了。不对啊，以前我总是准备好资料，预测对象的反应和会出现的提问……就像矮人那时和在圣王国那时……最近这段时间，我是不是有些松懈了呢？）

亚乌菈和马雷在征求他的同意，他应该尽快回答，可是，每到这种时候，安兹总会想些无关紧要的事。

（对了，普通女仆好像没有主动给客人上过饮料啊。不、不对，应该……有过……起码一次吧……）

女仆不可能不准备饮料。以前安兹下令的时候——女仆提供了以果汁为主的许多饮料作为选项。也就是说，她们应该在安兹房间中的某处备好了饮料。普通女仆每天都在努力，尽可能做得完美，安兹觉得她们不会忘记，也不会想不到这么基本的任务。

这样想来，她们恐怕就是觉得安兹这个统治者不喝饮料，其他人喝饮料不合适。就像社长不喝酒，部下也不好提出要喝酒一样，一个道理。

安兹觉得最正确的做法应该是让女仆为他——虽然他没法喝——准备饮料，顺便也为其他人准备出来。

（以前来客人的时候，我就应该这样做的啊……）

安兹开始考虑回去之后要把这件事跟佩丝特妮提一提，然后又发现自己在思考与眼下关系不大的事，赶忙集中精神。

（等下等下，不对啊。我现在应该思考的是在什么地方喝饮料。继续磨蹭下去，亚乌菈和马雷说不定会误以为我不愿意在他们的家里喝茶。那可就糟了。可是——）

安兹发起了愁，环视周围。

"啊！"

亚乌菈叫了一声，安兹吓得差点儿打个激灵，他拼命控制住了自己。说不定是他因为被吓了一大跳，精神遭到了强制镇静。

"您是不是考虑不在这里，而是到第六层的某个别的地方去聊？"

"嗯、嗯，是啊。今天天气这么好，在外面聊一聊也不错，你们不觉得吗？"

"如果是这样，那我就去准备一下，阳伞和桌子都有现成的！就是泡泡茶壶大人和其他无上至尊聊天时用过的东西！我们平时也会用，现在当然也能用。我们建起的村子里还有空着的房子，我刚才没有为您介绍，其实这一层还有凉亭呢！"

"是啊，我和大家一起去过。"

安兹不经意间想起了和同伴们闲聊时的情形。

（比起以前，我想起他们的次数好像变少了，我感觉。）

他觉得这或许是因为自己不再在 NPC 身上寻找同伴的影子，

他可能是正在渐渐忘记往昔的同伴，也可能是开始把NPC当成独立的同伴来看待了。他觉得如果是后者那还好，如果是前者，那就太让人伤心了。

铃木悟的一切——直到今天回忆起来依然熠熠生辉，让他心潮澎湃的一切，都是和他们一起留下的。

（不对！安兹·乌尔·恭不是回忆！安兹·乌尔·恭就在这里！现在还在延续！）

无法形容的焦灼感在安兹心里蔓延开来，他深深呼出了一口气，随后把视线转向了亚乌菈和马雷。

（大家……离开这里的时候，他们心里是什么样的感觉呢……不对，当时的NPC还是真正的NPC，如果那一刻，不好……）

安兹摇了摇头。

他的思维正在变得支离破碎，安兹决定先集中精神执行眼下的计划。

他观察了一下亚乌菈和马雷还有几个精灵的表情，发现没有人显得特别诧异。

大家大概都觉得他是在考虑亚乌菈的建议吧。安兹决定先盖上心中的五味瓶。

"这个嘛……在这层聊当然也不错……不过难得的机会，到外面去聊一聊吧。让她们看看我们统治的其他地方或许也不错。"

如果希望她们保持放松的状态，在她们熟悉的地方聊是最合适的。可是安兹也说不清为什么，就是想离开这里。

如果要去别处，到什么地方聊才好呢，安兹有两个选项。

其一是耶·兰提尔，另一个是——纳萨力克的地下第九层。

安兹觉得让精灵们看看现在耶·兰提尔众多种族生活在一起的样子，一定会给她们留下非常好的印象。可是，他也没法确定绝对不会发生问题。如果遭到了暴力之类的直接攻击，安兹总会有办法解决，他也能向精灵们解释。可是如果出了会给精灵们留下负面印象的问题，比如有人无病呻吟，说魔导王在折磨他们，那就麻烦了。

有一种策略，就是用精神操作系魔法控制许多人，让他们呐喊示威，安兹认为这样做应该能有效地让精灵们对他心生怀疑。

再说安兹在耶·兰提尔本就是人们畏惧的对象，虽然也有人尊敬和佩服安兹，但遗憾的是数量并不怎么多，比例大概是七比三吧。这样想来，让精灵们看到耶·兰提尔的民众畏惧他的样子，肯定会给她们留下负面印象。再说——万一精灵们认为耶·兰提尔多种多样的种族是被迫在那里做奴隶，那简直不能更糟糕了。

（这样想来还是……第九层吧。那么第九层的什么地方最好呢？）

安兹开始想，是不是该让卢米埃尔在他自己的房间里准备饮料呢，也让她们能有个练习的机会。

他继续思考了下去。

在社长室里喝饮料，在咖啡店里喝饮料，如果是他自己，他觉得哪一种更放松呢？

"答案只有一个啊，除此之外没有其他的选项。那好，我们到第九层去吧，第九层有食堂。我们在那里随便吃点东西，同时——你们吃过饭了吗？"

"没、没有，还、还没吃。"

"是吗，看来我来得正好啊。"

其实安兹是有点故意选这个时间来的。

人在填饱肚子之后，往往会放松下来。

可是，来到这里之前，安兹在路上花掉了太多的时间，他本来担心赶不上吃饭的时间，看来运气还不错。不对，这层的人都得到了安兹要来的消息，而且不知道他到底会在什么时候到，人们肯定没有心情在这种情况下吃饭。

"那好，我们一边吃饭一边聊吧。"安兹看向精灵们那边，说道，"怎么样？"

精灵们显得很惊慌，她们面面相觑，用目光彼此推辞了一会儿，正中央的一个人开了口。她不像是主动承担起了代表的责任，更像是左右两人把苦差事硬塞给了她。

"好、好的。只要亚乌菈大人和马雷大人同意，我们就按您的吩咐办吧。"

安兹心想：确实不该抛开亚乌菈和马雷做决定啊。于是他又问起了双胞胎姐弟。

"如果没有问题，我想带大家到食堂去，怎么样？希望你们姐弟二人也能一起来。"

"我们没问题！对吧，马雷。"

"嗯、嗯。啊，不对，是的。姐姐说得没错，我、我们没问题。"

"那真是太好了。那么——"安兹把视线转向了精灵们，"我要发动'传送门'了。"

2

安兹首先用"传送门"带一行人到了第六层的传送门前。他在那里通过"讯息"命令管理传送门的奥蕾奥尔把门连接到第九层。当然，第八层到第九层的传送门也正常运转着，否则很可能过不了阿里阿德涅系统这一关。

说实话，安兹没必要搞得这么麻烦。

使用安兹·乌尔·恭之戒传送有人数限制，没办法一次把一行中的所有人都送到目的地，不过只要往返两次就能解决问题。之所以采取这么麻烦的方式，是因为安兹觉得防人之心不可无，想让精灵们掌握假情报。还有，他想尽可能避免展现戒指的力量。

穿过第九层的传送门，安兹发现科塞特斯的部下正守在门前。他们看到安兹现了身，向他深深鞠躬，表达敬意。

"辛苦了。"

安兹拿出统治者应有的风范，高傲地只对他们说了这样一句话。

亚乌菈、卢米埃尔出来之后，三个精灵也站成一排一起从门里走了出来。可是她们刚迈出传送门，便看到向安兹行礼的魔物，像冻结了一样停住了。

倒不是科塞特斯的部下释放出的敌意震慑住了精灵们。只是普通人走在森林中，突然看到野生老虎从草丛里现了身，毫无疑问会被吓得动弹不得。精灵们身上发生的就是这种现象。

紧接着，有人从某个精灵背后轻轻推了她一下。

她们刚走出传送门便站定了，对走在最后面的马雷来说被堵住了。所以他——不过还是尽可能轻地——推了精灵一下，可是这一下对于紧张到极点的精灵来说，足以成为打破均衡的一击。

"呀……"随着一声凄厉的尖叫，那个精灵身体一晃，瘫坐在了地上。左右两边的精灵吓得面无血色，慌忙拉住了她，想把她扶起来，可是她似乎已经吓瘫了，用不上力气，扶都扶不起来。

"不用怕。在这纳萨力克中，没有一个成员会伤害你们。"

"好、好的……"

精灵想必不是对安兹说的话有所怀疑，可是她那极度的紧张情绪还是没有缓解。

左右两个精灵头点得太猛，头发也跟着上下晃了起来。至于瘫坐在地上的那个精灵，她看起来马上就要哭出来了。

这样不行，一定会影响接下来的计划，安兹在这一点上十分肯定。这样想来，他必须尽可能让她们把心放下来。

"……去食堂之前，先找个地方休息一下吧。'传送门'——亚乌菈，把那个姑娘抱起来。"

"好的！"

"那、那怎么行，怎么能劳烦亚乌菈大人做这样的事——"

"没事，没事。好啦，走吧。"

亚乌菈没有在意瘫坐在地上的精灵的劝阻，轻松地抱起精灵，把她扛在了肩上。精灵们都穿着工作服，所以裙摆随之飘起之类的事件一概不会发生。

走出半球形的黑色球体——"传送门"，一行人来到了安兹熟悉的他自己的房间中。

安兹看到三名女仆正向他低头行礼，她们都拿着打扫卫生的工具。

"辛苦了，我稍微休息一下就离开这个房间，你们继续打扫吧。"

"遵命。"女仆们回答后又行了个礼，这时其他人也从"传送门"中走了出来。

精灵们半张着嘴，在房间内四下张望，脸上的表情就像进了大城市的乡下人。看来是这个房间与亚乌菈和马雷姐弟的房间大不相同，她们感到非常新奇。看起来她们比刚才稍微放松了一点，安兹猜测大概是与科塞特斯的那些一看就是魔物的部下相比，普通女仆不那么可怕，更容易让她们接受吧。

"亚乌菈，让她在那边的椅子上坐下吧。"

安兹指了指雅儿贝德的座位。亚乌菈痛快地回答之后，把刚才瘫倒的那个精灵放在了雅儿贝德的椅子上。雅儿贝德的办公桌显得非常整洁，正反应了她的为人。顺带一提，从另一种意义上来说，安兹的办公桌也很整洁。

"非、非常感谢……"

精灵坐在椅子上向安兹低头致谢。安兹用尽可能友善的腔调说道：

"没关系，你会吃惊可以理解。不过，我刚才也说了，请放心吧，在纳萨力克里没有人会伤害你——伤害你们。所以，你们尽管放松就好。"

当然，安兹也明白，就算这样说，她们也不可能马上放松下来。

安兹背向精灵们，走到一名女仆身边，小声下令道：

"接下来我会去食堂，拜托你到路上去看一看，让除了你们女仆之外的人先避一避。食堂……"安兹本打算说食堂也是一样，然后又改变了主意，"不，没什么，食堂该怎么用还是怎么用吧。不，应该说有你们在食堂里反而更好。"

"是，遵命。那么我这就去。"

"抱歉打断你的工作，拜托了。"

"您这是在说什么，安兹大人。"

安兹距离这位女仆最近，所以向她下了令，不过她自己似乎并不这样认为。只见她向同事们露出一丝胜利的微笑，而她的同事们则看起来藏不住心中的不甘，面孔略微扭曲起来。

得令的女仆斜眼看着同事们，迈着轻快的步伐走出了房间。

安兹敏锐地——这对于安兹来说是很稀罕的——感觉到背后的女仆们纷纷把视线投向了他。她们毫无疑问是心怀期待，在用视线询问："有没有给我们特别的工作呢？"顺带一提，给安兹值班就算是特别的工作，所以安兹没有感觉到卢米埃尔释放出那样的气息。

安兹感到如坐针毡，女仆们当然没有给安兹出难题的打算，只是他自己要坐上去。他注意着不让视线朝向女仆们，看向了坐在椅子上休息的精灵，确认她已经调整好了呼吸。

"看来已经没问题了啊？那我们走吧。"

安兹不希望精灵们认为他有强制的意思，不想催促她们，可他实在不想继续待在这个房间里了。

确认精灵能走路了之后，安兹打头走出了房间。走出房间时，安兹只当没有感觉到女仆们遗憾的视线。

走向食堂的路上，安兹不时听到身后的精灵们情不自禁地发出叹息声，还有"好厉害""好美"之类的称赞。

安兹很想炫耀一番，不过他还是努力忍住了，没有回头，继续向前走去。

过了一会儿，一行人到达了食堂。他们在路上一次也没有碰到纳萨力克中的仆役，只是消耗了相当多的时间——精灵们在路上一直左看右看，本就走得很慢，到了安兹想要炫耀的地方，他还会进一步放慢步速。一路上没有其他的问题。

纳萨力克第九层的食堂是模仿公司和学校的食堂建成的，给人的感觉和西式餐厅不一样。不过安兹的学校和公司都没有食堂，所以他也不知道真正的食堂是不是这样。

安兹上一次来到这个食堂，还是他刚到这个世界，把纳萨力克的所有设施逛了个遍的那次，他发现食堂的陈设倒是没有什么变化。还没迈进门，他就听到里面传来正聊得兴起的年轻女性的声音，还有餐具相互碰撞发出的清脆响声。

食堂中应该是以普通女仆为主，在第九层和第十层工作的人，说不定领域守护者也来吃饭了。这会儿虽然已经过了午餐时间，但是食堂依然十分热闹，安兹觉得可能因为是轮班制的缘故。

只要看到女仆们有说有笑地吃饭的样子，精灵们应该能理解这个地方的用途。她们作为外来者，说不定会觉得自己与这里格格不入。不过就算是这样，看到女仆们吃饭时的平和景象，精灵们应该也能稍微放松一点才对。安兹就是为了这个目的才没有让女仆到食堂清场。

可是,安兹刚刚走进食堂,刚才那祥和的景象马上变了。

首先,他听不到声音了。

刚才他明明能听到欢快的交谈声,还有吃饭时发出的有生活气息的响声,现在那些声音都消失了,气氛也马上紧张了起来,让人不敢相信这里是食堂。

随后——食堂中所有人的视线都集中到了安兹身上。每个人都瞪大了眼睛,保持前一秒的动作定住了。

安兹心想:真像到了客场啊。

食堂中人们的样子,就像亚尔夫海尔人看到了误入其中的高罪恶值异形种。

"不用在意我们,你们继续吃饭就好。"

食堂中分散坐在各处的基本都是普通女仆,她们听到安兹的话,重新开始吃饭了,只是她们似乎一点都不打算继续聊天,所有人都在默默进食。

安兹一点都不想妨碍她们开心地吃饭,眼下的状态让他有些伤心。不过,他又觉得——只要想想就能理解她们的心情。

从来没有到过员工食堂的社长突然现身,恐怕就会把食堂的气氛搞成这样。正在吃饭的换成铃木悟,他想必也会和女仆们一样。如果是规模更小的公司,社长和员工之间的关系更近,也许不至于出现这种情况。

(恐怕没戏啊……)

安兹觉得短时间内没法改变自己在大家心目中的形象，从人人敬畏的绝对统治者安兹大人，变成人人爱戴平易近人的安兹先生。如果人们了解了他的本性，发现他其实是个无能的人，或许真变成那样，可要是人人嘲笑——安兹觉得应该不会——的目标，那就太惨了。

"好了，进去吧。"

安兹回头看向身后的一行人，向他们开口的同时，注意着不引起精灵们的怀疑，观察了一下她们的样子。

不，他根本不需要观察，一眼就看得出精灵们被震慑住了。这也难怪，她们也注意到了安兹现身之前食堂中其乐融融的景象，可是安兹一现身，食堂马上变成了闯进了异形种的亚尔夫海尔。

安兹想不到该怎样解决这个问题。

所以，他觉得在食堂待上一会儿，精灵们应该就能适应这里的气氛。安兹一边尽可能往好处想，一边向食堂里迈起了步。

安兹不想让女仆们更加紧张，随意来到一张离她们比较远的餐桌旁，指着对面的座位说道：

"好了，到那边坐下吧。"

精灵们好像十分困惑，她们面面相觑，像是想把坐在安兹正对面的苦差事推给其他人。安兹觉得这应该才是事实。

"我明白了。确实，精灵们的礼节和我们或许有些不同啊。所以，总而言之大家不必拘谨。今天就算别人的做法完全不符合自己熟知的礼节，大家也不要在意，怎么样？"

安兹的这番话首先是表示他没有把精灵们的行为看成失礼，给了她们一个台阶下。他作为统治者显得太和气也不合适，而且亚乌菈和马雷看到精灵们那摇摆不定的样子，不知道会做出什么反应，这也让安兹觉得有点害怕。

"来，坐到我前面吧。"

安兹伸手指向了站在最后面的精灵。安兹回想了一番，发现她从来没有站到正中央过，既然是这样，让她承担一次苦差事才公平。

说实话，承认坐在自己对面是苦差事让人有些难过，不过安兹能理解她们的心情，尽可能把这事当成工作的一部分来考虑。

安兹发话之后，事情马上有了进展。

另外两个精灵马上坐了下来，亚乌菈和马雷也分坐在了安兹左右。

卢米埃尔站到了安兹身后，安兹对此有不小的看法，不过还是努力忍住没有开口。

"好了——不好意思，其实我也是第一次到这里来吃饭，所以，跟我讲讲现在这个时间段该如何使用食堂吧。"安兹之所以这样问卢米埃尔，是因为看到她的同事女仆们在这里，猜测她平时也会到这里来吃饭，"首先——这样吧，我想点饮料，这里有菜单之类的东西吗？"

"这个时间段是自选饮料和自助餐形式。饮料和做好的菜品都在那边，用餐者都是需要吃多少就拿多少。"

安兹看向卢米埃尔指的方向，只见那边摆着许多个似乎装着饮料的大玻璃壶，旁边还放着许多个大大的保温式金属盘。

"除此之外，还可以从那边的午饭套餐中选择一种料理。"

"原来如此……"

"料理长就在厨房，我认为只要安兹大人吩咐下去，不管什么料理，料理长都能准备好。"

"是这样啊，不过，那倒不必。既然有现成的午饭套餐，我们就从那里面选吧。"

安兹接过了卢米埃尔递上来的纸。

纸上用日语写着菜单，精灵们想必读不懂，再说——

"猪排盖饭之类的词你们听说过吗？"

精灵们摇了摇头。

"亚乌菈、马雷，她们平时吃什么饭？"

"就是吃普通的饭啊。"

"是、是的。基、基本，那个，就是，和我们一起，吃一样的东西。"

安兹觉得这样想来，亚乌菈和马雷恐怕也没有吃过猪排盖饭。不对，他们吃的应该是厨房做好的料理，而且他们自己应该也能做自己想吃的东西。

"没有吃过猪排盖饭吗？"

"不，她们吃过的，我觉得她们只是没有听过这个名字。"

"好吧，是这么回事啊……"

这张菜单没有附带三维影像照片，他们没法看到料理的样子。

"推荐料理……"说到一半，安兹想到回话者可能会说都是推荐料理，又把后半段话咽了回去，"我看看……对了，有肉的料理你们能吃吗？"

看到精灵们点了点头，安兹从菜单中选了一样。

"汉堡肉饼套餐，每人一份。"

"酱汁可以从多蜜酱、日式酱汁、奶油芥末酱三种里选择，还可以选择搭配米饭或面包，您看怎样选呢？"

"选面包和多蜜酱如何？"

日式酱汁和多蜜酱安兹都有印象，可是他不知道奶油芥末酱是什么味道，他开始怪这身体没法品尝食物的味道。

"没问题！"

"啊，是的。那个，我也，没问题。"

亚乌菈和马雷劲头十足地回答了安兹的问题，精灵们也在不住地点头，看来没人有异议。

"那就这样点吧。"

"呼。"安兹长出了一口气，可是卢米埃尔还是没有到厨房去下单的意思。安兹觉得有点奇怪，莫非是食堂的工作人员会来接单吗？

"安兹大人,您看饮料怎么安排?"

"——对啊,还有饮料呢。大家分头去拿自己想喝的东西,这样可以吧?"

"好的。那我去把安兹大人的饮料拿来好了。您要什么?"

"随便——不,这样吧,给我热咖啡好了。"

"遵命。"

以亚乌菈为首的几人向着放饮料的桌子走了过去。

卢米埃尔似乎到厨房里说起了话,只听厨房里突然嘈杂起来。

安兹一看,发现有人从厨房侧面走了出来。

那人腰际配着巨大的剁肉刀,背上背着巨大的中式炒锅,亦裸着肥嘟嘟的上半身,身上文着巨大的"新鲜的肉!!",脖子上挂着大金链子。

他的面孔有点像半兽人,而他其实属于比半兽人更接近野兽的近亲种,种族名叫野猪人。

他头上戴着洁白的主厨帽,腰际围着洁白的围裙。

这名男子就是这个食堂的领域守护者和料理长。

他的名字是四方津·时津。

四方津·时津灵敏地跑到安兹身旁,单膝跪在了地上。见状,安兹心想:你这样跪岂不是会弄脏身上的厨房制服!

"安兹大人!欢迎您驾临此处!"

"好久不见了,四方津·时津啊。你看起来还和原来一样,我很高兴。"

"谢谢您!"

说是和原来一样,其实安兹上次见到他,还是在刚刚传送到这个世界,与所有NPC见面时的事。上次见面已经过去了太久,安兹觉得就算四方津·时津有什么变化,他恐怕也看不出来。

"等等,你好像瘦了点儿?"

"如果安兹大人觉得我瘦了,那我肯定就是瘦了!"

我说这话只是想和你寒暄两句——安兹拼命克制住了自己,没有把这句话说出来。

"那么,我刚才听她说了要点的东西,可是里面似乎没有安兹大人的那一份。……我明白!"

四方津·时津一咧嘴,露出了颇为豪爽的笑容。安兹不太明白兽人类种族的表情,他猜应该是的。看到他那样子,安兹心想:你绝对不明白。在类似的情况下,NPC有哪怕一次是真的明白了他的意思吗?令人伤心的是,恐怕一次都没有。

"您的意思是由我来为安兹大人——纳萨力克的绝对统治者,无上至尊——安排合式的料理!"

安兹正在心里嘟囔:"你看。"只见四方津·时津猛地站了起来,然后扯起嗓子向厨房喊道:

"接下来我们要开始一场激战!我们要准备配得上安兹大人的料理!开始一场持续一周也停不下来的饮食盛宴!"

"噢噢！"正看着安兹这边的女仆们发出了赞叹声。

"喂，等等。"

"是！"

四方津·时津重新转向了安兹这边，单膝跪了下去。

安兹仿佛看到四方津·时津背后烧起了一团火，还配上了内心独白："我要大干一场！我要大干一场！"对这样的人说下面这番话让安兹心里觉得很过意不去，而且他通常觉得，如果NPC有做某事的想法，他就应该配合，可是刚才四方津·时津说的这件事，就连安兹也没法赞同。

"我觉得你好像误会了什么，慎重起见，我还是再说一次吧，我是不死者，没法进食。"

"是！您是说，让我准备能用视觉和嗅觉享用的料理！对不对！遵命！"

四方津·时津说着，打算起身。

安兹对他说道："喂，等等。"

"是！"

"你先别忙，我说我无法进食，意思是让你避免浪费食材。"

"您这是在说什么啊，安兹大人！为了安兹大人使用的食材，用多少都不会是浪费！对吧！"

四方津·时津又站了起来，回过头去，像是在向食堂中所有的人说话一样。随着他的话音，掌声在食堂中响了起来。鼓掌的不光是食堂中的女仆们，就连亚乌菈和马雷都拍起了手，精灵们见状也赶忙效仿起来。

用不着在这种事上随大流,安兹在心里抱怨来。

"那好,事不宜迟。"

"喂,等等。"

"是!"

四方津·时津又单膝跪了下去,安兹对他说道:

"那我直说了吧,我不是来吃饭的。我是来——不错,我来是想在这里好好聊聊天。你欢迎我的热情我已经深切感受到了,不过我没打算让你搞那个饮食盛宴。那个……我是想踏踏实实地聊会儿天,这样说你明白了吗?"

安兹理解四方津·时津为什么会显得格外有动力,大家都觉得不会来到此处的统治者突然来访,他们一定是想表达自己最大限度的欢迎。问题是,安兹来到这里不是想受到那样的欢迎。

"是!那我马上就为您清场!"

"喂,等等。"

"是!"

"不要把事情搞得那么大,我再说一遍,我来只是想聊聊天而已。根本没有搞得那么夸张的必要,明白吗?"

安兹瞥了一眼其他的人——特别是精灵——现在的表情,发现所有人都严肃地注视着他们这边。

女仆们已经摆好了架势,以便随时撤离,亚乌菈和马雷那样子就像正经历一件理所当然的事，精灵们则吓得像大难临头一样。他选择来这里和精灵们聊明明就是为了避免搞成这样——

"我不是怕麻烦你们，我真的是这样想着来到了这里。你们只要在我们面前表现得像平时一样就行了，请不要想得太多。"

"是！可是！我怎么能让无上至尊安兹大人受到和别人一样的待遇！"

安兹觉得这样做有点卑鄙，不过他也是不得已而为之。他干咳了一声，换上了郑重的腔调：

"四方津·时津啊。"

"在！"

"我说了，想看到这里平常的样子，如果你平时就忠于职守，没有必要做什么特殊的事吧？莫非你有所隐瞒，所以才想表现得不同于平时——让我看到与平时不同的这个地方？"

四方津·时津微微倒吸了一口冷气，然后带上了好像横下了一条心的表情说道：

"我没有顶撞您的意思，可是安兹大人！可是我，四方津·时津，至今为止从没有做过愧对把这里交给我的无上至尊——天目一个大人的事！"

"我想也是。"

安兹毫不犹豫地这样回答，只见四方津·时津脸上露出了诧异的神情。

"虽然我来到这里还没多久,但是我已经看得很明白了,你忠于职守,对你们称为无上至尊的人也是忠心耿耿。我刚才说的那句话冒犯了你,我要收回那句话,并且向你道歉。"

安兹说着,向四方津·时津低下了头。

"噢噢!安兹大人!您可千万别这样!无上至尊怎么能对我这样的人低头!请您马上把您尊贵的头抬起来!"

安兹缓缓抬起头来,直勾勾地看着四方津·时津。

"——四方津·时津啊,感谢你接受我的道歉。不过,我希望你能知道,希望你能明白。我是希望能看着你们的,看着这个地方平时的样子,踏踏实实地好好聊会儿天。请你把我当成来到食堂的一名普通的客人吧。"

"唔唔唔。"四方津·时津犹豫片刻,最终似乎说服了自己妥协,用力点了点头,"我明白了。"

"是吗,真是太好了。有朝一日,我们会邀请许多宾客——地位很高的人来到纳萨力克,到那时候再向我们展示你的真实实力吧,拜托了啊。"

"是!可、可是,您没有必要向我这样不值一提的人低头。"

"我的主要目的当然是为羞辱了你而向你道歉,不过你可以当我同时是在对信任你、把你安排在这里的天目一个道歉。"

四方津·时津好像很为难一样苦笑起来,他脸上的表情就像是在说:"您说到了这个份儿上,我还能说什么呢。"不过很快,他便恢复了那张大师傅的面孔——安兹猜应该是。

"那好，安兹大人，我这就去做您点的料理。"

目送转身离开的四方津·时津回到厨房，安兹向食堂中的所有人开了口，他故意把声音放得比较大，以便所有人都能听到：

"各位，抱歉打扰了大家，没事了，大家不用在意，继续吃饭吧。"

四方津·时津离开之后，亚乌菈他们回到了餐桌旁。分散在食堂中各张餐桌旁的女仆们也重新开始了进餐，安兹觉得紧张感比起刚才略显缓和。四方津·时津的登场似乎在缓和气氛上起到了积极作用。

亚乌菈他们回来的时候，手里都拿着自己想要的饮料。卢米埃尔把咖啡放在了安兹面前。

安兹能嗅到咖啡那芳醇的气味，里面还带着一丝若有似无的浆果香气。

YGGDRASIL倒是没有过与咖啡店联动的活动，不过这个游戏的数据量大得异乎寻常。食材就是其中的一例，普通的游戏一般写个"咖啡豆"之类的名字就算完了，YGGDRASIL里却有许多种咖啡豆，而且每一种都分为不同的品级，料理使用的咖啡豆品级越高，能发挥的效果也就越好。

所以，纳萨力克中保存的咖啡豆都是高品级的，安兹觉得这咖啡一定非常好喝。

（我觉得，那些昂贵的咖啡一定都有这样的香气吧，不过喝起来是不是也有浆果的味道呢?)

安兹像往常一样怨恨着自己这不能饮食的身体,等所有人坐好之后,他开了腔:

"好了,我们一边喝一边说吧。"

两个精灵选了蜜瓜苏打水,还有一个人选了漂着冰块的绿茶。听到安兹发话,她们喝了一口自己的饮料,只见选了蜜瓜苏打水的两人直眨眼睛,捂住了嘴,像是想按住从嘴里向外冒的气,看来她们对自己的选择很满意。

"好多泡泡,真好喝。"

"好甜。"

两人边说边喝,手中的杯子眨眼间便成了空的。安兹看准这个机会,和气地说道:

"再去倒一杯如何?"

"啊,好的。我们这就去。"

两个精灵马上点了点头,站起来向着饮料壶那边走了过去,她们的步伐显得很轻盈。

"她们似乎很喜欢喝,真是太好了。"

"啊,是的。"

安兹对留在桌边的精灵这样说着。她似乎也很好奇另外两人喝了什么样的饮料,一口气喝光杯子里的茶,站了起来。顺带一提,亚乌菈和马雷都选了可乐,姐弟俩似乎早就喝惯了,没有表现出什么特别的反应。

虽然出了不少意外，不过精灵们的紧张似乎得到了一定程度的缓解，不会只因为安兹是不死者就执拗地对和他有关的一切感到不信任。

（看来有甜味的东西果然有很好的效果啊。没有女人讨厌甜的东西，同样没有女人面对甜的东西能克制住自己。红豆包麻薯说得果然没错，我本来还以为她是在正当化自己的暴饮暴食……）

听到这番言论时，安兹·乌尔·恭三位女性中的另外两人歪了歪脖子——虽说史莱姆没有脖子——表示不解，不过也没有否定。而现在精灵们确实解除了心防，综合这两个事实，可见红豆包麻薯的话有一定的道理。不过，就算是现在，安兹还是有一丝怀疑。

（好了，总算可以开始了。我进行过几次演练，不知道能不能自然地提出精灵国家的话题啊……）

安兹回想起第一次见到她们时，她们说过的那些话。

据说精灵的国度在南方的大森林中，而且没有国名。雅儿贝德认为没有国名是因为精灵之国没有必要和其他种族的国家开展外交，而且近邻也没有其他的国家。既然没有必要区分本国和别国，那么只把国家称呼为"国家"就足够了。

精灵们说，长期以来一直是国王统治着精灵国家，所以这个国家应该称为王国。她们还说，这个国王非常强大。安兹没能问出这位国王是什么职业，怎么个强大法。他当时看了看亚乌菈和马雷，意思是询问他们知不知道。

这个精灵之国现在与教国处于敌对状态，而这三个精灵就是被教国抓住后当成奴隶卖掉了。至于精灵之国和教国为什么开战，什么时候开始进入了战争状态，她们也没有相关的情报。

安兹觉得这可能是因为精灵国家没有健全的教育制度，而这三名精灵本身也没有了解这些情报的意愿。不过在她们描述的精灵生活中，精灵会向孩子传授其他更重要的，基本都是和魔物有关的技术和知识，所以他们并不觉得有必要学习和讲授历史类的知识，这应该才是最主要的原因。

安兹问过她们在精灵之国中有没有见过黑暗精灵，她们回答说没有见过，但是听说过。与亚乌菈和马雷相识后，她们才第一次亲眼见到黑暗精灵。所以安兹觉得，在精灵之国中，黑暗精灵应该算是少数民族。不过，她们没听说过黑暗精灵受到其他民族的欺压。可是考虑到她们的知识量有限，安兹觉得她们很可能只是不知道。

而这些——就是全部了。

这些就是安兹在那一次交谈中获得的所有情报。

当时安兹不愿意让精灵们产生疑心，只能满足于这些收获。不过现在，安兹装备上了进一步获取情报的充足理由，时机已经成熟了。

（那好，差不多该决定了。是以建立国交为方针问她们呢，还是告诉她们——我想让亚乌菈和马雷交朋友，希望她们带我们到黑暗精灵的村子去呢？）

上升到国家层面，因为问题的规模太大，她们可能会紧张起来。安兹觉得相比之下，还是选择一个普普通通的人也能理解的目的比较好，这样她们聊起来也会更放松。再说后者本来就是安兹想做的事，他不用撒谎，也就不用总是绷着那根弦。只要有必要，什么样的谎话安兹都说得出来，不过这不代表他喜欢说谎话，他只是在有利可图时才不惜撒谎。

再说，考虑到她们今后有可能得知真相，安兹觉得还是不撒谎好处更大。

（选择后者确实比较轻松……可是我没法想象在亚乌菈和马雷面前提出来，他们会有什么样的反应啊。）

安兹担心这对姐弟会把交朋友当成自己的使命。说实话，安兹觉得所谓朋友是在共享兴趣的过程中产生的，他不愿意承认奉命结交的朋友算得上朋友。

安兹想起了他自己在YGGDRASIL中交到的朋友——他以前的那些公会中的伙伴。那些同伴都是他碰巧遇到和水到渠成交上的朋友。

不过，他也不明白小孩子需不需要朋友。安兹——铃木悟小时候就没朋友，而且他也不觉得那给他带来了什么问题。

那么，要说为什么儿时没有朋友的安兹想让亚乌菈和马雷交朋友，那是因为夜舞子提起过。可是安兹同时也回忆起来，听到夜舞子说的那番话之后，乌尔贝特脸上带着不屑的笑容说道："让活在不同世界中的人交朋友，简直是做梦。"

安兹也不明白这两位同伴谁说得才对，不过他还是觉得有朋友不是损失。

（那么，我别提让他们交朋友，只说想让他们多认识一些黑暗精灵如何？能不能交到朋友，就看他们自己怎么做了。当然，能交到朋友是最好的。）

不过安兹认为，实力强弱，地位高低，或许都会妨碍朋友关系的构筑。

而在YGGDRASIL，所有玩家都是对等的。

安兹不经意间想起了几个朋友，他的表情随之变得有些阴郁。不过，他很快便摇了摇头，拂拭掉涌上心头的往事和情感。

如果在并不对等的现实世界中相遇，他们恐怕将无法成为朋友。安兹觉得这样想来，在接触的第一步，有必要尽可能让姐弟二人与精灵国家中的黑暗精灵建立对等的关系。绝对不能让他们双方一边站在魔导国干部的立场上，一边站在精灵王国少数民族的立场上。

（那就尽可能隐瞒他们姐弟的身份……嗯，这世界上的父亲莫非都要想得这么多吗？塔其·米是怎么做的呢？我是不是应该多和他聊聊这方面的话题？）

安兹正在烦恼该如何跟精灵们开口，只见她们端着同一种饮料走了回来。

她们拿的都是可乐。

（糟了，我还没有想好啊……果然不能依靠临场发挥，不过，没办法。既然他们姐弟二人都在场，那我就从对精灵之国感兴趣，想展开国交开始说起好了。如果没能引得她们提出黑暗精灵的话题，我再说"其实是这样"，提这方面的问题好了。不，我就说"从微观角度来讲，我们希望能和黑暗精灵建立友好的关系"或许也不错。）

看精灵们重新落了座，安兹故作镇定，向她们说道：

"好了——差不多了，请你们听我说说正事吧。"

精灵们正保持着用全神贯注来形容最合适的状态喝着饮料，她们的手——应该说是喉咙吧——停了下来。

"我们现在正在建设一个名叫魔导国的国家，我们的想法是在魔导国中，和各种各样的种族一起生活。目前已经有人类、矮人、哥布林、半兽人还有蜥蜴人等种族赞同我们的主张，成了我们国家的国民。先不说精灵是否会赞同我们的主张，不过我们想和精灵国家建立国交，开展贸易。所以我想到你们的国家去看看，能请你们提供帮助吗？"

安兹觉得不是用来当成借口，而是真能和精灵国家建立国交、开展贸易其实也不错，只是有一个最大的问题。

安兹绝对不适合去做这个使者。

考虑到安兹的能力，与别国外相会谈，为了建立国交而签订协议，他是绝对做不到的。矮人那次安兹确实取得了成功，可是他不觉得自己能如法炮制，甚至很有可能取得完全相反的结果。

所以，如果真的打算与精灵之国建立国交，安兹还是想派能让他放心的智者去做使者。雅儿贝德当然有这个能力，可是现在为了占领、统治王国，她已经非常忙碌，短期之内安兹不想再把新的工作丢给她。

只要安兹向雅儿贝德下令，她一定会说"不要紧"，而她应该确实能做到。可是，她不能说没有勉强自己。正因为是这样，安兹有必要注意部下的身体和精神状态，避免他们把太多的工作揽到自己身上。

所以，安兹希望这件事不提升到国家的高度，只是和黑暗精灵建立个人层面的关系，这才是他心目中最理想的状态。

"咦，那、那个，安兹·乌尔·恭大人，您说希望我们提供帮助，我们要做什么才好呢？"

"首先——我想请你们跟我聊聊。还有，叫我安兹就行了。"

"只要是我们知道的事——"精灵似乎横下了心，说道，"我都愿意说给您听。不、不过，关于称呼，请、请您允许我们，保持本来称呼您的方式……"

亚乌菈和马雷还有周围——虽然有一定的距离——似乎在偷听的女仆们，脸上都露出了难以形容的表情。

她们大概很明白，如果精灵们改了口，她们会认为精灵们

"没有礼貌""不分尊卑"；如果精灵们不改口，她们会认为精灵们"居然拒绝了安兹大人的要求"，自己也不明白到底怎样对待精灵们才是正确的，夹在两者之间不知如何是好。

安兹不打算呵斥正在偷听的女仆，他能感觉到她们不是出于恶意和好奇心，同时能感觉到她们有一股诡异的气势，生怕他有什么需要的时候自己落于人后。

"是吗……真遗憾。那好，说正题吧。精灵之国是什么样的？既然是在森林中，你们是怎么保护自己免受魔兽所害的？"

精灵们脸上都露出了诧异的神情，就像安兹问了一个奇怪的问题。

"我们虽然生活在森林中，但是已经把生活的地方转移到了树上，因为地面太危险了。"

"森林祭司会用魔法让树木发生变化，制造出房子来。"

"适合施放这种魔法的树也是用魔法培育的。我们把这种树称为精灵木。"

精灵们纷纷开口向安兹解释起来。据她们所说，精灵似乎能用森林祭司的魔法让树木改变形态，比如在树木内部生成空洞、在树木之间的半空中架起简易的桥梁，还能在森林中用几十棵精灵木制造出一个集合体。

那就是精灵的村落。

这种使精灵木发生变化制造东西的技术就是精灵文化的中

心，据说不光房子和家具，就连武器和防具都能用这种方法制造出来。而用这种方法制造出来的用来打猎的箭，硬度甚至能匹敌铁制品。

在安兹的知识中，YGGDRASIL并没有这样的魔法。他拜托她们用用看，没想到她们大吃一惊。她们还以为亚乌菈和马雷居住的那棵树就是精灵木的特别版变种，因为外形和精灵木完全不同，而且只有他们姐弟二人才能使其改变形态。

她们还说，精灵的那种魔法是精灵木专用的，对其他的树种完全无效。

因为生活在这样的环境中，蛇和蜘蛛等擅长爬树的魔物就成了精灵的天敌。精灵的村落有守夜人，可是这类生物同时很擅长潜行，往往防不胜防。同时，墙壁与地面连接的部分呈锐角的建筑方式，对不怎么擅长爬树的魔物十分有效，精灵们很少受到那类魔物的威胁。

她们说，听说唯独精灵的王都——精灵本身人口并不多，听说规模称得上"都"的城市只有一个——建在一个新月形湖泊旁没有森林的平地上。之所以总出现"听说"这个词，是因为她们生活在远离王都的村子里，这类情报只能通过传闻获得。

说起为什么唯独王都建在平地上，是因为那湖里有巨大的水栖魔物，大型魔物害怕那个捕食者，都不敢靠近湖边的区域。她们听说这就是最主要的原因。

安兹心想：原来如此。

森林祭司应该能用魔法生成水之类的生活必需品，所以树上就成了非常棒的生活环境。精灵木茂密的枝叶就是防御飞行魔物的屏障，而且能把精灵们隐藏起来。

安兹认为，生活在这样的环境中，想必许多精灵都练就了一身游击兵或者森林祭司的好本事。如果没有这样的人才，他们一定无法在森林中生存下去。

（虽然这个世界上如何学习技术、如何获得职业还有很多不明确的点，不过精灵当中的农民比人类当中少，想必能战斗的人比例一定很高。）

紧接着，安兹又问起了精灵的寿命和人口等方面的问题。

她们说精灵似乎不怎么在乎寿命之类的问题，对自己到底能活多久不怎么感兴趣。不过，住在她们村里的最年长的精灵，年龄估计已经超过了三百岁。顺带一提，她们似乎连自己的年龄都不是很清楚，而精灵中似乎也没有生日的概念。

虽说如此，精灵毫无疑问有比较长的寿命，或许就是因为这个，他们的人口似乎并不多，不像人类那样连续不断地生孩子。不过，听了她们的描述，安兹还是认为精灵中应该会诞生不少孩子。

（在YGGDRASIL的设定中，我记得精灵的寿命是一千年……刚出生后的十年成长速度很快，而生命最后的十年衰老的速度也很快，好像是这样来着，我记不清了，应该差不多吧！我记错了？还有大概每十年能生一胎……假设二百岁上下成年，直到四百岁上下都有生育能力……能生二十个孩子？这方面的情况将来最好找个知情人问一问啊。）

"那么——如果我们想把你们送回原来的村子，该到什么地方去呢？"

精灵们看了看彼此的脸。

（好吧，看来不肯把村子的位置告诉我们啊，这毕竟是重要情报嘛。）

片刻之后，一个精灵怯生生地向安兹提出了问题：

"那、那个……您要把我们赶回家里去吗？"

"嗯？"安兹觉得她这句话用词有些奇怪，想了想才发现是他自己想得不够周全。"对了，你们的村子被教国的人类攻击了啊。"

她们并不是士兵，只是生活在村子里，在教国来袭时被俘。这样想来，再回到那个村子，对她们来说恐怕没有好处，而且那里恐怕也很不安全。

"那好，那就不回你们的故乡，把你们送到安全的地方去吧。你们知道什么安全的村子吗？比如亲戚住的村子，要不然把你们送到王都如何？"

"送我们……去王都吗？"

"对不起，我们只去过村子周围……"

"到底什么地方才安全呢……"

关于村子之外，她们只有很少的情报。不过，这一点上并非只有她们是这样。王国和帝国的人也是如此。

这个世界上的人大多会在出生的故乡终其一生。特别是无法受到良好教育的人，他们最多只知道附近城市的名字，至于远方的城市，哪怕在是同一个国家，对他们来说也像外国一样陌生。

"嗯。"安兹一边沉思，一边自言自语起来。

精灵们对他说道："那个……您已经决定了要把我们送出这里吗？"

"我是这样考虑的。如果想和精灵之国建立国交，把你们留在这里，说不定会招来你们国家的反感。你们明白吧？把你们留在这里只是应急措施，不是长久之计。不过，我也不会无情地把你们丢到教国控制的地区，所以我才问你们什么地方才安全——"

安兹虽然不打算积极主动地和精灵之国建立国交，不过把这三人平安地送回她们的国家，说不定将来能收获某种好处。

安兹觉得精灵们好像想说什么，于是向她们问道：

"怎么了？"

"不能让我们继续留在这里吗？"

"唔……"

安兹把目光投向了她们面前的饮料。他心想：莫非是因为这个——不，那怎么可能呢。

"为什么呢？如果你们不想说，我也不勉强，不过如果可能，我还是希望你们告诉我。"

"那个——"

精灵中的那个代表抬眼瞥了亚乌菈和马雷那边几下。

"亚乌菈、马雷，你们的饮料好像不多了，去拿点什么如何？"

"咦？"

"好的！我明白了，安兹大人——走吧，马雷。"

真是太了不起了。

安兹在心里为懂事的亚乌菈竖起了大拇指。

他觉得如果换成自己，恐怕没法马上察觉对方是在绕着弯子让他回避一下。不过他又觉得自己作为社会人的经验也有可能发挥作用，让他马上察觉到对方的意图。

说不定亚乌菈察言观色的能力比雅儿贝德和迪米乌哥斯还要强？"您是这个意思啊，安兹大人。"迪米乌哥斯脸上带着浅笑说出这话的样子浮现在了安兹的脑海中。

（毕竟他们两个会彻底误会我真正的用意啊……我甚至会怀疑他们是故意的。莫非他们真的是故意的？）

"咦、咦？"

亚乌菈站起来之后，拽着还云里雾里的马雷的胳膊，硬生生把他拉走了。看到两人离得足够远了，安兹向精灵们问道：

"这样方便说了吧？"

"是、是的。"

精灵代表估算了一下亚乌菈和马雷是不是已经走得够远了，压低声音回答了安兹的问题。亚乌菈和马雷两个黑暗精灵的听力比人类要好，而亚乌菈这种修习游击兵职业的人听力就更好了。安兹觉得眼前这个精灵恐怕也是明白这一点才压低了声音，不过他觉得就算压低了，亚乌菈也很有可能听得到。

"我们习惯了这里的生活，没法再回到原来的生活中……这里……亚乌菈大人和马雷大人的房子棒极了。"

"咦？"

安兹本打算和精灵们一样压低声音，可他还是因为吃惊发出了平时的音量。

安兹本以为说话的那个精灵可能在开玩笑，可是看到另外两个精灵重重点着头，表示同意代表的说法，他这才明白她们说的是真心话。

精灵说首先伙食水准不同。精灵主要用烤和煮的料理方法，加工果实、肉、蔬菜来吃，而这里在料理方面的热忱绝非她们的家乡可比。

她们一口咬定，现在习惯了纳萨力克的伙食，不觉得自己回去之后还能习惯过去的生活。顺带一提，她们最喜欢吃的东西似乎是披萨。

（原来如此……食品外交也是个不错的方向。和我们建交就能吃到这么美味的食物，这确实是个不错的发力点啊。……难道都跟矮人一样吗！）

精灵们说还有其他原因。

这里的安全性也非她们的故乡可比。虽然精灵们生活在安全比较有保障的地方——用魔法建起的村子，可也不会一年之内没有因为魔物丧生的人。相比之下，在纳萨力克，就算晚上不安排守夜人也可以高枕无忧。

精灵们还说了许多类似的话，安兹觉得如果是这类原因，就算让亚乌菈和马雷听到了也没关系。他正想着她们一定还有其他想说的没有说出来，精灵开了口：

"而且能侍奉那两位是我们的荣幸。"

"是这样——"

听到这话，安兹总算明白了，他重重点了点头。

亚乌菈和马雷姐弟是精灵的近亲种，而且都是可爱的孩子。按说人会对侍奉孩子有一点抗拒，安兹觉得应该是亚乌菈和马雷的人格魅力打消了精灵们心中的疑虑。

要是有人问安兹，他最愿意侍奉哪个楼层守护者，他也会选择亚乌菈和马雷。当然，如果真的有人这样问他，为了照顾所有守护者的面子，他想必会说："所有守护者都很棒，我选不出来。"其次应该就是科塞特斯，除了他们三人之外，安兹不太愿意侍奉其他的楼层守护者。

可是，安兹还是不觉得这是非得在亚乌菈和马雷回避之后才能说的话。他本以为精灵们还有其他要说的，没想到她们似乎已经把想说的都说完了。

（说实话，我有点不明白。这些话在他们姐弟面前说又有什么关系呢？刚才精灵说了什么让他们听到有可能会受到训斥的话吗？好吧，无所谓了。）

"那好。我希望你们继续在纳萨力克工作下去。"

安兹觉得没有必要拒绝她们的要求。

听到安兹说出这话，精灵们显得非常高兴，而且安兹看得出，她们绝对不是为了讨他的欢心而表演。"既然是正式雇用，关于薪资和待遇方面的问题还要细谈。这方面的问题，回头我会交给别人来处理。"

三名精灵似乎不明白安兹在说什么，不过这些问题在安兹心目中是非常重要的。

如果将来纳萨力克能和精灵王国的黑暗精灵建立友好关系，三名精灵在纳萨力克的待遇到时候将会变得具有重要的意义。安兹当然可以解释说，她们本来是奴隶，是纳萨力克把她们救了下来，而且给了她们安身之所，所以她们算是在用劳动回报纳萨力克的恩情。不过，凡事都有度，现在纳萨力克一点工资都不给她们，只能说是黑心企业了。安兹可不希望将来有可能来到这里的黑暗精灵对纳萨力克留下这样的印象。

这样想来，最好的办法就是用这三个精灵树立典范，证明纳萨力克是良心企业，外来者在这里也会得到良好的待遇。

安兹看了看周围的女仆。

可能是因为安兹他们压低声音说话，女仆们听不清楚了，她们纷纷摆出用胳膊肘撑在餐桌上托着头的姿势，其实手搭在耳朵后边，仍然在努力分辨安兹他们说了什么。

女仆们可以说是不顾形象了。

想到她们这样做是忠心使然，安兹便没有了呵斥她们的念头。可他还是希望她们不要表现得这么露骨。

（看来得尽快和精灵们签好合同啊。能不能借这个机会把给精灵们的良心待遇向普通女仆推广呢？）

安兹觉得应该可以，可是女仆们的愿望就是尽可能做更多的工作，如果真的在这个时机实施，她们有可能会把账算在导致她们休息时间变多的精灵们头上。他认为女仆无论如何不会危害精灵，不过如果真的打算向普通女仆推广，那他恐怕还真的有必要留个心眼。

"这件事先这样定了。去精灵王国的事，希望你们能提供帮助。如果可能——希望你们能为我们做向导。当然，亚乌菈和马雷也会和我们一起去。只是，我对精灵的习俗礼仪都不了解，希望你们也能为纳萨力克和精灵王国做个中间人。"

精灵们看了看彼此，摇了摇头。

"对不起，我们不觉得自己有能力做好向导，中间人也是……我们虽然去过邻近的村子，但是别处的习俗礼仪我们也不清楚……"

"是这样啊……"

"对不起！"

"没事，没必要低头道歉。"

在没有向导的前提下到不熟悉的地方去会比较麻烦，不过就算她们跟去，也不一定能起到什么作用。考虑到没法避免走一步看一步，似乎也就没有必要非得带上她们。她们一起去，恐怕还会变成累赘。

安兹转过头去，向候在他身后的卢米埃尔招了招手。卢米埃尔把脸凑过来之后，安兹小声在她耳边说道"再等一下"，拿起杯子递给了她。当然，安兹杯子里的饮料一点都没动，他为了保证卢米埃尔理解他的意思，只把视线投向了亚乌菈和马雷那边。

安兹的意图不太明显，不过卢米埃尔似乎马上便理解了，只说了一声"失礼"，便离开了安兹旁边。

"那么——你们精灵是怎么看黑暗精灵的？"

"他们都是非常了不起的人。"

听到精灵没有等他话音落下就马上回答，安兹那根本没有的眉头皱了起来。

精灵这样评价黑暗精灵，对安兹来说是一件好事，不过他觉得她们理解错了他的问题。

安兹马上想到了她们为什么会这样回答。

因为亚乌菈和马雷。

"不，不是，我是问黑暗精灵这个种族和你们精灵种族是什么样的关系。"

"他们都是非常了不起的人。"

"不是……"

安兹觉得她们这样回答也是没办法的事。她们作为亚乌菈和马雷的准侍从受到了各种优待，当然没法说出"黑暗精灵是下等种族"之类的话。安兹倒是觉得，她们要是真的说出来了，反而更让他感到可怕。

"我刚才也说了，我想和精灵王国建立国交，而且想把这个任务交给那两个孩子。为此，我想了解一下精灵作为种族对黑暗精灵的整体印象，如果精灵社会对黑暗精灵没有什么好印象，让那两个孩子去打头阵就不太好了。怎么样？能不能坦率地告诉我呢？"

三个精灵看了看彼此。

"说实话，我们的村子里没有黑暗精灵，我们也是来到这里之后才第一次见到黑暗精灵。所以，我们对黑暗精灵没有什么特别的看法。我们只是听说过，很久以前，被称为黑暗精灵的近亲种从北方流落到了我们那里。"

"我们原来只是在传闻中听说过，见到两位之后，才知道黑暗精灵的皮肤真的是黑色。"

"我们也没有听村里人说过黑暗精灵的坏话。不过，希望您明白我说的只是我们自己的村子。"

安兹寻思，她们这话里应该没有恭维的意思，也不是在说假话。他觉得这样看来，年轻的精灵——他也不知道这样形容是否正确——似乎对黑暗精灵没有什么偏见。

这样想来，就算黑暗精灵是少数民族，也很有可能并未受到欺压。是不是因为精灵之国有教国这个外敌，所以顾不上同族相争，还是说森林这一严酷的生活环境使然呢？

"我顺便问一下，那不死者呢？"

"它们是污染森林的敌人。"

"它们是邪恶的怪物。"

"说是这么说，我们很少见到不死者。"

"啊，是吗……"

精灵们毫不犹豫地回答了安兹的问题。

我可是亚乌菈和马雷的主人，这几个家伙为什么不恭维我呢？安兹心里想着，但没法把这话说出口。他刚才确实声明了"想听你们实话实说，"可他还是觉得精灵们说得实诚过了头，她们就是那种会相信社长说的"不必拘礼"，结果被赶个闲职的员工。

不过，听了她们这番话，安兹没法充当大使去建立国交已是毫无疑问的事了。安兹转念一想，又觉得这样或许也合适。他到时候就算没法成功与精灵国家建立国交，也可以把这一点拿来当借口，证明并不是因为他能力不足才没能成功建交。

安兹又一转念，是不是应该循序渐进——先派遣外交官，建立国交，再从长计议前往精灵王国的事呢？

（可我这没有合适的外交官啊……没有可信的人类内政官是个大问题啊……不过也可能有，只是我不知道。那么，跟雅儿贝德提一下派冒险者去如何？不对……让冒险者代表国家还让人很不放心啊……当然这只是我的推测，或许不对……）

他觉得只要告诉雅儿贝德，她有可能会说："派冒险者去也没问题。"只是——

（现在还来得及从长计议吗？）

精灵王国与教国敌对，似乎一直受到教国的攻击。两国之间的战争从这三个精灵被教国俘虏之前已经开始，精灵王国现在搞不好已经被教国打得树倒猢狲散了。

精灵王国沦陷对安兹来说倒不是坏事，因为在这种情况下伸出援手，能得到更好的效果。那么要说魔导国是不是应该先作壁上观，其实也不尽然。

他们现在没有时间观望，因为有可能成为亚乌菈和马雷的朋友的人，说不定会在教国的攻击中丧命。更不要说黑暗精灵是少数民族，他们的生命从稀有度上来说价值更高。

（要不然把他们姐弟俩先派——不，这样不行。派他们姐弟二人到陌生的地方去风险太大了。我当然明白他们姐弟是一百级的NPC，不是孩子……不过我希望他们专心交朋友，不想让他们分心考虑建立国交的问题。这样想来，我还是应该跟着他们一起去。）

安兹眼下不打算介入精灵王国与教国的战争，拯救精灵王国。他现在想避免教国和魔导国因为他一拍脑壳形成彻底敌对的关系。

安兹想知道雅儿贝德和迪米乌哥斯在这件事上的看法，可是又怕提出这类的问题，暴露了他自己脑子里空空如也的事实。最重要的是，如果安兹有什么差池，搞不好会导致雅儿贝德和迪米乌哥斯把最蠢的他的意见当成金科玉律，给纳萨力克带来潜在的损失。

（或许到精灵王国去，只告诉黑暗精灵去避难才是最好的办法啊。这样想来……除了他们姐弟俩之外，没有必要带别人去？）

安兹觉得就算要带人去，只带半藏等擅长潜伏的护卫最合适，比起率领军队前往要好。

这次和去矮人国家那次一样。

"原来如此……"

安兹打量着三名精灵，觉得她们三人相当于当时的那个蜥蜴人。

"您、您是指什么？"

"没什么，不用在意，我是在自言自语。"

他可以带着三个精灵中的一个去，剩下的两个当然要留在纳萨力克。只要纳萨力克这边有人质，精灵应该不会做对安兹有害的事。

安兹觉得这是个好主意。

就算她们觉得这是纳萨力克方面留了人质，只要安兹说没有那个意思就行了。

安兹看了看亚乌菈和马雷那边，他们似乎感觉到了安兹的示意，亚乌菈和马雷，还有卢米埃尔都回到了餐桌旁。

"对了，你们精灵喜欢什么样的伴手礼？金银、宝石之类的如何？"

"我们村里不用金属硬币之类的东西，我不觉得村里人会想要金银……"

"单拿我们的村子来说，人们最喜欢的是食品，还有就是稀少的药草。虽然轻伤用魔法就很容易治好，可是中毒和生病之后，只有技术高超的森林祭司才治得好。所以村里人都很看重便于携带的药草。"

"我们毕竟只要用魔法，连衣服也能从精灵木上制造出来。"

"不光是房子和箭……连衣服都行啊……精灵森林祭司的那种魔法简直是万能的啊。马雷应该不会用这么厉害的魔法吧？"

"咦？啊，是、是的，我不会用那样的魔法。"

如此奇特的森林祭司魔法恐怕就是精灵进化的成果。安兹很想要这种独特的技术，可是又觉得纳萨力克的人恐怕无法使用。这样想来，他们还是需要把这个世界的居民置于治下，保证所有人都臣服于纳萨力克，在与其他公会发生争端的时候，这样的提前布局有可能成为决定胜败的一招棋。

不对——

（应该认为早就有这样的——以前传送到这个世界的公会。这件事应该告诉雅儿贝德，讨论是否应该重新制定国家战略。）

安兹觉得自己都能发现的问题，其他玩家肯定早就发现了。只有蠢材才会盲信自己与众不同。

为了通过友好手段让精灵们了解魔导国的好处，到达精灵的村子之后，通过"传送门"往返几次，把料理送过去，这在某些情况下应该是个好主意。安兹还记得矮人那次，料理就起到了很好的效果。

安兹觉得只要结合那时的经验，这件事应该就能办好。

（当时我也总是想逃避啊……）

"应该先找到那个所谓新月形的湖泊，到据说位于湖畔的精灵王都收集情报，然后再前往黑暗精灵的村子，我想这样应该是最稳妥的。"

"我们要去黑暗精灵的村子吗？"

亚乌菈看起来似乎想说什么，不过在三名精灵面前，她恐怕没法向安兹细问。

安兹也没法说去黑暗精灵的村子是为了让他们姐弟二人交朋友。他叩不希望姐弟二人为了遵守命令交朋友。

"是啊，我是这样打算的，这件事希望你们姐弟二人也能帮帮我。"

安兹故意装作没有注意到亚乌菈有话想说，不过两人还是劲头十足地给了他肯定的回答。

（下一步该怎么做呢……尝试说服精灵吗……肯定不会像对待矮人时那么顺利……）

安兹没有突破下一处难关的自信，可只能硬着头皮上，这也是为了给在纳萨力克推行带薪假制度打好基础。

料理正好在这时上桌了——或许是食堂的工作人员一直在等着他们的谈话告一段落。

"来，吃饭吧。"

看到料理上桌，三个精灵的眼睛早已开始放光，听到安兹发话，她们便开心地吃了起来。

3

挑战难关的时候，人会怎样做呢？

人们往往有几种适合挑战难关的做法，不过这一次，安兹选择的是地利和人手数量的优势。

安兹坐在守护者们在谒见室为他准备的王座上，让亚乌菈和马雷分立左右，一手握着久违的真品安兹·乌尔·恭之杖。

也就是说，他现在俨然是纳萨力克的绝对统治者、公会会长安兹·乌尔·恭。

可是，虽然他严阵以待，也不一定能战胜即将到来的对手。这次安兹即将迎来的对手应该说是最终头目，而且是"九曜世界吞食魔"之流无法与之相提并论的最终头目。

安兹咽了一口他没有的口水。

他的脑海中不停地重复演练，设想对方可能会做出的各种反应，寻找他应该做出的最合理的回答。可惜——安兹说到底只是个凡人，他能想到的不及对方万一。

也就是说——

（除了碰运气——没有其他办法！！）

安兹决定寄希望于自己临场发挥的能力，他觉得未来的自己一定会闯过难关。

候在门前的卢米埃尔示意安兹，他等的人来了。

"好了，让她进来吧。"

"遵命，安兹大人。"

此人是谁不言自明。

她就是楼层守护者总管雅儿贝德（最终头目）。

看到安兹的那一刻，她马上收起了平时的微笑，换上了一副严肃的表情。

"让您久等了，真的非常抱歉。"

看到雅儿贝德在入口处深深鞠躬，安兹命令道："抬起头来。"

"不用在意，雅儿贝德，我早就得到了你会晚到的报告，这样说来，你应该算是按时到了才对。"

安兹用"讯息"联络雅儿贝德的时候，她正在冰冻监牢忙着，而且告诉安兹她现在的样子没法让安兹看到，希望安兹给她梳妆打扮的时间。

安兹当然没有理由拒绝雅儿贝德的请求,他指定了比雅儿贝德的请求还要晚三十分钟的时间,告诉她到这个地方来。雅儿贝德来得比安兹指定的时间还要早了十分钟,或许是她的性格使然,也可能只是遵循社会人不成文的守则。

雅儿贝德抬起了头,走到王座前单膝跪了下去。

安兹开门见山说道:

"雅儿贝德,我接下来要休带薪假了。"

安兹其实可以找各种借口,可是以往他这样做的时候,事情总会被搞得格外复杂,他觉得还是直接说出真正的目的为好。正好这次迪米乌哥斯不在,他觉得事情不会朝意外的方向发展。

雅儿贝德抬头看着安兹,眉毛微微一动,视线也向安兹左右扫了一下。安兹觉得她是在看亚乌菈和马雷的反应。

安兹正观察雅儿贝德,看她会做出什么样的反应,只听她严肃地说道:

"包括纳萨力克在内,魔导国的一切都属于安兹大人。"

(嗯?)

安兹没听明白她在说什么。

他心想:我一点儿都听不明白。

她为什么会给出这样的回答呢?

她是经过了什么样的思考,有什么样的思维跳跃,才从嘴里说出了这样一句结论呢?

安兹不知道自己对此该做何反应。

他马上想到了两种回答方式。

"你说什么呢？"这是其中之一。另一种回答方式就是："没错。"当然，安兹说这话的时候是打算用统治者风范来掩饰的。

安兹拼命开动他那假想中的脑筋，想得脑子都要冒烟了，可是时间有限。雅儿贝德已经把球丢给了他，他必须尽快把球丢回去。

"看来你似乎有什么误会啊，雅儿贝德，我想说的不是这个意思。"

安兹说出了自己的真实想法。他觉得以往他不懂装懂的时候，似乎从来没有得到过令他满意的结果。

——不对，也有。

总而言之，他保住了纳萨力克的绝对统治者安兹·乌尔·恭受人尊敬的形象。

牺牲品就是铃木悟的心。

雅儿贝德脸上露出了好像有什么发现的神情。

"真、真是非常抱歉，安兹大人。"

随后她赶忙低头道歉。

"不，我没有生气啊。不错，你没有必要低头道歉。"

喜欢让什么错都没有的人低头道歉的只有人渣。

"不对，是我用了带薪假这个词，让你误会了啊。"

纳萨力克没有完善的薪资系统和休假系统，属于十足的黑心企业。既然是这样，安兹说出"带薪假"这个词，雅儿贝德有十二分的可能当成某种隐喻。这只能怪安兹一直没有着手建立良心企业应有的体系。当然，安兹本人也想为自己开脱，就是NPC想尽可能多工作，阻止他建立这种体系，所以他才一直没有做到。

顺带一提，根据铃木悟的经验，不管员工在公司里的待遇多么糟糕，只要人际关系圆满，员工就能忍耐下去。而待遇再怎么好，要是人际关系太糟糕，员工的精神也很快就会出现问题。

从这个层面上来说，纳萨力克的人际关系或许达到了圆满的最高水准，所以才能运转得如此顺畅。

"这是我的失误，请你原谅。"

安兹也向雅儿贝德低下了头。

"安、安兹大人！请您抬起头来！"

雅儿贝德慌了神，听到她这话，安兹抬起了头。

"总而言之，我们已经对彼此道过歉了，可以请你原谅我吗？"

"哪里有什么原谅不原谅——"

"如果我不肯对你们低头道歉，那我就完了，那样的我就不是我了。"

雅儿贝德倒吸了一口冷气，睁大了眼睛，然后深深低下了头。

站在安兹左右的姐弟两人也打了个激灵，看来是雅儿贝德突然做出这样的反应吓到了他们。

安兹还没来得及问"这是怎么了",雅儿贝德先抬起头来开了口:

"那么,您说要休带薪假,您计划带着他们二人到什么地方去?"

安兹心想:不愧是雅儿贝德。

真是太可怕了,她听到带薪假,马上想到安兹是打算出门。如果把安兹换到雅儿贝德现在的位置,他恐怕会问:"您带着他们二人,莫非是打算在第六层好好休息一番?"

"我计划带着他们姐弟俩到据说位于南方的精灵之国去。"

"精灵之国啊……"雅儿贝德沉思了一会儿,然后开口说道,"原来如此。"

安兹心想:怎么就原来如此了啊。

她可能是在考虑与精灵之国开展外交的事,安兹觉得应该说清楚。

"你先听我说清楚。我不打算开展外交,只是想去看看情况。"

"我明白了。"

安兹心想:怎么这么乖?他本以为雅儿贝德会说什么。

这样的雅儿贝德反而让安兹感到可怕,他觉得某种致命的误解或许已经发生了。

"就是这样,我要请带薪假,带着他们姐弟二人到精灵的国度去旅行。所以,如果有什么急事,请用'讯息'之类的方法与我联络，我很快就会回来。除了旅行之外，我没有其他目的，也不打算做其他事，明白吗？这可是真的，真的是真的啊。"

"我明白了，那您打算马上出发吗？"

"是、是啊，你说得没错。"安兹本来没考虑好到底什么时候出发，不过毕竟有教国这个威胁，或许还是尽早出发为好。"我是这样打算的，不过亚乌菈和马雷应该需要时间做准备吧。"

"我认为他们两人都没有问题，只要安兹大人想马上出发，他们当然可以马上做好准备。"

别这样说嘛。安兹心里这样想着，没想到姐弟二人对雅儿贝德说的话表示赞同。

"唔——"

既然姐弟二人表示没问题，安兹应该没什么好说的。可是——

"我希望能确认一下。不光是雅儿贝德，亚乌菈和马雷，我也有问题要问你们。纳萨力克地下大坟墓建立了魔导国，纳帝国为藩国，令荒野的亚人臣服，前不久刚刚灭亡了王国。魔导国控制的领土不断扩大，作为组织可以说得到了壮大。不过——我有些担心，组织虽然变大了，人才有没有得到与之相应的成长呢？"

是不是只要有一两个人休假，组织就会无法正常运转呢？

亚乌菈和马雷毫无疑问是组织中的干部，换成公司来说就是高层管理人员。如果是普通的公司员工，其他人或许也能承担他们的工作，但是高层管理人员的工作可就不是谁都能承担的了。组织也不能因为两个人休假就瘫痪啊。

如果真的导致这样的结果，安兹的计划就有中断或者变更的必要。

"我担心的就是这个问题。如果真的是这样，我们必须采取能从根本上解决问题的措施。"

"我认为应该没有问题。再说，就算真的出了什么问题，还有我和迪米乌哥斯，实在不行，我们还可以请潘朵拉·亚克特提供帮助，这样应该就不会有任何问题。"

"原来如此，不愧是雅儿贝德。看来我能想到的问题，你早就解决了啊。你是纳萨力克最睿智的智者——之一，而且是守护者总管，你的能力真是名副其实，太了不起了，我很满意。"

安兹全力以赴把雅儿贝德称赞了一番。

雅儿贝德和安兹不一样，她把组织打理得井井有条。如此精明强干的部下，安兹对她除了称赞还能怎样呢。

"真的非常感谢。"

雅儿贝德深深鞠躬表示感谢，然后重新直起了腰，只是，她的表情显得有些僵硬。

就在她鞠躬的时候，安兹心中浮现出了另一个疑问，他又向雅儿贝德问道：

"这次我选了亚乌菈和马雷……就算雅儿贝德和迪米乌哥斯休假，我们的组织同样能正常运转，对吧？"

雅儿贝德一时语塞，不过很快便回答道：

"我相信就算我们两人不在，其他人也一定能把工作做得令安兹大人满意，填补我们留下的空缺。"

"唔……雅儿贝德啊，我不是问你是否相信，我是在问会不会有问题……确实，让你说出怀疑各楼层守护者——各位同伴能力的话，这对你来说一定很困难，你一定很不情愿。不过，能不能请你排除感情因素，坦率地告诉我，我们到底能不能做到呢？如果不能，我们应该趁顺风顺水的时候进行相应的训练，把组织打造得更加牢固才行。不过嘛……我能想到的问题，雅儿贝德恐怕早就想到了吧。"

"那、那个，安兹大人……在您说到一半的时候打断您……那、那个，真的非常抱歉。"

"怎么了，马雷？"

"啊，那、那个，对、对不起，我、我觉得雅儿贝德做的那么厉害的工作，我没有自信能做好……"

人们沉默了片刻之后，雅儿贝德那带着火气的声音响了起来。

"你要说的就是这些？你说完了？"

安兹心想：这是怎么了？

他不觉得刚才马雷说的这番话里有惹火雅儿贝德的内容。不对，应该说安兹觉得马雷说得"完全在理"。

"咦，啊、啊，是的……"

"马雷！"

雅儿贝德怒斥一声，吓得马雷一个激灵，双肩都高高跳了起来。雅儿贝德的面孔十分吓人，安兹看得出她是真的动了怒。

安兹还没来得及劝阻，雅儿贝德便毫不留情地呵斥道：

"你是说你有幸成为楼层守护者，却没法完成无上至尊要求的工作吗？！"

"雅儿贝德！不要喊得那么大声。做不到的事就是做不到，实话实说有什么问题吗？明明做不到还要说做得到才有问题。"

"请您原谅我的冒犯！"

安兹明明出口劝阻了，雅儿贝德的声音还是比平时要大，不过她这话不再是冲着马雷去的，安兹也就没再说什么。

"不是做不到实话说做不到有问题！问题是做不到却不提出改善的方案！没法完成无上至尊要求的工作，楼层守护者怎么能满足于这样的状态！"

"唔。"安兹在心里呻吟了一声。

他没法说雅儿贝德说得不对，从这个角度来说，马雷刚才说的那番话确实不好。

"安兹大人，我认为雅儿贝德说得对，马雷应该收回他刚才说的话。"

亚乌菈冷冷地说了这样一句话。"啊呜，啊呜。"看到自己的姐姐也开始责备自己，马雷忍不住发出了没出息的呻吟声。

"作为楼层守护者——"

"别说了！"

安兹怒吼一声，打断了还想继续指责马雷的雅儿贝德。他当然不是真的生了气，只是在演戏，证据就是他的精神并没有遭到强制镇静。

安兹在说话的同时释放出灵气，这是为了借助视觉效果硬把主导权捏到手里，绝对不是为了施加负面效果。他之所以这样做，是因为他很清楚就连卢米埃尔也装备着能让精神作用无效的道具，雅儿贝德和亚乌菈、马雷更不用说，灵气不会对他们造成影响。

安兹不知道雅儿贝德接下来打算说什么，她接下来有可能会温柔地劝导马雷，可是他们二人之间的关系有可能因此形成不可修复的裂隙，安兹只好插嘴打断雅儿贝德。

"马雷啊，雅儿贝德说的这番话确实有道理，如果你觉得自己做不到，就应该提出相应的建议。"

"非、非常抱歉……"

"说是这么说，雅儿贝德啊，如果上司硬把工作塞给认为自己无法完成的部下，你不觉得这上司也有问题吗？"

"不能说没有问题。"

"我认为在这件事上，你们双方都有不对的地方。雅儿贝德啊，我很感谢你的忠心，可是，不管是谁都有可能犯错，为了避免相同的错误再犯，也为了避免错误受到隐瞒，别人第一次犯错时，我们应该耐心地提醒才对。"

其实，雅儿贝德就是因为忠心和能力都太强，处理各种问题时总想严办。不过雅儿贝德的这类意见基本都被安兹压下去了，所以时至今日还没有激化成更大的问题。安兹觉得如果真的彻底放权给雅儿贝德，魔导国恐怕会刮起肃清风暴。

（不会吧……这应该就是我杞人忧天了，对吧……）

"是的，我确实激动过头了，请原谅我，马雷。"

"那、那个，啊，不，不是这样的。雅儿贝德说得对。有错的是我。非常抱歉。"

两人对彼此低头道歉，马雷则是鞠了个九十度左右的躬。这样一来冲突应该算是告一段落了。

"……好了，我们说到什么地方了？对了，我想起来了。我是想说要休带薪假，带着你们姐弟到精灵国度去，这段时间的工作你们要做好交接。总而言之……你们在大概三天时间里完成交接吧。……尽可能不要交接给楼层守护者，试着交接给你们的部下吧。如果你们觉得部下无法胜任——"

安兹觉得雅儿贝德显得格外严厉，是因为刚刚攻陷王国。

"就和潘朵拉·亚克特商量一下吧，你们两个明白了吗？"

"是！"两人都劲头十足地回答。

"那么随同安兹大人的仆从怎么安排，还是选半藏吗？"

安兹觉得带半藏挺好，应该说半藏们用起来极其顺手。说真心话，如果金钱和数据都有富余，安兹还想召唤出更多的半藏。

虽说半藏的数据已经用光了，不过图书馆还有其他忍者系魔物的数据，按说只要用它们就行——

（我不太愿意动用宝物殿里的财产，只能等到我自己的钱攒起来。等等，是不是应该优先考虑纳萨力克的强化呢？去精灵国家的路上，我再思考一下这方面的问题好了。唉，缺钱啊，缺我能随便花的钱……能不能遇到个攒了一堆宝贝的家伙呢，最好是宝贝被抢走也无话可说的那种……）

"安兹大人？"

"嗯？嗯嗯，抱歉。我光顾着想事情了。这个嘛——"

"半藏应该是最好的。"安兹正打算这样说，又把话咽了回去。人们常说优秀的社会人要有察言观色的能力，可是安兹只是个普通的社会人，唯独这时可能是掷骰成功了吧，直觉告诉他不要马上对雅儿贝德说的话表示赞同。

他从雅儿贝德的腔调中发现了她和平时略微不同的一丝情感。

"不，我还没定下要带半藏去，你有什么想让半藏负责的事吗？"

"啊，不是，如果您这次不打算带半藏去……我倒不是想对安兹大人的决定提出异议……"雅儿贝德支吾了一下，观察着安兹的脸色说道，"部下们觉得安兹大人只重用半藏……毕竟想为安兹大人效力的部下很多，我是在想，希望安兹大人也能给那些部下表现的机会。"

雅儿贝德发现安兹沉思起来，慌忙补了一句："部下们希望得到表现的机会，只要安兹大人知道有这样的意见就行了。"

"嗯。"安兹回答的同时，在内心按住了额头。

安兹——铃木悟说来说去只是个凡人，所以他做梦也想不到还会有这样的问题。

他确实重用半藏，可是其他部下如果产生了这样的想法，那么现状可以说非常不妙。

在企业中确实存在偏爱的现象，哪怕能力比别人差一点，得到了上司偏爱的人，当然会更容易晋升。可是这种情况下无法避免企业中人际关系的恶化。

安兹觉得那样不行，他刚才还在想，黑心企业纳萨力克就是因为人际关系圆满才勉强维持着顺畅运营的。

在这样的情况下，他无论如何说不出："我还是决定带半藏去。"

"好了，至于让谁随行我回头——不，我会尽快联络你。做好准备，以便不管谁被选中都不会出问题，你不觉得这样也挺有意思吗？"

安兹脸上露出了坏笑，他的心情却和表情完全不同。

雅儿贝德向安兹低头行了个礼，那样子就像在说："原来如此，不愧是安兹大人。"

"我明白了，我马上通知纳萨力克地下大坟墓的所有成员。"

"嗯，拜托了。"

安兹站了起来，只带着卢米埃尔走出了房间。随后他像完成了一项工作的大部分工薪族一样，长出了一口气："呼！"

* * *

听到房门关闭的声音，雅儿贝德抬起了她那深深低下的头。她抬起头时，目光正好和同时抬头的另外两人撞在了一起。

"我说啊，亚乌菈，我有件事想问你。"

"什么事啊？"

雅儿贝德一边起身，一边向亚乌菈问道：

"安兹大人说要休带薪假，到精灵们的国家去……你觉得安兹大人的目的是什么，肯定不只是想过个悠闲的假期吧？"

"想必不会。"

"咦？是、是这样吗？"

安兹·乌尔·恭是智谋之王，这位纳萨力克的最高统治者每步棋都有许多层意义。

雅儿贝德认为主人此行至少有三个目的。

再说，国王这一地位分量非常重。不像穿脱外套那样，想拿起来就拿起来，想放下就放下。就算他们的主人亲口说——哪怕通知了别国也是一样——只是休假，在别国眼中，他还是魔导国唯一的魔导王。别国会认为他的一举一动都代表着魔导国的意向，不管什么样的傻子都会明白这一点。

雅儿贝德认为，这样想来，去精灵国度休假这句话一定有其他的意思其他的意图。

"那你觉得安兹大人真正的目的是什么？"

"就像安兹大人说过的，应该有强化组织的目的，不过我觉得安兹大人更主要的目的应该是收集情报。"雅儿贝德边思考边说，"关于安兹大人的目的，迪米乌哥斯应该会比我猜得更准……我觉得恐怕可以推测，现在教国正在大举进攻精灵王国。"

"教、教国吗？"

关于教国的情报整个纳萨力克有一定程度的共享，所以，雅儿贝德不必从基础开始讲起。

"是的，教国得知他们的潜在敌国魔导国与王国开始了战争，一定会加速解决他们自己和精灵之间的问题。"

"因为同时应付两条战线不是上策，对不对？"

"是啊，眼下教国和魔导国并未处在战争状态，不过考虑到将来，他们一定不愿意把兵力分到南北两条战线。这样想来，为了解决和精灵国之间的问题，他们很可能已经发动了大规模攻势。我觉得教国应该不会和精灵国讲和，但也不能说绝对没有可能。"

雅儿贝德觉得就算精灵国家被教国灭掉也没关系，如果教国把精灵们抓去当奴隶反而更好，这样魔导国就会得到解放精灵的正当名义，将来魔导国对教国采取措施的时候可走的棋会变得更多。不过，她的主人似乎有略微不同的想法，他此行也可能就是为了掌握这方面的情报吧。

雅儿贝德觉得换成迪米乌哥斯，他一定能更自信地分析出主人的目的。

在内政方面，雅儿贝德的能力强于迪米乌哥斯，可是在军事相关的事务上比不过他。所以，雅儿贝德为自己无法发现本该能发现的线索感到羞愧，同时为迪米乌哥斯没有行动起来感到诧异。

（莫非迪米乌哥斯背着我们实施了什么行动？他莫非正悄悄收集精灵国家的情报，同时不让我们了解那些情报，想借此达到某种目的？我觉得应该不会吧……）

迪米乌哥斯在纳萨力克外负责各种各样的工作，他单独做决定的权力比其他守护者更大。或许说其他的守护者很少行使这一权力更准确。虽说如此，他得到情报和采取行动后，必然要报告主人，需要写成文件——大多数时候迪米乌哥斯都会写得非常详细，所以文件会非常厚，读起来相当费神，雅儿贝德也能通过这些文件了解迪米乌哥斯的动向。所以，雅儿贝德不觉得迪米乌哥斯有什么对其他楼层守护者保密的行动，可是他的文件中从来没有提到过精灵之国。

不过，考虑到迪米乌哥斯的性格，他应该没有隐瞒。雅儿贝德觉得最大的可能性是他碰巧还没有涉足精灵王国方面。

只是，对照自己想一想，雅儿贝德同时又觉得不能一口咬定完全"没有"这个可能性。

雅儿贝德觉得自己离开这里之后，应该马上去见迪米乌哥斯。不对——应该把他叫来，不能在他的地盘上跟他谈这个话题。不过，他们说话的时候，如果旁边有她的部下，迪米乌哥斯很可能会猜到她的用意。

（可是，万一迪米乌哥斯带着恶魔来了……等等，他会这么轻率吗？他会怀疑我？目前还没有动作，应该没有问题——）

"我、我们要和教国开战吗？"

"咦？是、是啊，还有这个问题。我也不知道最终会不会开战，说不定安兹大人也是拿不准，所以才用了休假这个词。"

听到马雷的提问，雅儿贝德这才回过神来，慌忙回答起了他的问题。她已经沉思了很久，姐弟二人的目光却不显得诧异。她决定先把迪米乌哥斯的问题从头脑中赶走。

他们的主人这次或许是打算作为一个休假中的不死者，而不是作为纳萨力克的统治者采取行动。他可能是希望借此避免在最糟糕的情况下殃及纳萨力克吧。

"说不定唯独这一次，安兹大人也有拿不准的地方，所以决定脱离纳萨力克展开行动。"

"不会吧！"

"什么！睿、睿智的安兹大人，也会这样吗？！"

两人都惊叫了一声表达自己的惊讶，用怀疑的目光看着雅儿贝德。

雅儿贝德认为，他们的主人一直凭借着超群的智谋，总能看穿一切，完美地把控全局。他那仿佛无心插柳的一步棋，总能转化为决定大势的妙招，这样的事例他们已经见证过好几次了。人们都说他们的主人在行动时恐怕会放眼千年之后的未来。

现在，雅儿贝德说这位主人也会举棋不定，他们当然会觉得错的是雅儿贝德。

"看来就算是雅儿贝德，也猜不透安兹大人的想法啊——"

亚乌菈说着，把两只手搭在了后脑上。听到她的话，雅儿贝德向她露出了苦笑，说道：

"哪怕是我，也不可能完全看穿安兹大人的深谋远虑啊。经过以往的那些事，这一点我已经非常确定了……说实话，我不明白安兹大人是出于什么考虑用了带薪假这个词，不过你们记住，既然要去精灵王国，自然无法避免和教国发生冲突。"

双胞胎守护者严肃地点了点头。

"那、那个，带上我个人的部下去是不是不太好呢……"

"你是说除了安兹大人选出的随从之外，对吧……"

听到马雷的提问，雅儿贝德思考起来。带着主人选出的随从之外的部下去或许称得上不敬，不过主人也不是不可能因为他们自主准备了随从而感到高兴。

"如果安兹大人想以少数精锐完成此行……不对，等一下。"雅儿贝德进一步思考起来，"你们先以少数精锐和大部队同行为前提分别选出一批护卫兵。我也会和迪米乌哥斯商量一下，看安兹大人到底有什么目的，然后再联络你们。"

（安兹大人似乎非常担心纳萨力克无法正常运转。莫非此行也有这方面的考虑吗?)

雅儿贝德说希望主人放心的时候,主人把一番有着讽刺意味的赞扬当成了回答。雅儿贝德觉得这有可能是因为她没能真正领会主人的担心,没能完美地做到不辜负主人的信赖。

(安兹大人似乎对这一点格外担心……)

现在雅儿贝德手下算是有了一位能匹敌她和迪米乌哥斯的智者,不过她觉得即使如此恐怕还是不够。难道——

听过两人的回答之后,雅儿贝德最后说道:

"亚乌菈、马雷,看安兹大人选了什么样的随行者,应该能猜到一点安兹大人的意图……不过我觉得这是一次对你们要求非常高的工作。你们要注意所有的事物,不要大意,不管做什么事都要动脑子。"

两名守护者对雅儿贝德报以气势十足的回答。

考虑到姐弟二人的战斗能力,雅儿贝德不觉得他们没法保护好主人,不过她认为即使如此也不该人意。

雅儿贝德开始考虑,或许应该和迪米乌哥斯商量一下。纳萨力克说不定有倾巢出动的可能性,他们或许应该未雨绸缪,为这种情况做好准备。

(哪怕会耽误清理王国的残党,为了以防万一,也应该先准备好才是。)

雅儿贝德在头脑中为接下来的工作排着序,和姐弟二人一起离开了谒见室。

## 2章 纳萨力克式旅行景象

# 第二章 | 纳萨力克式旅行景象

# 1

精灵王国所在的艾瓦夏大森林中，没有称得上要冲的地方。当然，栖息着众多危险魔物的地方、亚人建立的小规模国家、让人连方向都分不清的地形，这些本身要说是危险也称得上危险，不过这里没有称得上要塞的建筑物，也没有人类难以逾越的天险。可是这里确实有难以突破的难关。

那是由一个人制造出的要冲。

朱炎是火灭圣典的副队长，他藏在森林中稀疏的树木后面，凝视着前方。

前方有一名外貌年龄不知有没有满八岁的精灵少女。精灵比人类更娇小，这让少女看起来显得格外年幼。

少女将一把小小的椅子放在高高隆起的小土丘顶，坐在椅子上面。她拿着一把与她那娇小的身体不般配的大弓，摆在椅子旁边的箭筒里有几支箭露着头。

那箭筒并不大，露着头的箭也能用双手的手指数清。可是朱炎接到了报告，那箭筒中的箭不管怎么用也不会减少，它毫无疑问是魔法道具。

少女旁边没有其他的人影。

她是孤身一人。

一个小孩子孤身一人。

——这才是最可怕的。

英雄能做到孤身一人改变战局，可以说敌得上一万将士。事实上，这名少女已经夺走了近千名教国士兵的生命。

从结果来说，就是四万教国大军被这个乖巧地坐在小椅子上的少女拖在了这里。

从战术的常理来说，无法突破敌军就该躲着走。教国大军不是非得从这里过去不可，大森林本身虽然是天然的险境，却也没有绕不过去的地方。

可是教国侵略军面对的不是军队，而是个体。如果敌人人数众多，其动向便容易把握。可是这名少女不光战斗能力超群，机动力也绝非常人可比，如果跟丢了她，想再找到恐怕就非常难了。战斗能力匹敌一支军队的敌人个体消失在大森林的阴影之中——这意味着漫长的游击战拉开了帷幕，毫无疑问会大挫前线士兵的士气。

他们也可以分兵与少女对峙，拖住她的同时让大部队继续前进。这按说是个不错的办法，当然前提是不考虑在敌人腹地分兵这个致命问题。

敌人大大方方地布好了阵——如果只是坐在椅子上就称得上是布阵的话，现在正称得上是好机会。于是高层决定，趁着掌握了她的位置，宁肯承受一些损失也要将她铲除。

英雄还得英雄会，不管送多少乌合之众迎击，也无法解决这个问题。

这次的教国大军中没有称得上英雄的人物，所以才需要火灭圣典出场。

说是这么说，火灭圣典中也没有英雄。以前有过，但是他现在已经调到了漆黑圣典。不光是他，教国中只要是踏入英雄领域的强者，都会被漆黑圣典挖走。

很遗憾，朱炎还没有踏入英雄的领域。

即使如此，高层还是认为只要火灭圣典齐上阵，就连英雄也能消灭，所以才把他们派到了这个战场。

而这正是事实。

朱炎他们火灭圣典确实有实力让消灭英雄成为可能。

可是刚刚踏入英雄领域的人与即将踏出英雄领域的超越者有很大的不同。就算他们面对前者有胜算，面对后者也会变得毫无胜算。正因为是这样，朱炎聚精会神地观察着少女。

普通士兵、强兵、精兵、英雄，然后是超越者……朱炎见过各种各样的人，具备知识和经验。他必须尽可能准确地评估目标少女的能力，以期减少他的队伍将要承受的损失。尽管比不上漆黑圣典，火火圣典的成员毫无疑问也是千挑万选出来的精锐——这一点适用于六色圣典的所有成员，当然不能让他们白白送死。

根据分析结果，朱炎有可能需要做出决定，投入敢死队拖住这名少女，同时请国内派遣漆黑圣典。

朱炎又轻，又长，又慢地呼吸着。

他藏在树后，受到"不可视化"和"寂静"两种魔法的保护——本来魔力系魔法中没有"寂静"，他用的是专为魔力系魔法吟唱者开发的"寂静"。即使如此，每次呼吸还是会让他紧张万分。

他很想擦掉额头上冒出的冷汗，但是每个动作都有可能带来死亡的风险，他没法轻举妄动。朱炎作为魔力系魔法吟唱者虽然有很强的实力，但是没了魔法，他几乎没有潜伏能力，顶多算是比普通人强上一点，所以他只能谨小慎微。

朱炎猜测精灵少女修习的职业是弓兵系或者游击兵系，而后者能让感觉变得更敏锐，就算朱炎受到两种魔法的保护，同样有被她看穿的危险。当然，少女或许无法确定他的准确位置，但是她大概会用范围攻击——朱炎知道她使用过范围攻击——逼迫朱炎现身。

就算这个少女是英雄，恐怕也没法通过一次范围攻击使朱炎受到致命伤。可是朱炎不认为自己在负伤的情况下还能成功逃生。

朱炎最害怕的不是死，他怕没法把手中的情报带回去——怕自己死得毫无意义。

（话说回来，这真是个让人不舒服的小鬼。）

自从朱炎开始观察目标，她的表情还一次都没有变化过，她的面孔死气沉沉，就像木头刻出的娃娃。

可是，朱炎很清楚，她不是木头刻出的娃娃，而是有生命的精灵。

朱炎也不知道自己从开始观察已经过了几分钟。

他的目标动了。

朱炎的心脏猛烈地跳了起来，他担心目标盯上的猎物就是自己。

她的目光没有投向朱炎，但即使如此，他也没法把心放下。因为对于真正的高手来说，使用视线做假动作是家常便饭。实际上确实有类似的武技，朱炎也有相关的知识。

就在这时，朱炎那用第二位阶魔法"象耳"强化过的听力捕捉到了从后方接近的几个脚步声。他的目标大概就是听到了这些脚步声。

发出脚步声的毫无疑问是他的同胞——教国的士兵。

罪恶感涌上朱炎心头，他非常清楚这些士兵为什么会被派来。

他没有设法警告士兵，因为那不是他该做的事。

他该做的事只有一件，就是看清楚他们怎样死去。

只有目睹目标战斗，才是看清目标的能力——实力最好的方式。高层为此如约送来了必要的牺牲品。

毕竟要牺牲同胞宝贵的生命，朱炎注意着不让气息发生变化，回过头去。他用第二位阶魔法"鹰眼"强化过的视力捕捉到了飞行中的箭。

他看到少女射出的一支箭蛇一样扭曲着穿过树木之间的缝隙，然后在空中扩散开来，变成了几十支箭，形成了一片箭雨。

紧接着，箭雨洒向了大地。

朱炎觉得她应该不是瞄准后射出了这一箭。哪怕她能通过声音准确掌握目标的位置，森林中的树木也会形成障碍，使她无法精准狙击。不过如果换成"火球"之类的魔法，火势却能到达遮蔽物的另一侧。她通过把让箭躲开障碍物前进的能力和让箭扩散的招数组合起来，实现了类似的效果。

朱炎那受到强化的听力捕捉到了士兵的惨叫声，看来没有一人毫发无伤。

（惨叫？他们还活着？）

士兵受到来自视野外的攻击，他们心里只有慌乱和恐惧。他们当中似乎没人能准确判断箭从何处飞来。士兵开始四散奔逃，战斗的意愿已经烟消云散了。

朱炎觉得他们的做法是正确的，甚至称得上是最佳选择。只要大家四散奔逃，总有人能逃出攻击范围。

少女又一次射出了箭。

她发动了让箭躲避树木飞行的能力，那支箭飞到准确的位置，再次化为一片箭雨。

在雨点落地般的声音中，士兵的惨叫声消失了，脚蹚过草丛的声音也不再响起。

这些士兵的死让朱炎得到了一个重要的情报。

少女没能一击杀死普通的士兵。朱炎很清楚，发动令攻击扩大范围的能力——比如武技时，攻击造成的损伤和命中精度通常会下降，但如果是英雄，应该能一箭射死所有的普通士兵。他觉得这样想来，答案只有一个。

（这个小鬼不是英雄，还没有踏入英雄的领域。）

朱炎得出了结论。

他自诩为漆黑圣典第三席"四大元素"的竞争对手，一直在努力提高自己的实力，所以他看得出来。

目标实力的水准在朱炎以下，但这不代表朱炎可以不全力以赴，也不代表他可以放下心来。

弓兵和魔法吟唱者战斗的方式大不相同，就算综合实力占上风，战局的细微变化也可能导致结果变得完全不同。再说这个少女也可能发现自己受到了监视，射箭时故意没有用上全力。

不过，朱炎一直在观察，他可以断定。

他还没有被目标发现。

这样想来，他该做的事只有一件，那就是清除教国的拦路石。

朱炎发动了"魔法无吟唱化·挡箭之墙"。

这样的准备称不上万无一失，可是，如果他继续在这么近的地方发动魔法，目标肯定会感觉到不对劲，说不定会选择逃走。

朱炎要做的就是横下一条心。

"'魔法无吟唱最强化·魔法箭'。"

朱炎在树后一闪身，同时使用了他的能力。火灭圣典中的魔法吟唱者必须修习奥术静思者这一职业，朱炎发动的就是这个职业每天只能使用一次的王牌能力。他们可以通过这种能力进行自己没有掌握的魔法强化，朱炎选择的当然是魔法三重化。

合计十二支魔法箭一齐飞了出去。

魔法箭是必中的，无法躲避，不过遗憾的现实问题是，它能造成的伤害有限。哪怕用上魔法最强化，只要敌我之间的战斗能力旗鼓相当，只靠魔法箭也无法确定能杀死目标。

不过——只有一对一的情况下才会有这个问题。

朱炎的部下都用了"不可视化视认"，看着他的一举一动。

他的目标脸上的表情突然变了。

她可能是因为承受不住朱炎造成的伤害带来的疼痛，也可能是因为看到了朱炎身后总计超过一百支的魔法箭飞向了她。

火灭圣典往往负责暗杀和反恐之类需要随机应变的工作，多由四名修习了不同职业的成员组成一个小组。这样的小组有点像王国和帝国中冒险者组成的小队。其实冒险者工会这个组织本身，就是教国的人潜入各国建立起来的，两者或许称得上是兄弟。不过在这次作战中，是修习了某个特定职业的人，而且是其中会用某种特定魔法的人集中到了这里。

他们都是会用"不可视化"的魔力系魔法吟唱者。

命中——

命中——

命中——

命中——

空中就像飞过了光形成的翅膀。

目标趴在地上，一动不动。就算是这样，靠近她的也只有朱炎一个人。

这世界上有能让人看起来像是死了的幻术，朱炎觉得目标是弓兵，应该不会用才对，但是不能大意。

朱炎的脚伸到少女的身体下面，把她翻了过来。

无数魔法箭命中了少女，把她那幼小的身体击打得遍体鳞伤。朱炎看了看她的眼睛，她的眼睑肿了起来，她的眼睛半睁着，里面已经没有了光。

少女毫无疑问已经死了。

"哼——受报应了吧，臭小鬼。"

朱炎选择"魔法箭"不是为了报复，因为对付游击兵之类敏捷的敌人，如果选择了范围魔法，有时无法造成有效的伤害。影响精神的魔法有时能一击制胜，不过也有可能受到抵抗而没有丝毫效果。在有众多同伴的情况下，朱炎选择了必然可以造成伤害的魔法。

不过事后回想起来，朱炎又觉得要为被箭射杀的教国战友们报仇，这或许是最适合的魔法。

看着年幼精灵脸上留下的死前表情，朱炎皱起了眉头。

他觉得她脸上似乎有一丝如释重负的神情。

是他看错了吗？他也不知道。不过，如果他没有看错，那表情毫无疑问是令人不愉快的。这个精灵自己一人杀掉了近千名和朱炎一样为教国出生入死的同伴，他希望她能受到更多痛苦的折磨，为自己做的事后悔再死掉。

他本想向少女的尸体吐口水，想了想又没有这样做。他还要拿走目标的装备。周围没有其他敌人的踪影，他接下来就要把少女剥个精光。如果他自己的口水沾到了手上，他可能会觉得有点恶心，他决定先把她剥光再说。

他首先要拿走的就是那把弓。

这个少女能独自一人拖住整支教国大军，朱炎觉得这弓一定是与她相称的武器。

"你看看。"

朱炎听到了一个男子大大咧咧的声音，保持着向弓伸手的姿势，愣住了。在这样的情况下，按说他应该马上做出反应才对，可是他被打了个实实在在的措手不及，根本没法做出反应。朱炎把视线甩了过去，只见声音传来的地方站着一个精灵。

这里明明没有其他的精灵，这一点是毫无疑问的。除了朱炎的目标之外，他没有发现其他精灵的身影，靠近目标的尸体前，他还用了"不可视化视认"。

"你知道吗，人类，在搏命的极限状态下与强者战斗才是变强的最佳捷径。我本以为这说不定是个成功案例，尽早从母体那里带走了她，把她送到了这里……"精灵男子的声调降了八度，他用轻蔑的目光看着少女的尸体，"废物，你浪费了我的时间，从这一点上来说，你还不如其他的失败作品。看来没有王者之相的人说到底都是垃圾啊。"

朱炎现在已经明白了这个精灵到底是谁。

他那左右颜色不同的眼睛就是最雄辩的证人。

此人就是教国的最终目标。

他是应该遭受万人唾弃的大罪犯。

这名男子就是精灵王。

也就是说——不要说朱炎，就连英雄都无法战胜他，他是把超越者都甩在了身后的强者。

朱炎没有获胜的可能性。

"'魔法无吟唱化，不可视化'。"

朱炎慌忙发动魔法，向旁边走了一步。

可是精灵王的目光也在跟着他走，那视线始终落在朱炎身上。朱炎分明离开了发动不可视化时的地方，虽说只动了一小步，精灵王的目光还是死死钉在他的身上。

发现这一点的同时，朱炎马上背向精灵王跑了起来。就算

"不可视化"和"寂静"都在生效,他依然无法隐藏脚下踩断的草。即使如此,他还是跑个不停。

精灵王的视线本身有一点游移不定。他并不是使用"不可视化视认"清楚地看到了朱炎的位置,可是凭借怪物般的感知能力,他捕捉到了"不可视化"和"寂静"保护下的朱炎。正因为如此,朱炎才要拉开和他之间的距离,只要不是看穿系的能力在发挥作用,那么距离就是朱炎的朋友,能让精灵王更难发现他。

早知道就用"飞行"了——朱炎脑海中闪过一丝后悔,可是事实上,他没法用飞行。

朱炎修习的职业当中,有一个名叫"斯尔夏那得道者"。

这个职业有一种每天使用次数有限的特殊能力,可以通过不断消耗魔力,把有效时间固定的魔法一直维持下去。朱炎一直用这种能力维持着其他的魔法效果,魔力在不断减少,腾不出魔力来使用"飞行"。

再说,停留在精灵王伸手抬脚就能攻击到的范围内,在完全不设防的状态下发动"飞行",这需要恐怕只有疯子才能拿出的决心,哪怕朱炎也做不到。他觉得还是先拉开距离,藏到树木之类的遮蔽物后面再用或许更现实。

"哈!"

他听到身后传来精灵王的嘲笑声。

"杀掉你们没有一点意义——可我毕竟特地来了,空手而归也没什么意思。"

朱炎是魔力系魔法吟唱者，活动身体绝对称不上是他擅长的事情。不过朱炎已经来到了即将踏入英雄领域的境界，凭借他的奔跑能力，只要稍微冲刺一段时间，就能拉开相当大的距离。朱炎眨眼间已经拉开了足够的距离，他的耳中响起了"象耳"拾取的精灵王清晰的话语。

"杀吧——一个不留，贝赫莫特。"

大地震颤起来，朱炎就算不回头去看，也知道有什么巨大的东西现了身。

"散开！"

朱炎为了让部下听到他的声音，解除"寂静"吼了一声。

他的一生中从来没有吼出过这么大的声音，如果这一吼能让精灵王皱皱眉头，那朱炎就没有白吼。

他现在需要部下们付出最大限度的努力，哪怕牺牲同伴，哪怕抛弃同伴，也要把他们手中的情报尽可能多地带回去，只有这样做才不会浪费已经牺牲的那些宝贵生命。

朱炎距离精灵王太近，他毫无疑问无法逃脱，必然会死。正因为如此——朱炎把头转了回去，他觉得死在部下们前面还不赖。

朱炎见过土元素，它的个头比人类稍小一点，胳膊格外粗，显得矮墩墩的，朱炎当时只是觉得它的样子有点古怪。不过现在站在他背后的，可不是那么容易对付、那么可爱的东西。

那丑陋的巨大身体就像岩石和矿石堆积而成,但是高度不亚于周围的大树,那威风的样子称得上土元素之王。

它有又粗又长的手臂和又粗又短的腿,如果个头再小一点,这样的手脚比例还会显得有些滑稽,可是朱炎能感觉到它身上奔腾着他无法企及的力量,他以前从没有在任何魔物身上感受到过这样的力量。在贝赫莫特背后,精灵王正挽着双臂,脸上带着坏笑看朱炎的最后一搏。

他那样子只让朱炎感到不愉快。

他那姿态中充满了傲慢:自己不赌命,只打算夺走别人的生命。

可是土元素——贝赫莫特可不管朱炎的怒火,它就像在冰面上滑动一样动起双腿,眨眼间将朱炎纳入了它的攻击范围之内,高高举起了它那粗得异乎寻常的双臂。

"来啊!可恶!'石壁'!"

随着朱炎的吟唱,魔法生成了一面石墙,挡在了他和精灵王之间。

紧接着,石墙便随着贝赫莫特的一击变成了碎块,消失在了空气中。

墙壁系魔法——当然不是全部——的强度和耐久性会随着魔法吟唱者的能力改变。即使如此——不,这只能说明精灵王使役的元素太强大。

贝赫莫特马上又挥起了左拳。

朱炎看到精灵王在他视野的一角不屑地笑着。他猜到了精灵王的想法，他很明白，精灵王觉得下一次攻击就能杀死他。

精灵王没有猜错。

朱炎在发动下一个魔法之前，贝赫莫特的攻击便会命中他，然后朱炎就会死掉。

就算真的是这样——

（我已经拖延了一点时间。）

朱炎只是让敌人多耗费了几秒的时间，可是，有这几秒已经足够了。

没错。

这几秒已经十分充足了。

有了这几秒，他的同伴没有一人能回到祖国的情况肯定不会发生了。这样想来，这场失利只是朱炎的败北，不是教国的败北。

"哈哈！"

紧接着，朱炎脸上带着笑容，随着贝赫莫特左拳的一击被打成了肉泥，与地面化为一体。

\* \* \*

精灵王——戴凯姆·霍甘穿过城门，不快感让他叹了口气。

花了太多的时间才回到城里，这让他感到不高兴。

确实，他骑着不会感到疲惫的贝赫莫特返回，这想必是所有返程手段中最快的一种。即使如此，浪费了时间这件事带来的精神痛苦还是让他难以忍受。

收回借给失败品的武具本身当然不是浪费时间，不光不浪费，他甚至会为此感到光荣。他借给失败品的是他继承自父亲的武具，如今已经没人能再制造出来了。这些武具绝对不能落在那些不明白其价值的人类手里。

虽说是这样——能完成这样工作的只有他自己一个人，这是一个非常大的问题。

这个问题不仅限于回收武具，各种各样的工作都是这样，他没有可以放心托付的部下。这也是因为他的部下中只有弱者。

戴凯姆心想：一个一个尽是废物。

精灵是非常出色的种族，这一点戴凯姆的父亲已经证明过了，精灵种族有变得比任何生物都更强的潜力。如果戴凯姆是特别的精灵——可以假设是名为高等精灵或者精灵王族的高级种族，他或许只会认为别的精灵是劣等种族，看不起他们。可事实并非如此，戴凯姆和他的父亲都只是普通的精灵，这样想来，不管哪个精灵应该都能成为出色的强者。可是现状呢？他想不通为什么其他精灵都那么弱小。

他一直在思考，怎样证明精灵才是最优秀的种族。

他得出的结论是，必需取得不管在谁眼中都显而易见的成果。

只要让世界成为精灵的——尊贵血统的继承者，也就是他的囊中之物就行了。

为了达到这个目的，他需要优秀的——强大的母体。

可是，什么样的母体才优秀，不等生下来的孩子长大就无法判断。所以一直以来，他把所有的孩子都派上了战场，可是基本上所有孩子都没有回来。

他已经花费了这么多的时间，却依然得不到令他满意的结果。他只觉得头疼。

戴凯姆脸上正带着严峻的表情思考各种问题，一名女子向他走了过来。

"王。"

"怎么了？"

戴凯姆把怒火的矛头指向了这名女子，随后他便惊讶得睁圆了眼睛。

强者只用带着强烈感情——特别是杀气之类敌意的视线，就能给弱者的身心施加负担。确实，现在他视线中的感情不是杀意而是愤怒，就算是这样，也会给弱者造成巨大的影响。他没想到，这名女子虽然面无血色，但是承受住了他的视线。

她分明非常弱小——只是不合格的母体之一。

戴凯姆不明白她如何承受住了他的视线，他觉得有可能是因为他太疲惫了。

他本可以不理这个女人，但是她毕竟承受住了他的怒火，他觉得应该给她奖赏。

所以他停住了脚步,毕竟他是一个仁慈的王。

"那孩子现在怎么样了?"

戴凯姆不明白"那孩子"指的是谁。国王为了工作离开城堡刚刚回来,这女人居然不嘘寒问暖,张口先问了一个莫名其妙的问题。戴凯姆觉得心气儿突然没了。

"我是说露琪。"

戴凯姆心想:露琪?

他的记忆中没有这个名字。

确实,戴凯姆从不记别人的名字,因为没有一个人是值得他记住的。

对戴凯姆来说,记住对他来说没有价值的——没用的名字,相当于浪费记忆力。他虽然不认为自己的记忆力有限度,但是把记忆力分到不重要的事情上没有意义,他倒是很不理解为什么有很多人去记一些没有意义的事。

女子的视线转向了戴凯姆手中的弓。

"她死了,对吧。"

听到这里,戴凯姆总算明白了这个女人在说什么。她应该是在问那个失败作品。那是一个没用的家伙,戴凯姆特意把宝贵的武具借给了她,她却还是死掉了。一想到那样的废物身上一半的血统继承自他,戴凯姆就觉得难为情。不对——想必就是因为只有一半,她才会被区区人类杀死。

"是啊,她死了。"

"是……这样啊。"

女子的声音在颤抖。

戴凯姆觉得这名女子一定是和他一样，为那个失败作品继承了自己的血统感到难为情。可是，事实是那个失败作品比他眼前的这名女子实力更强，所以她应该觉得更无地自容才对。

可是给人机会也是国王的职责。

哪怕是废物，他也会耐心对待。戴凯姆开始赞叹自己的仁慈。

"等下到我的房间来，给你一个机会。"

戴凯姆没有等女子回答便继续向前走去，现在对他来说最重要的事，是把这些武具放回宝物殿去。

从宝物殿回来之后，戴凯姆洗去战场上沾染的脏污，躺在了自己房间的床上。

他正躺在床上等那名女子，听到门外传来一声"失礼"，一名男子走进了他的房间。戴凯姆向男子身后看去，没有看到那名女子。

"……怎么了？"

"有件事报告您，国王召见的缪琪自杀了。"

"自杀？"

"是的，她从城堡上跳下去了。"

"什么？从这么矮的地方跳下去死了……好吧，你们只有这点实力。"

戴凯姆思考起来，想不通那个女子为什么自杀。最主要的是他刚才已经命令她到寝室来了，她应该高高兴兴地赶来才对。戴凯姆觉得她或许不是自杀，而是受到别人的嫉妒遇害了。

"她真的是自杀吗？"

"是的，我觉得应该不会错的，有人看到她跳了下去。"

戴凯姆觉得那名目击者有可能就是凶手。可如果那名女子真的是自杀，到底是什么让她想寻死呢？戴凯姆思考了一会儿，终于想到了那唯一的可能性。

"原来如此……是这样啊。我明白了，她生的女儿是一个失败品，于是她为了向我道歉自杀了，是这么回事吧？"

"她的想法只有她自己才知道，不过说不定是这样的，王。"

面无表情的男子这样回答。

"既然是这样，那就将她厚葬吧。她毕竟已经用自己的生命向我道过歉了，原谅她才是王该做的。"

"感谢王的宽宏大量。"

男子向着戴凯姆深深鞠了一躬，戴凯姆高傲地对这个态度真挚的部下点了点头。他觉得哪怕是像这名男子一样没有价值的人，王同样应该仁慈地对待。

戴凯姆心中满怀慈爱之情，决定先给这名忠臣——他同样不知道这名男子的名字——以恩典。

"你有女儿吗？"

"是的……有的。"

"那你还真是幸运啊。如果她已经成人,就叫她到这里来吧。如果还没有成人,让你的妻子来也可以。"

男子似乎感动得情不自禁,全身剧烈地颤抖起来,然后像从喉咙里挤出了话一样说道:

"遵命,王……"

男子离开房间之后,戴凯姆马上忘掉了那个自杀的女人。一个派不上用场的人对戴凯姆来说什么价值都没有。

2

这里是魔导国南面、教国的西南面广阔大森林上方的高空。安兹正在凛冽的风中看着下面的森林。

"什么大森林啊,这分明是树海……应该叫大树海才对啊。"

这会儿是半夜,白天那无边无垠的翠绿绒毯,现在也被夜色染成了漆黑。每次风扫过树梢,整个森林都会泛起波涛,那样子就和大海一样,让他觉得这片森林毫无疑问应该得到大树海的美称。事实上确实如此,这片树海的面积比都武大森林和安杰利西亚山脉合在一起还要大,安兹觉得恐怕比土国全境还要广袤。

(在我们魔导国,就将此地称为大树海好了。)

这无边无际的大树海中,放眼望去除了树之外什么都没有,几乎找不到什么地标性的物体。按说应该有各种各样的种族在这片树海中发展起了独特的文明，扩展着各自的生活圈。可是安兹在上空无法发现相应的痕迹，这也就是说——

（生活在这里的人都把森林当成了保护伞啊。毕竟有很多会飞的魔物，各文明恐怕都形成了居住在上空有遮挡之处的习俗啊。）

不过在这种情况下，安兹还是有两个发现。

其一就是据说精灵王都所在的新月湖。这个湖泊相当大，安兹到了空中后很快便发现了它。

其二就是——从教国延伸向森林的土路。

教国有意砍掉行军路线上的树木，开辟出了这条专门用来行军的路。

这片森林本身巨大得过了头，相比之下这条土路看起来就像丝线一样细，可是实际上它的宽度应该超过一百米，否则从安兹所在的这个高度恐怕连看都看不到。在森林中开路行军乍一看显得很蠢，不过想来恐怕只有这样做，才能在大树海中确保起码的安全。考虑到开路所需的时间和劳力，从这件事上也能看出教国坚定的决心，他们这次是不管付出什么代价也要消灭精灵王国。

（不过好奇怪啊，为什么只能看到这么两处惹眼的地方？难道教国现在停止了对精灵王国的攻击吗？）

安兹认为攻陷精灵村庄最简单的方法，就是砍倒周围的树，制造隔离地带后放火烧村。这座森林中的树木称不上干燥，不过湿度也不算非常高。放火时需要注意的只是避免烧到自己人，而村庄过不了多久就会化为灰烬。

（莫非教国是想把精灵抓作奴隶，所以有意避免烧村？这样想来，教国应该相当游刃有余……如果不是这样，就是两者之间战斗力差距太大？）

安兹在上空没有发现林木严重焚毁留下的痕迹，不过，他所在的位置距离地面非常远，他也拿不准是不是真的没有。如果亚乌菈也在这里，说不定会提出不同的意见。

（而教国的前哨基地应该就在有光的那边吧……）

人类的眼睛在黑暗中看不到东西，所以他们的野营地一定会有光亮，而野营地规模越大，那光亮就能从越远的地方看到。事实上安兹就是借此发现了疑似教国前哨基地的地点。可是，有各种原因——特别是他在上空，他没法估算从教国前哨基地到精灵王都的准确距离，同样无法估算如果教国继续在进军的同时砍伐森林，还需要多长时间才能到达精灵的王都。

虽说如此，他该看的东西都看过了。安兹这样想着，发动了"高阶传送"。

空中没有一点遮蔽物，下方的人非常容易发现他。这会儿虽然是夜里，可是很多人都有超常的视力，安兹觉得大意不得。

当然，要是有人特意从地面飞向几千米高的上空，安兹想必能趁着这段时间逃掉。可是，让人得知他来到了这里，没什么好处，所以安兹不会解除"完全不可知化"。

通过现有的情报来分析，安兹发现这个世界上的生物大多是弱者。

可是，这不能说明像这片大树海一样，安兹尚未取得情报的地方，没有匹敌安兹的强者。所以他要防备"万一"，尽可能不让己方的情报落入他人手中。纳萨力克手中的牌只要有一张被看穿，敌人就有可能摸索到应对的办法，导致他们向着败北更进一步。

（好了，接下来去精灵的王都吧。）

——这时是深夜。

只有零星的月光洒到森林中，黑暗笼罩着这里。虽说如此，黑暗对安兹没有影响。安兹用"飞行"从空中落下来，维持着勉强不会踩到草丛和灌木的高度，缓缓向目的地飞去。

安兹现在知道教国的军队到了距离多远的地方，接下来他要做的是收集精灵王都的情报。

飞行一段时间之后，安兹发现前方渐渐变得开阔了。

精灵的房子都是用非常粗、看起来矮墩墩的树木——他们称之为精灵木——制造出来的，众多这样的树集合在一起构成的王都看起来同样像一片大树林。精灵聚居地的构造哪个村子都一样，不过居民数量比较少的精灵村落和居民众多的精灵王都差异非常明显。王都中的精灵木可能是因为密度大，让人感到压抑，给人排外的感觉，那样子让安兹想到了本来那个世界中的灰色森林。

这精灵王都周围没有精灵木之外的树木，只有长着矮草的草原。

这样的景观并非自然形成，而是精灵为了防卫目的人为制造的。安兹认为精灵是为了便于看到靠近王都的东西，或者防止敌人悄悄靠近王都。

（不过，这也可能是精灵木的生存策略。）

安兹倒不是怀疑精灵首先用魔法类的手段生成了精灵木的说法，不过他又觉得，可能是精灵木为了种群的繁衍利用了精灵。

他觉得精灵木其实有可能是魔物，应该设法调查它们是不是有思想。

说是这么说，该怎么调查才好，是不是交给马雷就好呢？安兹 边想，一边凝视着前方。

这片草原中没有能躲藏的地方，毫无疑问会有士兵放哨，盯着这片一望就能尽收眼底的草原。在不用魔法的情况下穿过这片草原一定非常困难。

不过，如果有亚乌菈这种水平的高阶游击兵技术，也是可以做到的。高阶游击兵即使没有遮蔽物也能潜伏，等级差距过大的情况下，哪怕双方目光相遇，对方也有可能无法发现潜伏的游击兵。安兹曾经听亚乌菈提起过，如果潜伏的游击兵技术足够高超，被对方看到时，在见者眼中相当于路边的一块小石头。

不过，实际上是不是真的这样，安兹还是有一些疑问。其实在这次旅行途中，安兹曾经让亚乌菈使用过潜伏，可安兹还是凭直觉发现了没有强化——没有使用魔法道具和特殊能力强化潜伏的亚乌菈。这是因为亚乌菈同时提升游击兵和驯兽师两个职业的等级，技术不如纯粹的游击兵，同时也是因为安兹本身的等级太高，所以基础能力值也很高。就是这样，安兹为没能体验到亚乌菈说的小石子现象感到有些遗憾。

不管亚乌菈说得到底对不对，凭安兹的能力，他也没办法潜行靠近王都。所以他使用"完全不可知化"后，用上幻术变成了精灵。

考虑到这个世界上生物的普遍实力，应该没有人能看穿"完全不可知化"，安兹之所以连幻术都用上，就和刚才飞在空中时一样，是为了确保万无一失。安兹从不认为自己已经对这个世界上的所有技术和特殊能力了如指掌，毕竟他只有YGGDRASIL时代留下的知识，而且那些知识也称不上完善。

安兹平时总是发动能看穿不可视状态的能力，他认为应该警惕敌人中也有和他一样的人。

他装备着魔法道具——勉强算是斗篷，也是为了确保万无一失。安兹用上了所有手段降低自己被发现的概率，同时准备好了被发现时蒙混过关的办法，小心小心再小心。

（好了，走吧。）

靠近草原和森林的边界，前方不再有能藏身的树木后，安兹观察起了王都。

构成王都的外层精灵木上架着桥，安兹能看到桥上有放哨的精灵。

这一圈精灵木相当于普通城市的城墙，桥就相当于城墙上的走廊。

士兵可能发现不了"完全不可知化"后消失的安兹，也可能本来就没有多么专注地放哨，他们似乎没有注意到他。安兹觉得毕竟下了这么多功夫，如果刚出来就被发现，那也太惨了。

安兹注意着不走进精灵哨兵的视线，藏在树后取出了卷轴。

随后他准备发动魔法——又迟疑起来。

他又一次准备发动魔法——再次迟疑起来。

他来到这里之前已经下定了决心，可是不管怎么下决心，心里还是觉得舍不得。或许还有其他的办法——这个想法总是闪过他的脑海，阻止他用卷轴发动魔法。

在生死攸关的情况下他或许会毫不犹豫地使用，可现在不是那样的情况——可以说就是从容造成了他的迟疑。

安兹花了一点时间，这才成功放空了脑子，消耗卷轴发动了魔法。他只要还在想事情，就无法打消迟疑。

他发动的魔法是"神眼"。

"神眼"是第九位阶中的一种魔法，可以召唤出不可视化的非实体魔法眼睛。安兹记得上一次用这个魔法好像还是蜥蜴人那时候。

安兹认为这种魔法与"远程透视"的区别应该就在于，魔法眼睛能放到更远的地方，而且可以直接穿过普通的墙壁。

这种魔法作为潜入侦察的手段来说非常优秀，可也说不上是最好的手段。这是因为它的隐身方式终归只是不可视化，敌人用上第二位阶的看穿魔法就能轻易识破。而且还有另外一个问题，就是眼睛虽然说是非实体，可是受到伤害遭到破坏之后，召唤者还要承受反馈伤害。除此之外，这种魔法属于情报系魔法，敌人有可能会使用针对情报系的魔法确定召唤者的位置，它还有可能触发反击防御，导致召唤者吃到攻击魔法。最致命的就是这个眼睛本身没有HP，而且不共享安兹的等级和防御能力。

即使如此，放出这个眼睛也比召唤者亲自前去侦察安全得多，在某些情况下毫无疑问是最恰当的手段。

眼睛保持着一定的——安兹觉得它慢得让人无法忍受——速度，总算到达了城墙。

精灵哨兵是三人一组，所有人都拿着弓，不过"神眼"大模大样地靠近王都，他们却没有发现。

（看来这些家伙没有看穿不可视化的能力……不过谁也不敢说精灵里没有修习了特殊职业，看得穿不可视化的人。）

哨兵们没有必要放过这个眼睛，所以安兹认为他们应该就是没有发现。不过他觉得还是不能大意，毕竟这是在完全未知的地方进行第一次情报收集。

安兹召唤出的"神眼"钻过桥底，溜进了精灵王都。进是进去了，安兹又马上把"神眼"退了回来，来到王都外，转到了刚才那三名哨兵面前。

三名哨兵似乎在聊天，他们看起来好像没有发现面前的眼睛。

（呼。太好了……）

安兹这才放下了心，长出了一口气。

他想起了纳萨力克地下大坟墓中的例子。公会大厅中，有一些陷阱可以抑制和阻碍闯入者的魔法效果，比如打消"不可视化"，削弱神圣属性魔法的效果，等等。他想确认一下精灵王都会不会也有这类效果的陷阱。

要进入王都中的重要设施，还要重新确认一下，不过如果只是溜进普通设施，看来没什么好担心的。

安兹现在维持着"完全不可知化"，他不想花费掉太多的时间。再说考虑到后面要消耗能量，他的魔力可以说并不富裕。

安兹操纵着"神眼"不断向王都走去。其实他只是想找一棵看起来像是摆着商品的精灵木，目标是住在店铺里面的精灵。

按照普通的城市来考虑，这样的店铺仕仕集中在一条街上，尤其是王都，店铺应该在比较便捷的位置。安兹觉得再考虑到容纳货物的仓库，商店用的精灵木应该比普通住房的更大。

就这样找了一段时间，安兹在心里怒吼起来。

（——怎么没有！）

几千棵树木组成的城市，在人类的价值观中就是一座森林。这会儿是深夜，安兹转了半天也没有看到招牌之类的东西，而且树的脖子上也不会挂员工证，他走来走去看到的都是彼此相像的树。他没法确定眼前的这棵树不是刚才遇到的那一棵。

如果是人类的城市，应该有大道或者主干道，这条路左右通常都是各种店铺，也可能有一座广场，店铺都开在广场周围。然而，安兹的这种常识对这个精灵王都不适用。

首先这座王都里没有——安兹在粗略观察后的第一印象——称得上大道和广场的部分。因此安兹没法用上以往培养出来的经验，只能凭直觉寻找他想要的东西。

这座王都对旅行者非常不友好，旅行者寻找自己想去的商店极其困难——不对，是绝对不可能找得到。

不过，安兹没有必要在今天完成所有的工作。他觉得行事不宜急于求成，应该耐心、慎重地推进。

即使如此，安兹还是又寻找了一段时间。应该说是他用掉了一张"神眼"卷轴，想把它的效果时间消耗完。

可是寻找了一段时间之后，安兹叹了口气。

（看样子，如果还挑夜深人静的时候来，不管来多少次都一样是白费力气啊。）

碰运气是绝对没希望的，他认为应该做好冒险的心理准备，趁天亮再来一次。这样应该能通过进进出出的客人之类的线索发现商店，他觉得如果不这样做，不知道还要花费多少时间。

安兹随便选了一棵精灵木，让"神眼"钻了进去。因为精灵们平时都走在精灵木间架起的桥上，精灵木的出入口——按人居住的建筑来说——都开在二层或者三层。所以安兹选择了从一层溜进去，这和小偷偷东西时一样，从正门进去显得太业余了。

安兹——"神眼"穿墙溜进了精灵木，然后向上飞，在三层发现了精灵。

看来这棵精灵木里住着一家人，父亲、母亲，还有两个男孩子正在三层睡觉。

（这情况我倒是听说了……真是像蛮族一样啊……）

这里似乎是他们的寝室，一家四口都钻在大堆的树叶中，看起来睡得非常惬意。不对，人类村庄中的村民也会把干草当成床垫，考虑这一点，两者或许没有多大区别。

纳萨力克的那些精灵说过，这就是普通的精灵寝室。她们说收集足够就寝用的干树叶非常辛苦，不过只要收集够了，就能用上很长时间。安兹问她们会不会生虫子，她们说给干树叶施魔法，就不会生虫子。

孩子——两个男孩正在甜美的梦乡中发出平稳的呼吸声。

（睡觉……好吧，睡觉是什么感觉来着？）

自从身体变成了现在这样，已经过去了相当长的时间。人类的三大欲求在这身体上完全消失了，而且痛觉之类的感觉也变得轻微。安兹觉得或许正是因为身体成了这样，他才能一直坚持到现在，不过有时也会觉得失去这些欲望有些可惜。像这样看着别人甜美的睡脸，安兹觉得又怀念又羡慕。不过，他觉得最羡慕和怀念的，还是看到诱人的料理摆在眼前的时候。

安兹看着一家子幸福的样子，解除了"神眼"。

（唉……）

安兹活动着肩膀，发动了"高阶传送"，他眼前的景象马上变了。他的眼前出现了一大片藤蔓纠合在一起形成的大幔帐一样的东西。

那东西自然地融合在森林中，确实，森林中就算有这样一片风景也不奇怪。不过，仔细一看就会发现，这片藤蔓完美地藏起了一个小屋。

这正是用魔法道具——丛林秘屋生成的，安兹他们这几天的据点。

坐在丛林秘屋旁边的芬里尔慢慢站了起来，它抽动着鼻子，发出了微弱的低吼，凝视着——不对，是瞪着安兹所在的方向。

不过，它的视线并没有准确地落在安兹身上。

它现在就和那时的亚乌菈一样。就算是芬里尔也没法完美地感知受到"完全不可知化"保护的人。不对，应该说安兹明明发动了"完全不可知化",芬里尔却能感觉到他来了,他觉得应该夸奖它才对。

安兹解除了"完全不可知化"。

芬里尔看到安兹出现在面前,慌忙怀着歉意低下了头。

芬里尔虽然不会说话,其实聪明得很,绝非普通的动物可比。它低下头不是有样学样,而是在对安兹表示谢罪。当然,安兹并不觉得芬里尔有错。

对芬里尔来说,只是未知目标突然现了身。它肩负着保护主人的职责,守在丛林秘屋门口,只是做了它应该做的事,如果它没有像刚才那样做出反应才有问题。

这一次,安兹带来代替半藏当护卫的只有这个芬里尔。安兹自己嘱咐过部下,外出时一定要带多个高等级的仆役,这次他却出于某些原因破了戒。因为他让姐弟二人交朋友的计划还不知道会怎样推进,不想让情报泄露出去。

除此之外还有一个原因。

自从夏提雅在外面被洗脑以来,安兹就没有再让守护者单独出过门。

可是看看其结果吧,直到现在敌人也没有再现身。鱼只有一次上钩,就是安兹——其实是潘朵拉·亚克特——单枪匹马时,出现了穿着白金全身甲,名叫里克·阿加内亚的男子,除此之外,洗脑夏提雅的人始终没有现身的迹象。

正因为如此。

当时就是没有在身边安排半藏，里克才上了钩，这说明敌人或许用某种手段发现了半藏在安兹身旁。

安兹觉得那可能是世界级道具的力量。

也有可能是这个世界特有的，名为天生异能的能力。

所以安兹明知或许有危险，还是决定不带半藏前来，做一个实验。

安兹把后一个原因告诉了雅儿贝德，他当然明白其中有许多问题。雅儿贝德虽然脸上带着平时的微笑，对安兹的想法表示了同意，可实际上是不是真的同意，安兹也不知道。安兹觉得说不定回去之后她有话要说。

"辛苦了。"

安兹觉得心情变得有些沉重，他只说了这样一句，就把手伸向了丛林秘屋的门轻轻一推，如果不是事先知道，没人看得出那是门。

门没有打开。

遗憾的是，这个魔法道具没法用钥匙打开，只可以用七门粉碎者之类的特殊魔法道具强行打开。只要门关上了，只有屋里的人能打开门锁。

安兹敲了敲门环。在丛林秘屋里面看，门是半透明的，能看到外面的样子。他没等多久，便听到了门锁打开的声音。

紧接着门便打开了。

"欢迎您回来！"

"啊欢、欢，迎……您回来……"

亚乌菈发出了劲头十足的声音。片刻之后才响起的那个声音是马雷的，他的双眼已是惺惺松松。

姐弟二人都已经换上了睡衣，马雷甚至连睡帽都戴好了。确实，考虑现在的时间，打扮成他这样才合理。

"让你们俩等到了这会儿，抱歉啊。"

安兹一边向丛林秘屋里走，一边这样说着。

秘屋里亮着温暖的灯光，从外观无法想象里面竟然如此宽敞。

刚进门是起居室，在起居室里能看到旁边的厨房，还有四扇通向单人卧室的门。

"不会，您说过会晚些，我本以为您还要过好久才会回来。"

"我本来也以为会很晚……站在这里说话不方便，我们过去坐下说吧。"

安兹本想告诉亚乌菈还是先睡觉为好，不过又一转念，觉得哪怕几乎没有收获，也还是应该和他们姐弟俩共享情报，而且是越早越好。这是因为安兹对自己的记忆力没什么自信。

安兹为了方便自己，搞得姐弟二人没法按时睡觉。他心里怀着一丝罪恶感，带着他们走向起居室，好把刚才发生的事告诉他们。

几人坐在了起居室的椅子上，不过亚乌菈虽然坐得端端正正，准备好了听安兹说话，马雷却瘫坐在了椅子上，头也倚着椅背，半张着嘴，眼见就要睡着。安兹想起了刚才那两个甜美梦乡中的男孩子，他的罪恶感变得更强了。

（莫非我是因为自己没法睡觉，变得不会为需要睡眠的其他人着想了？这可不好啊……）

"先让马雷去睡吧，亚乌菈明天再告诉他也不要紧。"

"真是的……"亚乌菈一巴掌拍在了马雷的头上，"快醒醒，在安兹大人面前这样多没礼貌。"

"呼哈，啊，欢、欢迎您回来。"

马雷低头行了个礼。安兹不会说他刚才已经说过了欢迎回来。

"这孩子，真是的。"看到马雷的样子，亚乌菈这样嘟囔了一句，她看起来相当生气。

"强打精神没什么好处，尽可能避免对明天的工作造成影响的——"

安兹突然想起了玩YGGDRASIL时的自己，说着说着把话吞回去半截。

当然，他自己认为玩YGGDRASIL没有对公司的工作造成影响。可实际上真的是这样吗？再说他那时是为了自己的爱好挤压自己的睡眠时间，现在是为了自己的方便挤压别人的睡眠时间。

当年上司为了方便自己，导致安兹——铃木悟不能按时下班的时候，他也抱怨过。

更不要说不能按成年人的尺度来要求孩子。虽说如此，作为一百级的ＮＰＣ，这个孩子（马雷）拥有性能惊人的身体，在同一尺度下拿他和一个普普通通的成年人（铃木悟）做比较似乎也不对。

马雷半睁着眼，看起来就像瞪着安兹。安兹和亚乌菈俩人一起打量着他。

马雷的头突然向下一扎，他赶忙睁开眼睛，把头摆回原来的位置。

安兹心想：看来他已经坚持不住了啊。

"——好了，我看这样吧，先让马雷睡觉，以免对明天的工作造成影响。硬逼着他听，他也听不进去，没有什么好处。就像刚才我说的那样办吧，亚乌菈明天再把我接下来要说的话告诉马雷，可以吗？"

亚乌菈脸上的表情瞬息万变。她似乎在琢磨该服从安兹的命令，又觉得马雷是作为守护者的自觉性不够，才表现出这没出息的样子。不过，她只犹豫了一小会儿，很快便说服了自己，向着安兹深深低下了头。

"遵命，我这就带马雷去寝室……站得起来吗？"

"唔，嗯？"

亚乌菈在跟马雷说话，他却迷糊得没法好好回答。安兹觉得他恐怕站都站不起来了。

"嗯——我来把他抱回去吧。"

亚乌菈似乎有话想说，不过安兹没有给亚乌菈开口的机会，直接站起来抱起了马雷。

"嗯嗯。"马雷迷迷糊糊地哼唧着，他已经换上了睡衣，只有最起码的武装，显得非常轻巧。不，普通的小孩子或许就是这么轻巧吧。

（如果他全副武装，想必会变得非常重吧。当然，我应该还是抱得起来……毕竟那东西真的非常重……搞不好是所有守护者的武器中最重的一个吧？）

安兹双手都占着，只要他愿意，其实单手也能把马雷拎起来。所以他让亚乌菈走在前面，打开了寝室的门，然后轻轻把马雷放在了床上。

可能是安兹抱起之后马雷就睡着了，这会儿他闭着眼睛，已然在梦乡之中。

安兹尽可能安静地走出了房间。而亚乌菈毕竟是游击兵，她发出的声音比安兹还要小。

两人回到起居室，坐在了椅子上。紧接着亚乌菈便向安兹低下头，然后开口道：

"安兹大人明明还在工作，马雷这个部下却睡觉了，真的非常抱歉，我代替他向您谢罪。我明白您一定非常生气，也会担心马雷做不好守护者的工作，其实他负责晚上的工作时会换上让人不需要睡眠的装备，绝对不会像现在这样失态。今天他这个样子其实是事出有因，要换上免除睡眠的装备，就要卸下战斗用的装备，战斗能力多少会降低一些。因此，我觉得为了完成护卫安兹大人的工作，还是不装备免除睡眠的道具为好……"

亚乌菈说得飞快。平时亚乌菈说话不是这个语气和腔调，安兹觉得她心里一定十分着急。

"没事，没事，不用在意。我说过了，我们来到这里是为了休假，先于我睡下也没什么错。不说马雷了，亚乌菈怎么这么精神？你不困吗？"

"啊，不是，我怎么会让安兹大人看到那么没出息的样子呢——"

"放松放松，我又没有发火。再说能看到和平时不同的马雷，我其实还挺开心。因为你们在我面前总是太严肃。平时——其他人是什么样子我也非常好奇。科塞特斯是什么样子的？"

"科塞特斯在安兹大人面前和平时没有什么区别啊。"

亚乌菈的表情开始变得和平时一样了。

"是吗？既然是这样，下次我偷偷用上'完全不可知化'，看看他平时——独自一人的时候是什么样子，好不好？"

安兹对亚乌菈露出了坏笑，安兹的表情虽然不会变化，但是亚乌菈应该能从他说话的腔调听出来。只见亚乌菈脸上有了喜欢恶作剧的孩子会有的笑容。

"好了，那亚乌菈真的不困吗？"

"我平常这个时间也还醒着，不觉得有多困。"

亚乌菈说她经常和夜行性的魔物玩耍，熬夜是常有的事。而这个"玩耍"对驯兽师来说很重要，如果不陪魔兽玩，它们会变得抑郁，没法发挥真正的实力。其实她没有挤压睡眠时间，熬夜陪魔兽玩过之后会在第二天睡到中午前后，也就是说相当于上了夜班。

顺带一提，双胞胎姐弟之一到纳萨力克外面去的时候，留下的一个会使用刚才亚乌菈提到的道具，不眠不休地守在岗位上。

（嗯？这好像也有点不对劲吧？负责人值班是理所当然的，可是需要睡眠的种族最好还是按时睡觉才对吧？特别是孩子成长的过程中，睡眠按说是不可或缺的才对，等回去我和雅儿贝德商量一下吧……好了！）

安兹缓了一拍，先把他在大树海上空看到的教国军队的位置告诉了亚乌菈。只是，教国的军队距离精灵王都到底有多远，还有教国到底动员了多少兵力，安兹没有掌握到一点准确的情报。不过，与教国交战不是他此行的目的，眼下只要知道教国在攻击精灵王国就足够了。

接下来安兹便开始说更重要的——刚才他去精灵王都侦察的事。

安兹把当时发生的事全部说了出来，毫不隐瞒。他觉得隐瞒没有意义，而且没有必要为自己开脱。自己做不到的事，坦白说做不到就对了。而且安兹觉得亚乌菈和那两个人不一样，她不会认为安兹是另有目的，或许能帮他想出更好的点子。

"是这样啊……"亚乌菈全听完之后，深深点了点头，"这样想来最好的办法，应该就是像安兹大人说的那样，白天再去找一次啊。"

"是啊，我是这样打算的。我不在的时候，亚乌菈和马雷要做什么？"

"是啊。我最好……不要跟着安兹大人一起去，对吧？"

"这个嘛。我觉得亚乌菈被发现的可能性几乎为零，不过我们没有掌握的情报还太多。现在的情况下，最好不要做有可能暴露我们真实身份的事。"

"那好，马雷明天做什么，等我明天告诉他之后再问他好了。我打算帮安兹大人收集情报，我到那座城市周边搜寻一番，找找精灵们的足迹如何？"

原来如此。安兹想着，点了点头。

如果精灵们从外面运输物资到王都，一定会留下痕迹，哪怕只是一点点。而痕迹越密集，那条路精灵们走得就越是频繁。

如果能发现这些路，就能推测其前方有精灵需要经常往返的地点，也就是村庄之类的其他聚居地。

当然，前提是精灵没有使用类似森林行者的能力，不过亚乌菈的提议确实是个非常棒的点子，安兹没有理由拒绝。

"真是个好主意，把这附近搜寻一遍……交给亚乌菈来办，估计一天都用不了吧。那你就和马雷配合，一起找一找有没有足迹，拜托了啊。"

"好的！遵命！"

"那我就等明天——从时间来看已经是今天了啊，等天亮了，我再去看看能不能得到什么情报。"

"那好，白天在森林里乱转太惹眼了，我到了晚上再去找。"

"嗯，拜托了。好了，那我们也睡觉吧。晚安，亚乌菈。"

"好的。请您好好休息，安兹大人。"

安兹站了起来，亚乌菈也跟着站了起来。

随后，安兹在自己分到的房间前与亚乌菈道别，走进房间躺在了床上。躺是躺下了，可安兹是不死者，不需要睡眠。于是，安兹从道具盒里掏出了书。

这是他经常读的经营书籍中的一本，封面上写着"如何做个好领导"。说实话，安兹不觉得读过这些书后对他有什么帮助，但总比不读要强。

安兹开始翻起了那本书。

\* \* \*

第一天深夜、第二天白天，两次溜进王都，安兹因为白白消耗了两张宝贝卷轴大受打击。不过第三天白天，安兹终于幸运地获得了重要的情报。其实他只是发现了几棵看起来像是店铺的树，还有就是觉得自己开始对王都的地形有些熟悉了。

在别人看来这或许只是一小步，但是对安兹来说，这却是一大步，以至于他高兴得精神受到了强制镇静。为了不让这情报白废，他花了很长的时间仔细记下了到达商店的路线。

记好之后，安兹决定暂且撤退。确实，魔法的效果时间还没有耗尽，他也非常想让"神眼"到那棵极高极粗的精灵木生成的王城去，钻进里面看个究竟，不过还是克制住了。

人类社会里的王也可以不是强者，造成这种现象的原因有两个。第一个原因是人类追随能做出正确判断的人比追随强者更容易生存下去。人类脆弱且数量众多，对其他种族来说只是猎物，这是人类特有的生存战略。另一个原因是人类居住的地方很安全。而圣王国和王国、帝国的区别就在于此。

如果生存在要与其他种族争夺生存资源的地方，最强者成为这些种族中的王是理所当然的。

这样想来，精灵的王想必也是强者。所以安兹觉得既然已经有了进展，就不应该冒不必要的险了。

至今为止，安兹已经在这个世界上收集到了各种各样的情报，直到现在还没有发现怪物之外的能和安兹匹敌的强者。所以，如果没有遇到那个叫里克的神秘战士，安兹想必会麻痹大意，认定精灵王也没有什么了不起的。可是现在安兹已经遇到了里克，他的警惕性已经提高到了新的境界。

安兹解除魔法，发动了"高阶传送"。

回到据点之后，安兹和先一步回到据点的姐弟二人交换了情报。今天马雷还很清醒。

安兹这时得知，姐弟二人也成功发现了几条路。只是精灵经常利用树进行移动，第二天姐弟二人无功而返。两人还说，不确定调查这些路通向什么地方需要多少时间，实际时间要由移动距离来决定。

安兹提出了他的担心，他觉得白天到那条路上去走，有可能被同样走在路上的精灵发现。

对此亚乌菈自信地回答，只要骑着芬里尔在路旁的森林里顺着路走，就不会轻易被发现。她那自信的样子甚至能让安兹确信他的担心只是杞人忧天。即使如此，他还是暂时没有给亚乌菈许可。应该说他是决定让亚乌菈再等一等，他觉得今天说不定能弄到非常有价值的情报。


这是第三天的深夜。

安兹用了"完全不可知化"，再次靠近精灵王都。有一点自然不用说，安兹每次都藏在不同的地点使用魔法。毕竟谁都没法保证精灵中优秀的游击兵没有发现他留下的痕迹。

安兹使用着"飞行"，自以为没有在地面上留下痕迹，不过这终归只是他这个潜行和探索潜行的外行的观点。空中移动也会折断树枝，导致树叶以不自然的状态落在地上。安兹没有自信说自己连这些微小的痕迹也没留下。

（说实话，我也觉得或许没必要小心翼翼到这个地步……可要是王都的精灵发现了我的痕迹，通知附近的村子警惕神秘人物就麻烦了啊。要是得知这个消息的精灵成了教国的俘虏，连教国也得到了情报，那就更不好办了。）

安兹觉得教国把这个神秘人物和魔导国联系到一起的可能性比较低，但是现在让教国得知附近有第三势力可不是好事。一想到教国会因此采取行动，安兹就有点害怕。如果教国有什么出乎他意料的行动，他的各种计划说不定都要泡汤。

（先回去一趟和雅儿贝德、迪米乌哥斯商量一下倒也不是个坏主意，可是这样做说不定会把亚乌菈和马雷的交朋友计划搞得更复杂。）

所以，安兹能做的，就是尽可能小心谨慎。

安兹掏出了卷轴，这次没有犹豫便发动了它。就是因为已经有了成果，安兹才不再迟疑了。

安兹让"神眼"钻进他盯上的那棵精灵木之后，小声嘟囔了一句："太好了！"

一个男性精灵正钻在树叶里睡觉，他就是安兹的目标。

基本上所有精灵都很纤瘦，个头比起人类也更矮，大概只有人类的八九成高。而且精灵体毛稀薄，不长胡子之类的毛发。再加上他们的青年期很长，基本上所有精灵看起来都很年轻，安兹从外貌很难猜到他们的年龄。

所以，安兹也没法确定这个精灵就有他想知道的情报。即使如此他还是选中了这个精灵，有一个很重要的原因。

那就是除了这个男性精灵之外，没有其他人在这个地方睡觉。

绑架一家人，事后处理很麻烦，不过绑架一个人就容易多了。

除此之外，安兹还有另一个目的，不过这一点只能等绑架之后再确认。

安兹早就记住了这棵精灵木，他使用"高阶传送"瞬间进了男性精灵睡觉的地方。

安兹进入房间之后，精灵也没有被惊醒的迹象。应该说安兹没有一点动静，甚至连气息都没有，哪怕是等级非常高的人，想发现他也极其困难。男性精灵没有发现可以说是理所当然的。

随后，安兹发动了第四位阶魔法"魅惑全种族"。

不光有等级差距，男性精灵还处于睡眠状态，魔法顺利地生了效。

"起来吧。"

安兹对男性精灵说道。

"完全不可知化"在安兹向别人施放有害魔法——以游戏术语准确地说，就是会发生抵抗判定的魔法——时已经解除，安兹在说话的同时，注意着不弄疼男性精灵，抓着他的肩膀轻柔地摇了摇。安兹不想在危险的地方消耗太多时间。

"嗯——啊？"

男性精灵的声音显得傻兮兮的。他毕竟是刚刚醒来，安兹觉得也无可厚非。

"你可别抵抗啊。"

安兹只说了这样一句，便握住男子的手，发动了"高阶传送"。

用这个魔法虽然能带着别人一起传送，不过只能带表示过同意的人，带不走有抵抗之意的人。只是魅惑状态下的人会被魔法默认为同意，所以可以一起传送。施法者同样可以带控制状态下的目标一起传送，可是安兹却没有用更高阶的——明明更不容易被抵抗的魔法，这是因为他防备着一件事。

安兹的这次绑架天衣无缝，简直称得上一流的绑匪。

（很好。一切顺利！）

计划推进得如此顺利，安兹自然开心起来。他那骷髅脸上带着满脸的笑容——

"哇！这、这到底是，怎么回事？这、这是怎么了！"

脚下的感觉和视野中景物的突然变化把男性精灵吓了一跳，他一个激灵醒了过来，似乎已经完全没有了睡意，不像是觉得自己身在梦境之中。不过也有可能是精灵压根儿没有与梦相关的文化。

安兹转头看了看，没有看到昨天、前天都守在门口的芬里尔，觉得它想必是藏在了男性精灵看不到的地方。

"别喊得那么大声嘛。"

"可、可是，这也太吓人了啊……"

"我用了传送魔法,请你安静一点,这里没人会伤害你。"

"传、传送魔法?"

男性精灵紧眨巴眼,然后不说话了,就是因为魅惑在生效,他才会这样。

"好了,这边来。"

安兹推开半掩的门,带着男性精灵走进了丛林秘屋中。

亚乌菈和马雷应该在自己的房间中,透过房门打开的一个小缝看着他们。

其实安兹可以让男性精灵看到这对黑暗精灵姐弟,这样他或许能更放松。不过他见到姐弟二人也有可能带来后续的麻烦,安兹决定不冒险。

再说,对安兹救下的三名精灵姑娘来说,黑暗精灵不是敌人,可是时过境迁,谁也不知道现在精灵和黑暗精灵的关系成了什么样。王都的精灵说不定就把黑暗精灵当成敌人。

当然,就算王都的精灵真的把黑暗精灵当成敌人,只要安兹说一句"他们不是敌人",也就没事了。

"这里到底是什么地方……难道是神树的世界吗……"

安兹不知道神树的世界到底是什么世界,不过猜得到大概是精灵的神话或传说中登场的世界。不对,说不定——

(这莫非是和YGGDRASIL玩家有关的情报?应该有必要问一问……不过最好不要花费太多时间啊。等下有时间再问好了。)

安兹让男性精灵坐在了起居室的沙发上，同时取出了一张记笔记用的纸。纸上事先分条项写好了要向男性精灵提出的问题。安兹不能浪费时间，如果搞砸了，他将不得不杀死这名男性精灵。可是这样一来，精灵土都内将突然出现失踪者，尽管可能性极小，但也有可能带来很麻烦的问题。

"那么接下来，请你把你知道的各种事情告诉我这个朋友吧。请你尽可能说得简洁。"安兹不等男性精灵回答便继续说了下去，"有没有人对你用过魔法或者其他手段，使你泄露情报后有可能自动死亡？"

"什么？那怎么可能啊？"

男性精灵脸上的表情看起来显得十分诧异，可是安兹觉得不能排除他只是不知道的可能性。

（我记得那时是问三个问题就完了……）

安兹的纸条上写着他预演后按顺序写好的三个问题，他决定从第一个问题开始问起。

"你知道黑暗精灵的村子在什么地方吗？"

"准确位置我不知道，不过我知道大概在什么地方。"

男性精灵说在比王都更靠东南的地方有黑暗精灵的村子。安兹细问后，男性精灵说它在被称为"三树"的大树所在的地方，可是安兹不熟悉森林的地形，听不明白他说的到底是什么地方。

安兹决定指望同样在听男性精灵说话的亚乌菈。

"那么下一个问题——"

这是一个安兹准备写提问内容的纸条时，亚乌菈和马雷奇怪他为什么不准备问的一个问题。安兹想过后觉得这个问题确实很重要，于是把它写在了第三项。

"关于教国，把你知道的情报告诉我吧。"

"教国……你是说那些可恨的人类的国家吧！我们什么都没有做，那些家伙就对我们发动了攻击！

"听说那个恶毒的国家什么表示都没有就直接对我们发动了攻击，那些恶棍绑架了好几百精灵。"开了个头之后，男性精灵开始不断对教国咒骂，以至于安兹赶忙制止了他。

男性精灵毕竟只是一个平民，他似乎也不知道教国的侵略军到底推进到了什么地方，也说不好精灵方面是占了优势还是落了下风。不过他说，精灵老百姓发现王都中巡逻的卫兵显得比平时紧张，都觉得战况恐怕不容乐观。

这样一来，安兹纸条上的三个问题就问完了，而男性精灵似乎没有发生什么异常的迹象。安兹觉得那看来是个例外。他想把感兴趣的问题都问个遍，可也不能耗费太多的时间。

"黑暗精灵和精灵是什么样的关系？不会是敌对的吧？"

"应该不会……吧？"安兹还没来得及问男性精灵为什么迟疑了片刻才回答，他已经先开了口："我认识的人里没有人讨厌黑暗精灵，或者对他们有什么负面感情，当然我也是。毕竟他们对我们来说相当于没有什么来往的远房亲戚。不过，这只是我们对他们的看法，他们怎么看我们我就不知道了。我们很少有机会见到黑暗精灵，不知道在他们眼里我们到底是什么样。"

"关于魔导国，你有什么了解吗？"

"什么？什么魔导国？"

男性精灵回答得很干脆。不过，安兹早就料到他可能会这样回答，所以并不觉得吃惊。这样一来安兹就明白了，让姐弟二人交朋友的计划眼下还没有发现负面因素。

"我想问的就是这些。感谢你。"

"客气什么啊，咱们不是朋友吗？"

听到男性精灵的回答，安兹脸上忍不住露出了不屑的笑容。刚才安兹明明还说过他是这个男性精灵的朋友，这会儿听到同样的话从对方嘴里说出来，他却只觉得可笑。对安兹来说，他的朋友只有公会成员们。

"好了，就这样吧。"安兹做了个手势，只见马雷把男子身后的门推开一个小缝，探出了头。安兹一直在和男子说话，以免他发现身后的马雷："不过嘛，关于精灵的文化我还有其他想了解的事情，可是又不能消耗太多的时间和你说——"

男性精灵的眼睛突然失去了焦点，紧接着便躺倒在了沙发上，呼呼大睡起来。

突如其来的睡意来自马雷吟唱的"砂男之砂"。

安兹向和马雷一起走出房间的亚乌菈问道：

"亚乌菈，听过这个人的描述，你觉得能找到黑暗精灵的村子了吗？"

"我觉得能行。到了他说的那个地方附近应该还需要仔细寻找。"

安兹觉得听到这句话就足够了，他发动了"记忆操作"。

这就是选择绑架一个独居男子的重要原因。

精灵的年龄很难通过其外貌判断，就算看起来像成年人，实际上也不一定就是知识丰富的成年精灵，搞不好会是一个非常年轻的精灵，甚至从来没有离开过王都。

而有孩子的精灵虽然上了一定的岁数，可是其家人越多，事后的处理就越麻烦。

如果图省事直接将其一家处理掉，就意味着有一家人去向不明——而且没有留下抵抗的痕迹，仿佛蒸发掉了一样异常，一定会引发非常大的乱子。精灵们肯定不会认为这一家子是逃债去了。

安兹可以像对这名男性精灵做的一样，对那一家子精灵使用"记忆操作"，可哪怕是安兹，也没有那么富余的魔力。

出于这样的考虑，安兹选择了这名独居的男性精灵。

安兹消除了男子的整片记忆。细致地消除，让记忆能前后衔接起来非常困难，可是整片消除——不用考虑太多的情况下，难度不怎么大。

而且男性精灵遇到安兹后留下的记忆总量也不算太多。安兹也是为此才不愿意消耗太多的时间。如果不必考虑使用"记忆操作"消除记忆的问题，安兹会想到哪儿问到哪儿，直到"魅惑全种族"的效果失效。说不定失效后还会再用一次"魅惑全种族"，再问几个他想问的问题。

安兹这次只问了最重要的问题，而且没有消耗多少时间，所以他能顺利消除男性精灵两次睡眠之间的这段记忆。不对，他好像消除得多了些，把男子躺到树叶堆里时的记忆也消掉了。

这样的失误就是消除整片记忆造成的，可是如果细致地消除，安兹的魔力说不定会不够用。安兹消除整片记忆之后虽然魔力还有富余，可这毕竟是完事之后，不能说他本该进行细致的消除。

事已至此，再说什么都晚了。男性精灵或许觉得有点不对劲，不过安兹也只能把希望寄托于男子能自己说服自己了。

虽然消耗了不少魔力，安兹毕竟进行了精心准备，实施计划的过程中也没有失误，剩余的魔力应该足以完成计划。

"那开始吧，亚乌菈、马雷，我们按计划行事，来帮帮我好吗？"

"好的！请交给我吧！"

"啊，好、好的。我会努力的。"

安兹打头，亚乌菈和马雷分别搂住男子的手脚将其抬起，抬着他一边荡悠一边向前走。考虑到他们姐弟二人的臂力，本来用不着两人一起抬，可是如果不小心让他撞到了什么地方，发生了伤害判定，魔法就会解除，男性精灵会从睡梦中醒过来。

如果发生了这种情况，安兹还得再来一次"记忆操作"，他的魔力恐怕不够用。

当然——

（我早就想好了预备计划，就算真的出了这种问题，也不要紧。）

安兹首先独自走出丛林秘屋，发动了"完全不可知化"，然后使用了"传送门"。

当然，"传送门"是通向男性精灵的寝室。

安兹首先独自走出"传送门"，进了男性精灵的寝室，紧接着四下张望，竖起耳朵仔细倾听。

（呼，这下放心了。）

似乎没有人因为"传送门"的出现而紧张起来，或者试图从这棵精灵木中逃走。不过他还是继续侧耳倾听，同时观察周围的情况。

（看来……没有问题啊。）

像亚乌菈这么优秀的游击兵可以做到无声行动，让安兹听不到声音，可就算是亚乌菈，也不会在日常生活中那样做。有一位经验丰富的游击兵，在这么短的时间内发现这名男性精灵家里发生了异常情况，而且认定还会发生其他的问题，于是埋伏下来——这种只能让人感受到恶意，倒霉透顶的人才会遭遇的事件不可能发生。安兹觉得没有问题。

安兹解除了"完全不可知化"，随后又穿过"传送门"，不过这次他只是探出了头，向等在门另一侧的姐弟二人打了个手势。双胞胎姐弟荡悠着男性精灵，走过了"传送门"。

三人一言不发，按计划行事。

首先，亚乌菈和马雷小心翼翼地把男性精灵放在了树叶床上。如果这个环节不小心让男性精灵受到伤害导致他醒了过来，这样的失误简直蠢得好笑了。

"砂男之砂"会让目标进入比"睡眠"更深的睡眠状态。中了"睡眠"的人只要用力摇晃就会醒过来，可是中了"砂男之砂"，只要不受到伤害就不会醒来。

如果把男性精灵放在这里不再管，只要没有其他精灵发现他，并且对他造成伤害来唤醒他，他最终将衰弱而死。安兹一直谨小慎微，尽量不惹出乱子，那样的结果不是他想看到的。

他们把男子在床上安放好之后，这才开始唤醒男子的准备。安兹环视房间，寻找他刚才溜进来时选中的那个摆件。

那是一个腹部鼓起，像是鼹鼠又像是青蛙的诡异生物木雕，安兹这几天一直在森林中生活，却从来没有见过这种外形的东西。他觉得这可能是在精灵的神话或传说中登场的假想生物。安兹拿起了那个摆件。

（果然是木制品，只是……比我想象的要重啊。确实挺合适，不过万一造成了致命伤……好吧，真的成了那样，也只能认命了。）

就算精灵把这件事当成杀人案来调查，安兹受到怀疑的可能性恐怕也极低。

看到安兹拿起了那个摆件，姐弟二人把男性精灵抬到了本来放着摆件的架子下面。

随后，安兹向亚乌菈和马雷点了点头，姐弟二人先走"传送门"，离开了男性精灵的寝室。随后，安兹也站到了"传送门"前。

紧接着，安兹把那诡异的木雕向着天花板扔了出去。

为了避免男性精灵衰弱而死，这是安兹能走的最好的一招棋。

安兹没有看自己扔出去的摆件落向何处便冲进了"传送门"中，紧接着关上了"传送门"。

"好了，我去进行一下最后的确认，你们稍微等我一下。"

"好的！明白了！只差一点了啊！请您加油吧，安兹大人！"

"那、那个，就是，我觉得安兹大人应该不要紧……可、可是安兹大人用掉了很多魔力，请您一定要注意。"

安兹在两人的助威声中又用了一次"完全不可知化"，然后发动了"高阶传送"，传送进了刚刚离开的男性精灵的房间。

"可恶！好疼！它怎么自己掉下来了！还有，我怎么躺在这里啊！我喝醉了……没有啊……可恶，好疼……"

安兹脸上露出了坏笑。

（很好！完美犯罪成功了。）

男性精灵不像在演戏，看起来也不像是产生了疑问——不对，他看起来对落在自己身上的摆件确实产生了疑问，但不像是怀疑有人闯进了他的卧室，把摆件丢到了他的身上。

"等一下啊。"

男子突然诧异地说了这么一句，正打算发动"高阶传送"的安兹僵住了。

（他发现了什么？虽说他不可能知道闯进来的是我们，难道发现了有人来过？他毕竟是商店店主，莫非安装过什么监视装置……之类的魔法道具吗？我倒是没有感觉到啊……）

"这莫非是扎咕呱大人有什么事想告诉我？"

（扎咕呱大人？YGGDRASIL里可没有叫这种名字的魔物啊。）

"扎咕呱大人，扎咕呱大人，要是有什么事，请您示下。"

男性精灵双膝跪在地上，高举着木雕低头行礼，那姿势看起来就像虔诚的信徒在跪拜偶像。

（莫非只是寻常的土著信仰？先不说这个，这家伙为什么这么喜欢自言自语？莫非他知道这房间里有人，故意说出来给人听的？莫非是在对那个叫扎咕呱的神祈祷？）

这名男性精灵刚才还只是个受到安兹利用的人物，现在却变得越来越神秘。安兹开始考虑要不要再次把这名男性精灵绑走杀掉，最后还是改变了主意。他觉得现在看来这名男性精灵很可能只是一个土著神祇的普通信徒。不过小心驶得万年船，他想留下点什么东西来监视这名男性精灵，可哪怕是安兹这样的魔法吟唱者也做不到，因为他没有合适的魔法。他觉得恐怕只能不时用魔法看看这名男子了。

安兹咂了下舌头——他当然没有舌头——发动"高阶传送"，回到了丛林秘屋前。

安兹解除"完全不可知化"后，只竖起了一根拇指，只见等在丛林秘屋前的姐弟二人露出了笑脸。说实话，安兹觉得最后留下了一个令人担心的问题，不过这个问题不好解决，为了不让姐弟二人也跟着担心，他没有把问题说出口。

"好了，非常感谢各位的一系列帮助，今天的工作到此结束。"听到安兹像说舞台剧台词一样说出这句话，姐弟二人露出了惊讶的表情，不过笑容马上便回到了他们的脸上。"时间已经不早了，请大家早点儿休息，以免疲劳留到早上。"

"是！"两人劲头十足地回答。

"那好，从时间来看明天已经成了今天，我们来决定一下起床的时间吧。那么——大家可以在自己想起床的时间起床，不过不能睡到中午。这样吧，我回纳萨力克把早饭拿过来，大家九点以前起床吧。"

"是！"两人又回答了一声，安兹用手肘顶了顶马雷的侧腹。当然，他一点揶揄的意思都没有。

"好了，辛苦了——大家休息吧！"

安兹发话之后，姐弟二人也说道："辛苦了！"

"那好，解散！"

3

安兹他们向黑暗精灵的村子出发了。

他们根据男性精灵的情报，骑着芬里尔跑在森林里。如果能在空中发现地标，他们就能轻松找到目的地，可惜很遗憾，哪怕是亚乌菈也没能有所发现。

芬里尔在森林中奔跑，那蒙蒙的，仿佛被绿色浸透了的空气拍在安兹的脸上。森林特有的，非常浓郁的木香撩拨着安兹的鼻腔。安兹觉得这里的空气似乎和都武大森林有所不同，不过说不定只是他的错觉。如果这不是安兹个人的错觉，或许说明这个世界上哪怕是相似的地方也会充斥着各种各样的差异。

安兹有一搭没一搭地想着这些事，到这个大世界上走一走的欲望便在他心里微微波动起来。

普通人走在没有道路的大树海中，一定会受到树枝上垂下的藤蔓和横七竖八的树木干扰，没法直线向前，不知不觉间走向了错误的方位。

男性精灵说，黑暗精灵的村子距离精灵王都有一周的路程。

哪怕是适应了在这片森林里生活的精灵，在树海中赶路，一天恐怕也走不了十五公里。这样想来，黑暗精灵村和精灵王都的距离应该大概有一百公里。安兹他们只花了一个小时多一点便走完了这一百公里，如果不是需要确认周围的情况，想必还能走得更快。

这说明了芬里尔的优秀，特别是它名为森林行者的能力非常有用。在安兹看来，树木和草丛就像主动避开了芬里尔一样，所以他们一路上基本都是直线前进。就算是骑着芬里尔，如果它没有森林行者的能力，恐怕也没法在这么短的时间内跑完这段路。

只是——

"我觉得应该就在这一带啊……"

坐在安兹前面的亚乌菈歪着头这样说。

精灵的村子是树木构成的，想在森林中找到这样的村子其实挺困难。当然，恐怕正因为如此，用树构成村子的文明才会发达起来。精灵王都这种把周围的树都砍光的聚居地才是个例。

可是话说回来，亚乌菈作为游击兵有着相当强的能力，巧妙地把一个村子隐藏起来，让她都无法发现是不可能的。安兹觉得不太可能是来时的路上错过了，想来他们应该还没有到达目的地。

"只要没有搞错到目的地的路就没问题。最重要的是走得太近了也不好。"安兹用手摸了摸他装备的面具，"我们最好能在被发现之前先发现村子，如果可能，最好在附近找个黑暗精灵发现不了的地方藏起来，收集一些情报。"

最糟糕的就是跑到了完全不相干的地方。不过，安兹并不怎么担心这一点。

确实，在这种没有路标的大树海里，安兹绝对做不到不迷路，一下子走到目的地。男性精灵告诉他们的走法是这样：大概走两千五百步会发现一块大岩石，从大岩石再向三棵树长在一起的方向走三千步左右。安兹觉得按这走法能找到才怪。

可是亚乌菈不这样觉得。

亚乌菈有时也会拿不准，到附近探索一番，即使如此，她还是怀着相当的自信把安兹带到了这里。

（难道游击兵都这么厉害？还是说只有亚乌菈这么厉害……）

去矮人国度的时候安兹倒没有这么强烈的感觉，经过这次的旅行，安兹心中已经得出了结论：没有游击兵，此行不可能成功。

YGGDRASIL那时也有类似的密林，不过现在回想起来，安兹觉得那密林是点到为止的。他没有想到，真正的丛林竟然如此恐怖。

不过与之相对，这丛林也带给了安兹探险的兴奋。

（在这丛林深处说不定有什么没人发现过的未知……我能理解人会想探索这种未知的心情……我记得那个公会好像是叫世界探索者吧……）

所谓探索者追求的大概就是这种兴奋感吧，那才是安兹想要的真正的冒险者的姿态。

（抛开其他的一切，为了探索走遍这个世界……怎么样呢……)

安兹又开始有一搭没一搭地想这个问题，然后摇了摇头。他不可能抛开一切，纳萨力克地下大坟墓的绝对统治者安兹·乌尔·恭绝对不能做出这种事。

不过——他觉得如果只是当成业余爱好，应该没有什么问题吧？他不会抛开纳萨力克，还会像这次一样请个带薪假。

（不过，我好像总是翻来覆去地想同一件事啊。说实话，我也没法否定这种想法来自想逃避压力的愿望……说来说去，我可能一直没有进步，总是在原地打转。因为我是不死者所以没法进步？因为我是我所以没法进步？一想这种事，我就想叹气……唉。想这些让人伤心的事有什么用呢。总而言之……这次先把亚乌菈和马雷带了出来，要是还有下一次机会，把科塞特斯和迪米乌哥斯他们俩带出来怎么样？那已经是好久以前的事了啊。）

安兹想起了在卡兹平原搞到陆行船时的事。

（好了！先把消极的想法抛开，向前看吧。如果要再来一次这样的旅行，没有游击兵同行恐怕会非常困难，不过努力凭借智慧和随机应变解决各种问题想必也很有意思啊。）

这次旅行就是因为有亚乌菈同行，到目前为止才会如此顺利。不过，从这个角度来说，安兹没有做出什么贡献，这让他有些不自在。

当然，他也可以强出头，主动请缨承担工作。只要他这样做，亚乌菈一定会照顾他的面子，把工作让给他来做。当安兹犯错的时候，她想必还会照顾着他的面子，委婉地教他正确的做法。可是——

（我可不想搞成那样。我本来就觉得自己有可能给魔导国的运营形成了障碍啊！）

所以，安兹还是决定等亚乌菈不能同行的时候，再和大家热热闹闹地一起开动脑筋冒险。不过，安兹能有这样的想法，想必还是因为他对自己冒险方面的能力有自信吧。

哪怕到了未知的地方，不知道该去向何方，他也可以随时传送到自己想回的地方。

哪怕树丛中突然跳出未知的魔兽攻击他，他也总会有办法应付，实在不行还可以逃回纳萨力克。

（把冒险者送到未知的世界去，这件事本身没有错，艾恩扎克那个冒险者工会会长也对我的想法表示了赞同，可是我不能以我为基准来思考问题啊。确实，在这种情况下看到亚乌菈大显身手，我更是觉得有必要好好培养冒险者们。）

安兹又不是想让冒险者们去送死。

（虽说我们在都武大森林组织训练……）

都武大森林已经完全纳入了纳萨力克治下，那里的危险性没法与这里相比。安兹觉得让冒险者在都武大森林积累经验之后，再到这里进行最后的考试或许是个不错的点子。不过这方面他得先问问马雷的意见。

"那、那个,安兹大人?"

"嗯?啊,抱歉啊,亚乌菈,看来我想事情想得出了神。怎么了?"

"啊,不是,接下来您有什么打算呢?"

安兹把头抬了起来,树枝上长满茂密的绿叶,让他看不到天空,不过他还是能清楚地看到,太阳把红色的光投射向了地面。

"嗯,和上次一样,找远离黑暗精灵之类的智慧生物生活圈的地方——不容易被发现的地方,然后在那里建立临时据点好了。"

"遵命!那么,能请您给我一点时间吗?"

"当然可以。"安兹回答之后,亚乌菈轻巧地从芬里尔背上跳了下去。看到亚乌菈要向前跑,安兹赶忙叫住了她。

"等等,亚乌菈,你把芬里尔也带去。我们在这里等你,不过不用担心,我会召唤魔物来代替芬里尔。对吧,马雷。"

"是、是的,安兹大人。"

马雷赶忙从安兹身后探出头来回答。也就是说,从芬里尔的头部一侧开始,他们是按亚乌菈、安兹、马雷的顺序坐在芬里尔的背上。

芬里尔有着优秀的感知能力,有什么人靠近时,它能马上发现。对缺乏这类能力的安兹和马雷来说,芬里尔的帮助非常重要,可是如果把芬里尔留下,亚乌菈就要单独行动了。

安兹拥有召唤魔物的能力，单独行动倒还好说，可是亚乌菈没有这类能力。亚乌菈不带肉盾，在这片未知的土地上独自行动实在太不令人放心了。虽说可以用魔法道具代替芬里尔，但是召唤也需要消耗一个动作，再考虑到魔法道具召唤出的魔物有时间限制，不能算是一招好棋。

（有可能是我担心过头了，不过亚乌菈如果带上芬里尔一起去，想必也能更快地完成她要做的事。）

亚乌菈看起来似乎想说什么，不过她还是回答："我明白了。"于是，安兹和马雷从芬里尔背上下来之后，亚乌菈直接骑上去跑了起来。一人一狼很快便消失在森林中，不见了踪影。

"那么，马雷，我们悄悄藏在这里，尽可能不被人发现好了。毕竟我们要是被发现了，亚乌菈的努力可就白费了啊。"

"好、好的。那、那个，那么，要用丛林秘屋吗？"

"用它倒是也可以，不过在那之前还有一件事要做。"

如果只有安兹一个人，用"完全不可知化"是效果最好的，可是那个魔法没法对别人施放。而马雷不会用"完全不可知化"，所以他们必须想别的办法，那就是刚才他说的召唤魔物。

安兹从道具盒中掏出了一个小小的雕像——魔法道具。

它是魔兽雕像·冥府三头犬。

它的制作者和安兹曾经用过的动物雕像·战马的制作者是同一位。三头犬被雕刻得活灵活现，连隆起的肌肉都惟妙惟肖，称得上是一件精致的艺术品。

安兹使用之后，雕像马上膨胀起来，化为一只魔兽。

自然不用说，现身的就是地狱三头犬。

它会用像狗又像狮子的头撕咬敌人，用锐利的爪子撕扯敌人，还会用尾部的毒蛇啃噬敌人，而且可以让所有的攻击带上火焰伤害。它还有对火焰伤害和毒的完全抗性，是一种拥有极强战斗能力的高阶魔兽。

要知道它是可以通过"第十位阶怪物召唤"召唤出来的魔物，其强大可想而知。

强归强，对安兹这种水平的玩家来说，它其实形不成多大的威胁。不过，这也是没办法的事。

召唤魔物要完成的工作通常只是攻击敌人的弱点、踩陷阱、增加攻击次数，要不然就是做肉盾，很难单独击败其他的玩家。

确实，如果用特殊技术把地狱三头犬强化到极致，它会变得更能打一点。举个例子，安兹召唤的不死者，能力就会受到一定的强化。可是即使如此，与等级相近的战斗职业玩家相比，战斗力还是略逊一筹。除非战斗职业玩家天生被克得厉害，或者加点配装极不合理，否则在一对一战斗中不可能败下阵来。

安兹没有召唤眼球尸，而是选择了冥府三头犬，首先因为它是兽系，他觉得它的感知能力应该比较强。

其次是因为在树海中，对负责感知的魔物来说，嗅觉和听觉的优势比视觉更重要。

地狱三头犬的等级虽然不如芬里尔高，可是它毕竟有三个头，嗅觉一定也比一个头强三倍——安兹是这样猜测的。

"呜哇。"

看到以前没有见过的魔物，马雷惊叹起来，肯定不是因为他觉得冥府三头犬看起来很强。

实际上马雷要是和冥府三头犬战斗，冥府三头犬没有获胜的可能性。安兹估计马雷只靠肉搏都能让冥府三头犬毫无还手之力。

"好了，冥府三头犬，要是嗅到陌生人靠近的气味，你可要告诉我们啊。"

"咕噜噜。"冥府三头犬的几个头都自顾自地低吼起来。安兹从它的低吼声中听出了干劲和自信，觉得它仿佛在说"请放心交给我好啦"。他觉得很高兴，对马雷露出了得意的神情——虽说马雷恐怕看不出来。

"那么，你能分辨出几百米之外的气味？"

冥府三头犬们——从头的数量来看，或许应该这样说——愣住了。

"怎么了？"

安兹感觉它们好像在说"不妙""什么""等一下"，而且好像在不安地反问："几百米之外吗？"

当然，这只是安兹的感觉，实际上冥府三头犬很可能在表达其他的意思。

"没错，你有三个头，嗅觉应该比芬里尔更强吧？"

"汪！"冥府三头犬发出了可爱的叫声，然后滚倒在地上露出了肚子。

如果小狗这样做，安兹说不定会觉得它很可爱，还会把它毫不设防的肚子抚摸一番。可是现在安兹面对的是冥府三头犬，说实话他一点都不觉得它可爱。它的身体实在太壮实，长相也实在太凶悍。

安兹正在打量冥府三头犬，马雷似乎是不想让它白滚一回，伸手摸了摸它的肚子。

"嗯？你在干什么？"

听到安兹的问话，冥府三头犬注意着不压到正在抚摸它肚子的马雷缓缓站了起来，面带好像是下定了决心一样的表情低吼起来。安兹似乎感觉到了它们的三个想法："我会加油啦""交给我吧""我不行啊"。

安兹的着眼点是其中消极的想法占了三分之一。

"要是不行可不要勉强啊？勉强让你们承担任务，要是失败了可就不好了……嗅嗅周围的气味，要是有陌生人来了就告诉我，这应该能做到吧？"

几百米虽然是安兹自己说出来的，不过他仔细一想，又觉得几百米确实太勉强了。

"嘿嘿嘿……这还是能做到的""可以的""我能行的"，感觉到了它们的想法，安兹点了点头。

"那好，开始吧。"

冥府三头犬发出低吼声，抖动着鼻翼开始分辨附近的气味。

顺带一提，这些命令安兹就算不用语言也能发出。就算中了"寂静"之类的魔法，召唤者也能对自己召唤出的魔物发出指令。如果想干扰召唤者和被召唤者之间的联系，只能构筑专门对付召唤师的冷门职业。安兹之所以用语言下令，是因为他觉得如果自己只是和冥府三头犬大眼瞪小眼，马雷恐怕看不明白他是在干什么。

"那么，接下来我们就按马雷刚才说的，搭起丛林秘屋，到里面隐藏起来吧。不暴露行踪才是最理想的。"

"好的！"

自己的提案通过，马雷看起来好像很开心。

实际上马雷的提案确实有一定的道理。

安兹和马雷都没有消除自身痕迹的隐蔽技术，如果他们贸然到处乱走，或许会留下让野外活动专家一下就能找到他们的路标。

这样看来，还是原地不动最明智。用上森林祭司和游击兵的"迷彩"之类的魔法静止不动或许才是最好的办法，遗憾的是安兹和马雷都不会用这类魔法。马雷虽然是森林祭司，可他是相当偏科的特殊型森林祭司，他的魔法只适合群体杀伤。安兹记得马雷只会几种普通森林祭司的强化魔法，其他的魔法基本都不会，只能依赖道具。

这样想来，拿出丛林秘屋，钻进里面藏起来，把它当成潜伏场所，不动地方以保证不留下足迹之类的痕迹。这才是最好的选择。

不过，还是有个问题。

那就是安兹觉得说出去没面子。

亚乌菈现在正努力工作，他躲在屋里休息，这合适吗？

当然，不用说，安兹也知道术业有专攻这句话，过去别人把棘手的工作塞给他的时候，就对他说过这句话，所以他到网上去查了查。而他也记得布妞萌说过，无能又总想承担工作的人才是最让人头疼的。

所以安兹明白，他现在的选择是正确的。

确实，如果站在把任务交给手下守护者的魔导王的角度来说，安兹这样做没有问题。可是——安兹此行是为了什么呢？

他是来休带薪假的。

提出休假的成年人无所事事，而带出来的孩子却在外面忙碌，这让他承受着极大的罪恶感。

安兹拼命开动脑筋，可是他想不出怎样做才能帮到亚乌菈，也想不出他在这里该做什么。他能想到的借口只有一个，就是留在这里陪马雷。

（以看孩子来为自己开脱……这只是逃避啊。可是，除此之外，我想不出其他能帮亚乌菈做的事。那么，我要怎么做，才能骄傲地说我完成了我的职责，挺胸抬头做一个受到尊敬——不对，是完成了最起码职责的成年人呢？）

他觉得或许应该说服自己，现在不被人发现就是他的职责。

安兹不管怎么思考也想不出完美的答案。

他垂头丧气地对马雷说道：

"那咱们就待在丛林秘屋里等亚乌菈回来吧。"

"好的！"

听到马雷开朗的回话声，安兹心里好过了一点。

\* \* \*

有一种魔兽名叫连甲熊。

这种魔兽远看像熊，可是如果不能尽快察觉到它们和熊的区别，遭遇它们的人将会后悔莫及。

它们体长通常有两到三米，有两对前足，一共四条，还有两条后腿。四条前足中的两条基本是专门用来战斗的，上面长着又尖又利，长度超过六十厘米的爪子，其硬度甚至能凌驾于钢铁之上。它们腰际长着又长又粗的尾巴，尾巴尖端鼓起，像锤头一样。

鳞片进化成的坚硬装甲保护着它们几乎整个身体。它们支撑巨大身体的四肢有着惊人的力量，借助超群的肌肉力量挥出坚硬锐利的爪子，那一击能轻易把身穿铠甲的人类劈成两截。

不过，遭遇连甲熊的人只需要注意这几点。

它们没有可怕的特殊能力，也不会使用强力的魔法。连甲熊只会用一种名叫"芳香"的魔法，而这种魔法本身不是用来战斗的。所以连甲熊在树海的食物链中虽然属于比较靠上的捕食者，但绝不是最强的霸主。

凡事都有例外。

有一只连甲熊身长超过四米，只凭强大的身体能力，哪怕会用可怕特殊能力的魔物，能使用强力魔法的魔物，它都能杀死。

不了解它的人很可能误以为它是其他的物种——其实它就是称得上连甲熊王的个体。


它正埋头啃咬猎物的腹部，这会儿抬起了头，小声发出了重低音般的，会让听者心中充满恐惧的低吼。长条状的脏器从它的嘴角滑落到了地上。

它呼出还带着血腥味的气，嗅着空气中的气味。它虽然满脸是血，不过还是嗅到了两个陌生的气味。它发现那两个气味交织在一起，觉得它们或许是一对。

它已经填饱了肚子。

它可以不理会这两个陌生的气味。

可是——不快感让它缓缓迈起了步子。

这一带是它的地盘，它不允许闯入者在这里乱走。

它用粗壮的后腿站起来，在树上留下抓痕，然后把身体贴上去蹭了蹭，留下这里是它地盘的明确证据，然后向着气味传来的方向走去。

它一边走，一边使用"芳香"消除了它的体臭和全身的血腥味。身体巨大的连甲熊就是靠这个方法靠近猎物，如果没有这种魔法，想在这森林里捕获猎物相当困难。

它觉得气味变强了。

猎物似乎没有发现它，如果发现了，它们不会保持本来的行动方式。它们应该站定听声音，或者直线向着远离它的方向跑才对。可是它们没有这样做。它开始想，莫非它们——以为两只一起上就能赢吗？

它尽可能不发出声音，来到了气味的出处附近。在树木的遮挡下，它还看不到那两个闯入者。

不过，这样已经足够了，杀死猎物的时候它总是这样做。它能看到猎物，就说明猎物也能看到它。它在狩猎时从不急着冲到双方能看到彼此的地方，总是小心翼翼地嗅着气味，悄悄地靠近目标，然后一鼓作气——凭借它霸道的爆发力扑向猎物。

它已经到了气味传出的地点附近，而发出气味的闯入者还没有动静。

它和往常狩猎时一样，突然冲刺起来。它有着巨大的身体，却能像呼啸的风一样在树木间疾驰。

它没有森林行者那么好用的能力，所以占据这块地盘的时候，为了让自己的身体容易通过，它把碍事的树木全部砍倒了。当然，不够粗壮的树木挡不住它的冲刺，但是如果猎物行动敏捷，说不定有时会趁机逃走。

它确实是拥有绝对实力的强者，但它狩猎也不是每次都能成功，因此需要做好准备。

发出气味的闯入者就在前方。

其中一个又黑又小，还有一个又黑又大，那个小的在大的上面。

它发现那两个闯入者不是一对，恐怕是两种不同的生物。

不过，它并不觉得稀奇，会互帮互助的不同种生物也是有的。这种被捕食者为了保护自己，不变成它这样的捕食者的食物，掌握了那样的生存智慧。它猜测可能是上边的那个家伙负责使用特殊的能力，而下边的那个家伙负责逃跑。

不过这样想来，两者都只能变成它的猎物。

它笑了。

距离这么近，两个闯入者已经逃不掉了。那个小的虽然没什么吃头，不过下边那个是个相当大的家伙。它现在肚子很饱，决定先把那个大的猎物埋在土里保存起来。

可是——它觉得有点不对劲。

它正伴随着沉重的脚步声向前冲刺，不管多么迟钝的家伙都能发现才对，只要发现了，应该会有所行动才对。

这样想来，那两个黑家伙莫非是不害怕吗？它们为什么不逃走？只要遇到它，基本上所有生物都会选择逃走，例外的只有它的同类。

它们莫非吓得动弹不得？

它在冲刺的同时想了想这些问题。

如果猎物被吓得动弹不得，那肉就会变得不太好吃。它最喜欢给猎物留一口气，等着猎物慢慢死去——吃那种渐渐变软的肉。猎物活活被它吃掉内脏之后，放弃了生的希望，那时的肉才是最美味的。

"嗷啊啊啊啊啊啊！"

它站立起来，在猎物面前咆哮。

它不光是为了威吓，也是为了令猎物感到恐惧。

——来啊，快逃啊，你们说不定还有活路，请你们让肉的味道变得好一点。

它在心里这样嘟囔着。距离已经这么近了，它盯上的猎物不可能逃得掉，狩猎成功已经是它的囊中之物，所以它才显得如此从容。

"嘿——我还是第一次看到你这样可爱的小熊啊。"

那个小个猎物发出了叫声。

它这时想起来，它最近好像看到树上有和这个小个黑家伙长得很像的东西。连甲熊本来能爬树，可它因为身体过于巨大，不擅长爬树。它想捕捉树上的猎物时，往往会把树砍倒，让猎物掉到地上再捕食。当时它正好也吃饱了，而且距离很远，它嫌麻烦就没有发动攻击。

可是，现在这只小个黑家伙在地上，它没有必要客气。

下边的那个黑家伙没有动，只是看着它。

它挥起了长着大钩爪的前脚。

为了不让两个猎物逃掉，它决定先攻击下面那个黑家伙。

一声金属相撞般的脆响之后，它觉得刚刚挥下的前脚开始变热，紧接着化为了剧痛。

它打了个趔趄，一屁股坐倒在地。

它赶忙看向剧痛的前脚。

它发现前脚还在。

前脚倒不是没了，可是那疼痛实在太剧烈，让它动弹不得。

"咕呜呜呜呜……"

它仔细一看，发现上面那个小个黑家伙手中垂下来一条像长蛇一样弯弯曲曲的东西。它觉得自己可能就是受到了那东西的攻击，那东西说不定有毒。它小时候被一条巨大的毒蛇咬过，当时那热辣辣的感觉好像和现在的有点像。

"来来来，不要闹，不要闹。"

那个小小的黑家伙挥了下手，只听附近的树发出了一声很大的脆响。它把手里伸出的蛇一样的东西打在了树上。这一下打得那树皮开肉绽，就像从里面爆炸了一样。

它也能把树干打成这样，可它还是觉得一阵寒意窜过自己的全身。

这个小黑家伙真的小吗？

它眼中的那个小小的黑家伙开始变得越来越大。

"好乖，好乖。不怕，不怕。你看，一点都不可怕。"

上面那个小小的黑家伙一边叫，一边从那个大大的黑家伙身上分离开来。小小的黑家伙站到地面上，张开双臂走向了它。它还是觉得小小的黑家伙个头很小，简直无法估计和自己之间到底有多大的差距。

它是捕食者，小小的黑家伙是被捕食者——按说应该是这样才对。既然是这样，为什么小小的黑家伙靠近它却一点都不害怕呢？

这简直就像——这个小小的黑家伙才是捕食者啊。

它把眼睛从正在靠近的小小的黑家伙转向了那个大大的黑家伙。

大大的黑家伙正一动不动地盯着它。

这也让它觉得不理解。不管是什么样的生物，只要遇到了它，都不会像这个大大的黑家伙一样，一动不动只是看着它。

莫名其妙的恐惧让它背对闯入者逃了起来。

它还年幼——刚刚离开母亲，开始自立的时候，有过几次面对对付不了的敌人时逃走的经历。所以它明白，遇到自己不理解的东西，选择逃跑并不值得难为情。

可是，有什么东西缠住了它的后腿——

"嘿咻。"

它觉得天旋地转。

它突然被拽得飘了起来，然后感到后背重重撞了一下。

它不知为什么自己被翻了个仰面朝天，倒在了地上。

它爬了起来，发现那长蛇一样的东西缠在它那被拽了一下的后腿上，而长蛇的另一端握在那小小的黑家伙手里。

它想不明白事情怎么会变成这样，莫非是那小小的黑家伙把它拉倒了？它明明那么小——

"真是的，你怎么能逃呢。"

小小的黑家伙露出牙齿低吼起来。

毫无疑问，那低吼声的意思是：我要吃了你。看来这个小小的黑家伙也会在攻击猎物时隐藏把对方吓得毛发倒竖的可怕气息。它觉得这个小小的黑家伙或许是埋伏型的捕食者，难道以前看到的那个树上的黑家伙也这么强吗？

"嗯。看来不行啊。总不能让安兹大人等着……看来还是杀掉剥皮吧，别捕捉了。有点可惜啊，毕竟看起来我的实验里也用得上啊。嗯……安兹大人也经常说，杀是最后的手段……"

小小的黑家伙凝视着它。它觉得小小的黑家伙或许动作并不灵敏，所以才会用手里伸出的蛇一样的东西捕捉猎物。

它伸出爪子，想把缠在腿上的蛇一样的东西拉开，可是它试过之后发现那东西拉不开。那蛇紧紧缠着它的腿，没有一点松开的迹象。它决定使用自己自豪的爪子。

不可能有这爪子切不断的东西。

（咕？）

它感到十分困惑，那蛇居然不断。这爪子从来没有遇到过切不断的东西。

"好了好了，别抵抗了。"

哧溜，它的身体移了位。小小的黑家伙在拉缠在它腿上的蛇，它被拽得离小小的黑家伙越来越近，在地上留下了一道沟。

这下它确定了，那个小小的黑家伙有着大得令人难以置信的力量。

"真没办法啊。我不太喜欢这样，不过还是试 试……实在不行就杀掉它吧。"

蛇一样的东西脱离了它的腿。它还没来得及想好要逃，便随着啪唧一声感到了疼痛。

"咕嗷嗷嗷嗷！"

它身体的各个部位连续不断地感到疼痛，前爪、后脚、面部、腹部、尾巴——倒是不怎么疼。它想把身体护起来，疼痛的部位就变成了后背，它扭动身躯，疼痛便轮到了面门。

它忍着疼痛想逃，发现大得难以置信的力量按住了它的身体。它抬头去看，发现那个大大的黑家伙抬起一只前爪放在它的背上按着它。那力量大得好像要把它按进土里。

怎么会发生这样的事呢？居然同时出现了两只力量远超它的闯入者。

疼痛还在继续。

每次那条长蛇发出响声，它身上就会有一处感到剧痛，而且那长蛇发出的响声就像雨点一样响个不停。

当它连抵抗的欲望都消失的时候，响声总算停了下来。它浑身没有一处不疼，觉得全身就像烧着了，肿得有原来的两三倍大。

"好了，终于老实了啊。"

它觉得自己接下来将会被吃掉。它一直以来都是这样做的，现在轮到它了。

"来来，乖、乖，现在明白谁更厉害了吧？那好，我们走吧。"

可是，那个小小的黑家伙虽然龇牙咧嘴，能把它整个吃下去吗？莫非那个小小的打算和下边那个大大的分着吃掉它？

它现在已经放弃了活下去的希望，它觉得自己一定相当好吃。

\* \* \*

在丛林秘屋中，安兹和马雷正在协作完成工作。

首先是把料理摆在看来像用魔法生成的黑曜石桌子上。他们准备了热腾腾的汤，不过汤现在还装在能保温的容器中，等吃的时候才会盛上桌来。三个放了冰的玻璃杯也已经准备好了，桌子正中放着一个装果汁的瓶子。

丛林秘屋的门就算关着，也能完美地换气，不过在魔法装置的作用下，屋里的声音和气味不会传到屋外。可是只要打开门，这种魔法装置就不会生效，所以就算安兹和马雷两人一直没有开过门，亚乌菈回来的时候气味也会飘到屋外。

气味这东西其实会飘到很远的地方。亚乌菈当然不会犯不确认安全便返回据点这种错误，可是安兹也没法确定不会有人嗅到飘出亚乌菈感知范围的气味。在这样的大森林中嗅到了诱人的食物气味，只要是有智力和文明的生物，一定会感到蹊跷。

黑暗精灵本身没有匹敌野兽的嗅觉，可是在这个世界上，只要职业搭配恰当，就有可能做到这一点。再说就算黑暗精灵本身做不到，只要能与魔兽交流，他们也可以操纵魔兽来实现。

也就是说，安兹和马雷现在相当于正埋头苦干来使亚乌菈的努力化为泡影。这一点安兹也很清楚，那么，要说为什么他要和马雷忙不迭地准备吃饭，那是因为安兹全负荷运转他那空荡荡的脑壳，只想到了这一个能帮助他逃避罪恶感的办法。

说白了，就是想用一顿美餐来欢迎完成工作后疲惫地回到家里的亚乌菈。

当然，用可能使亚乌菈的努力化为泡影的行为来慰劳她只能说是本末倒置。正因为如此，安兹换了一种思维方式。

没错，只要不让人发现就行了。

他担心的是气味飘到丛林秘屋周围，有可能把其他人引过来。既然是这样，尽量不让气味飘散出去就行了。

最保险的就是先把盘盏摆好，等亚乌菈进了屋关好门再把料理装盘。可是这样做有点欠缺冲击力。

安兹想达到的效果是,亚乌菈一开门,看到一桌丰盛的料理。

这种惊喜感才是安兹最想要的,也是最有意义的。

所以,安兹回到纳萨力克,让料理长尽可能准备香气较弱的料理。不仅如此,他还让马雷用魔法道具召唤出风元素,把丛林秘屋周围的空气送向上空。空气带着料理的气味一起被风元素送到了高于树顶的地方,然后才开始扩散。在原来的世界,气味粒子比空气重,不过,安兹不知道这个世界是否也这样。这个世界的气味粒子说不定会一直向上飘,就算会向下降,落到地面的时候,想必也已经变得相当稀薄了。

不过,风元素生成的上升气流会让树叶微微摇动,换成安兹可能甚至不会注意到,但眼力好的人在上空看到可能会觉得不对劲。不过前几天安兹在超高空侦察的时候,发现飞在空中的只有普通的鸟之类的生物,所以他觉得不必担心这一点。

"那、那个,安兹大人,这个还给您吧。"

准备完成之后,马雷便把刚才安兹交给他的宝珠递了过来。

这是一种最高级魔法道具,人称抽抽抽元素球。它是一个玻璃般通透的球体,四个光球在里面不断旋转。

使用它每天可以召唤四次能使役一小时的元素。

它能召唤的元素是火、水、风、土,还有火和土的复合元素熔岩、水和风的复合元素暴雪、土和水的复合元素湿地、火和水的复合元素热水、土和风的复合元素沙尘、火和风的复合元素热风。

如果召唤出的是火、水、风、土四种元素，有可能出现四十到四十五级的高级元素、二十五级左右的中级元素，还有不到十级的低级元素。

召唤后出现的元素数量方面，如果召唤出的是高级元素，只会出现一只；如果召唤出的是中级元素，数量可能是一到三只；如果召唤出的是低级元素，数量最少二只最多六只。

如果召唤出的是复合元素，有可能出现五十到五十五级的高级元素、三十到三十五级的中级元素，还有十到十五级的低级元素。不过数量方面，这个宝珠能召唤出的复合元素都是一只。

只听这段介绍，人们可能会觉得这个宝珠似乎很好用，可惜遗憾的是它召唤的元素完全随机，而且较强的元素出现的概率比较弱的元素低，要想召唤出高级元素，概率和抽到流星指环差不多一样低。

从战略角度来说，无法召唤出能针对敌人和战况的元素，导致这件道具很难派上用场。玩家要是飞在天上召唤出了土元素，只能看着它掉下去。实际上马雷用了它三次才召唤出了风元素。

"不用，没必要还给我，我把它送给马雷好了。你用过后也明白了，这件道具有点莫名其妙，如果你不嫌碍事，希望你能收下。要是能召唤出最高级元素、不净元素、神圣元素，估计还能派上些用场……再说它本身就有使用条件，只有森林祭司能用。如果马雷不用，那这件道具就只能放在宝物殿当摆设了。"

等级低的人或许还能用一用它，可是到了安兹和马雷这么高的等级，这件道具连召唤肉盾的作用都起不到。安兹把它收在道具盒里，本来就是打算送给等级低的人。

"真、真的可以吗？"

"是啊，当然可以。比起放在宝物殿不见天日，马雷要是能用上，它也会显得有价值得多。"

"非、非常感谢！那、那个……用它召唤过元素之后，会被判定为使用了相应属性的魔法吗？"

"嗯？"

"那个，我也有能召唤元素的道具，不过需要在召唤之前使用一次属性或副属性相同的魔法。"

也就是说，马雷要是想用那种道具召唤火元素，先要施放一次副属性是火的魔法，比如马雷不会用的"火球"之类的魔法。

"我觉得用它也能满足前提条件，回头有空的时候试试如何？"

"好、好的！我会试试的。"

以前安兹曾经调查过所有NPC的能力，那已经是他完全信任NPC之前的事了。当时，他也问过NPC装备了什么道具。

安兹记得马雷说的那种召唤元素的道具能召唤一只高等级元素，而且二十四小时只能召唤一次，召唤出来只能使役不到十分钟。实话说，那种道具本身的价值很低，比它好用的道具要多少都能找出来。

　　尽管如此，马雷还是没有更换装备，这是因为那件道具是泡泡茶壶给他的。

　　安兹知道，所有NPC都有与马雷相似的想法。

　　明明有更好的道具，NPC们却不会改变自己的装备，除非是换上他们本来就有的其他装备。当然，只要安兹像刚才那样给他们道具，他们也会用，不过他们从不主动提出想更换自己身上的装备。只有一个例外，就是雅儿贝德在进行战斗训练时会要求安兹借给她各种其他装备。

　　NPC们受到了束缚。

　　安兹觉得这样说很没礼貌，但是这句话确实闪过了他的脑海。

　　在这一点上，他自己也一样——

　　"那、那个，您这是怎么了？"

　　看到马雷那显得有些担心的表情，安兹这才被拉回了现实。他不小心又开始想没意义的事了。

　　"嗯？啊，没有，没事，我很好啊。我不小心沉思起来，如果我是马雷，该怎样用那件道具才最好。看来唯一的用途就是事先召唤元素了啊——"

安兹发现门外的地狱三头犬动了。

他打开门，只见地狱三头犬正发出低吼声，三个头都冲着同一个方向。安兹觉得它肯定是在说"有什么人来了"。

安兹和马雷看了看彼此的脸。

"我觉得气味应该没有扩散开……被他们看穿了吗？"

"我、我觉得应该……不会才对……"

冥府三头犬没有见过芬里尔和亚乌菈，但是它闻到过沾在安兹和马雷身上的芬里尔和亚乌菈的气味，如果来者是她们，冥府三头犬应该不会做出这样的反应。

安兹和马雷看向冥府三头犬瞪着的方位，树木遮挡了视线，他们觉得前方不像是有什么东西。马雷把手搭在耳朵后面，想听那个方向传来的声音。

"啊，那个，好像确实有什么东西向着这边来了……"

"也就是说……不是亚乌菈她们？"

亚乌菈和芬里尔出发的时候，基本上没有发出一点声响。

"对、对不起，这我就……听不出来了……不、不过，我觉得，安兹大人说得没错，姐姐行动时应该会更安静……只、只是……姐姐发现这一带没有危险，会不会为了让我们知道她回来了而故意发出声音呢……"

也就是说，马雷也听不出来是敌是友。

"好吧，没办法的事，就按当初的预案，我去好了。"

安兹发动"完全不可知化"，指示冥府三头犬出发。

头脑中发出的指示和口头命令不同，不会受到"完全不可知化"的影响。不过，冥府三头犬也看不到安兹，所以安兹要注意自己的位置，冥府三头犬搞不好会一脚踩在他的身上。

（唔，"完全不可知化"确实方便，可惜只有潘朵拉·亚克特在变成了我之后才会用。当然，只要消耗卷轴，其他人倒也不是不能用，可是还有材料和时限等各种各样的问题啊。）

安兹一边在脑海中嘟囔，一边跟在冥府三头犬身后走了起来。过了一会儿，安兹也听到了踩草的声音，看到了一个巨大的影子。

（熊？）

可那东西和普通的熊不一样，它一共有六条腿，毛看起来也像是湿漉漉的紧贴在身上。安兹觉得它或许是能以某种方式生成水的魔物。

最吸引安兹目光的还是坐在那只熊背上的亚乌菈。她手中握着鞭子，不时向空中扬起，那熊型魔物听到声音身体便会一颤。

芬里尔则陪着走在旁边。

（我记得亚乌菈手下没有那样的魔兽啊，这是怎么回事？）

安兹心想：好了，只要问问不就知道了。她们似乎已经发现了冥府三头犬，正谨慎地看着这边。她们之所以没有马上发动攻击，恐怕是因为没能确定这只冥府三头犬是野生的还是安兹召唤的。

安兹的部下说过，能凭直觉辨别安兹的仆役，看来召唤出的魔物是另一码事。

安兹解除了"完全不可知化"。

"安兹大人！"亚乌菈脸上警惕的神情马上消失了，开心地喊了起来，"走了！动起来！"

那熊好像非常不愿意靠近安兹这边，只见亚乌菈向它挥起了鞭子。那熊发出了一声让人听了恐怕会认为亚乌菈是在虐待动物的惨叫，战战兢兢地向着安兹这边走了过来。

来到安兹面前，亚乌菈从熊背下到了地上。

"欢迎回来，亚乌菈。"

"我回来了，安兹大人！我觉得您一定想问，所以抢先告诉您好了。这只熊型魔物是这一带的霸主，所以我把它抓成部下了。我已经用鞭子让它明白了我才更厉害。至于为什么要这样做，跟安兹大人解释，好像有点那个啊？"

安兹心想：那个是哪个啊。不过他能想象到。

"说实话，我看不出那个魔物有多强……强到了黑暗精灵会畏惧的地步吗？"

"啊，对啊，安兹大人太强大，看不出来这种水平的小杂碎有多强啊。那个，它确实没有多强，不过有足够的实力把这一带变成它的地盘。我认为黑暗精灵中的普通人会认为它很危险而不靠近它。实际上，因为害怕这家伙，确实没有一个人靠近这一带。所以我建议把这里当成临时营地，因为很少有生物闯进来。"

"那真是太好了。"

安兹心想：原来如此。

确实，比起杀掉，还是抓起来当成部下好处更大。毕竟他们不知道要以这里为据点，对黑暗精灵进行多久的搜寻和观察。这样想来，如果杀掉了以这片森林为地盘的霸主，有可能打破附近的生态平衡，黑暗精灵们说不定会为了收集情报来到这里。为了避免以这种形式遭遇黑暗精灵，还是留它一条命为好。

不过话说回来——

"亚乌菈啊，我倒不是怀疑你的决定，你控制的魔兽不是已经到了最大数量吗？把这只魔兽抓成你的部下，不会导致纳萨力克里的魔兽脱离你的控制吗？"

如果宠物不是自己选择，而是遭到强制遣散，被遣散的大部分情况下是加入时间最早的那一只。这一点对召唤和制造的宠物同样适用。在YGGDRASIL里，屏幕上弹出提示，让玩家自己选择遣散哪一只的情况反而比较少。

"不要紧！驯兽师会和自己控制的魔兽建立联系，不过我没有和这只建立，也就是说还没有完全控制它，我只是让它明白了我比它厉害。所以，驯兽师提升魔兽战斗力的能力也没法对它用。"

"原来如此……这么说来，它并不是彻底安全的啊。"

也就是说，它有可能突然野性暴发，扑向他们发动攻击。

不过安兹不认为亚乌菈没有考虑到这种可能性，她想必是觉得这只魔兽绝对不可能让他们受到伤害。不过，为了以防万一，他还是要跟亚乌菈确认一下。

安兹正在想这只熊会有多高的等级，不经意间想起了那个大块头宠物。

"顺便问一下，它和仓助相比谁更强？"

亚乌菈显得有些不好开口。

（不是，用不着那么为难啊……只要看外表，不就知道是这只熊魔兽更强吗。）

"我可以照实回答吗？"

"当然。不用照顾我这个仓助主人的面子。请你坦率地告诉我吧。"

"那么……单说肉体能力，它比以前的仓助要强。可、可是！仓助毕竟会用魔法，考虑这一点，就不好说它们两个要是打起来谁会赢了。毕竟魔法一生效，战局有时会马上扭转。再说……现在仓助连战士职业都有了，要是在它穿着铠甲的情况下，我觉得获胜的毫无疑问会是仓助。"

安兹脑海中浮现出仓助呼呼大睡的样子，而且旁边不知为什么还有一个死亡骑士。

安兹觉得一小股火儿蹿了上来。

确实，安兹是把仓助当成了宠物，它呼呼大睡倒也没关系，而且它只是和飞飞走在一起就算完成了工作，安兹还知道它甚至努力修习了战士职业。就算是这样，人在工作的时候看到别人无所事事还是会觉得来气。

你不用那么拼命维护仓助，亚乌菈——安兹这样想着，还是把话咽了回去，但他是为了不让亚乌菈的好意白费，绝对不是因为认为仓助足够勤奋。

"原来如此——"除了原来如此他还能说什么呢。安兹不想说"这么说来仓助还挺厉害啊"，于是直接把这段跳了过去。"这里居然碰巧有这么强大的魔兽，莫非这么强大的魔兽在这树海里是随处可见的？我倒是想仔细调查一番，我们一路上没有遇到高等级的魔兽吧？"

"是的，没有遇到，不过也有可能是错过了。如果仔细搜寻一番或许能找到，您看怎么办？"

"不，那倒不必，我们此行不是为了寻找这种魔兽。"

"明白了，安兹大人。不过这座森林或许很值得探索。我在都武大森林里没有发现这只熊一样的魔兽，所以我认为，这里很可能有原生的药草之类，只有这里才有的——完全适应了这个环境的动植物。而且还可能会有发生某种特殊现象的地方。"

在这个有魔法的世界上，有很多会发生特殊现象的地方。

比如从下向上流的瀑布、只有下过冰雹的日子会亮起七彩光柱的山丘、每隔几十年就会在沙漠中刮起一次的巨大龙卷风……据说这个世界上有很多能看到这些奇异景象的地方。没错，是据说——很遗憾，魔导国吞并的领土中并没有这种神奇的地点。

在YGGDRASIL中，这些神奇的地点往往具有特殊的效果，或者能发现稀有的素材和魔物。

这个法则放在这个世界上或许同样适用，比如那个七色光柱消失后，山丘上能捡到仿佛是光凝结而成的彩虹石。安兹听说这种石头十分出名，对制作魔法道具很有帮助。

如果能把这些特殊的地点纳入纳萨力克治下，对于纳萨力克的强化或许有帮助。

"我认为精灵们肯定做不到对这大树海了如指掌。这样想来，今后或许有必要像亚乌菈说的那样，以探索为目的——比如，把冒险者们送到这里来。"

安兹制造的不死者没法发现新种类的药草，还是得由冒险者小队带着负责搬运行李的不死者来探索。

"好了——我们回去吧，马雷还等着呢。"

"好的！那么……安兹大人，我还是想确认一下，这只冥府三头犬是安兹大人召唤的吧？"

"是啊，当然，你说得没错。我召唤了这只魔物来代替芬里尔。"

安兹和亚乌菈一起走了起来，当然，芬里尔、冥府三头犬也跟了上来。魔兽熊显得太不想走，亚乌菈只是挥了一下鞭子，它便老老实实跟了上来。

"对了，亚乌菈啊，你打算怎么安排这只魔兽？考虑到它不完全受你控制，我觉得你应该想好办法啊。"

"是，关于这件事我想和您商量一下，我可以把它带回纳萨力克去吗？"

"你打算在第六层放养它吗？"

如果有仓助那种高到能和人对话的智能自然另当别论，不过安兹不允许在纳萨力克放养智能不够高的魔兽。就算等级这么低的魔兽，也能杀死普通女仆。

如果真的要放养它，那今后有一部分NPC将不能再进入第六层。问题不光是NPC，第六层还有其他的植物系魔物，它们的安全问题也没保障。

"我倒是没有考虑放养，不过我想试着操纵没有用驯兽师的能力控制的魔兽，打算用它做做实验。"

"嗯，既然是这样，我倒是也很想助你一臂之力……"

获得在YGGDRASIL里无法获得，只有在这个世界上能获得的力量，安兹认为这样才能帮助无法成长的他们提高能力。按说他应该同意亚乌菈的提案，可是——

"也不是非得这只魔兽不可吧？你觉得从更弱的……比如一级的魔兽开始实验如何？"

安兹觉得等级那么低的魔兽，哪怕袭击了普通女仆，她们也能凭借装备的力量化险为夷。

"这倒是也可以……"亚乌菈好像显得有点不情愿，"既然安兹大人认为应该这样——"

"不，我可没说我认为应该这样。我只是在想，为什么非得这只熊不可。莫非你其实喜欢熊？"

亚乌菈突然看向了身后。

"芬恩，我可要生气了。"亚乌菈只用冷冷的腔调说了这样一句话，然后马上把头转了回来，"——对不起，安兹大人，芬恩刚才打算自作主张……"

安兹回过头去，没有感觉到芬里尔有做什么的迹象。不过，既然亚乌菈说了，想必不会有错，他把视线转回前方，对亚乌菈问道：

"是吗？没事，不用在意。那么，为什么非得那只熊不可？"

"是这样。我感觉到，它虽然没法像仓助那样说话，但是智能相当高。芬恩不也非常聪明吗，只是不会说话。我觉得智能的高低不能完全看会不会说话，而还是比较聪明的魔兽更适合调教。"

安兹觉得自己看芬恩不知道是想到过这一点，还是没有想到过。铃木悟虽然过着与宠物无缘的生活，不过他也觉得芬恩的智能和所谓"聪明的狗"还是有云泥之别的。当然，如果用一句"它毕竟是魔兽"来解释，就没有什么好讨论的了。

"芬恩有时候也会听马雷的话，所以还是脑瓜比较聪明才适合调教。如果是不太聪明的魔兽，就只能从还是婴儿的时候开始饲养了……"

"可是那样做太耗时间啊。那就选择狗那种成长得很快的……好吧，养狗得到的经验在调教魔兽上不好说派不派得上用场啊。"

为了积累调教魔兽的经验，用魔兽来做实验才合理。安兹又觉得这样想来，亚乌拉的提案确实有道理。

"只是……最好养在纳萨力克之外啊。你想，现在不是有从王都带来的人们生活的地方吗？养在那里怎么样？"

"就是我建起的假纳萨力克吧。冒险者们现在也会用那里……那我把它养在第六层，但是不放养，在完全调教好之前把它隔离起来如何？"

"这应该就是最好的妥协方式吧？"

"好的！安兹大人，非常感谢您满足我任性的要求。"

看到亚乌拉低头行礼，安兹笑着说道：

"哪里哪里，就像雅儿贝德也在进行战斗训练，你们这种提升自己的努力非常值得赞赏。你们，所有的NPC都是我——不对，是安兹·乌尔·恭的骄傲。"

亚乌拉睁大眼睛，愣住了。

看到她的变化，安兹还以为自己说错了话，慌忙回想起来，可是没有在记忆中发现问题。不对——

（莫非我说出了什么虽然无心，亚乌拉听到后却会感到不快的话？莫非她觉得自己是泡泡茶壶的骄傲才最重要，其他公会成员根本无所谓？难道是高兴得愣住了……会吗？她倒是没有露出笑脸……嗯，看来我做事的时候不能做最好的打算，应该做最坏的打算才行啊。）

可是，随便道歉也不是好办法，那么安兹该做的只有一件事。

"对了对了，为了慰劳亚乌菈和芬里尔，我和马雷一起准备了一顿饭。别忙，当然，我们不会做饭，只是从纳萨力克把食物端了过来。"

他该做的就是赶紧把刚才这页翻过去。

"哈哈哈。"安兹接着发出了笑声，同时观察着亚乌菈的反应。

（嗯？没生气？她脸上有笑容，虽说有可能是假笑，也可能只是赔笑。）

亚乌菈脸上带着怎么看都不像是赔笑的笑容。安兹觉得她可能是听说有饭吃觉得很高兴，也可能是受到他夸奖觉得很高兴？

（不管怎么说，我今后也要多夸奖NPC才行啊。）

安兹下定了决心。人如果不把感激之情说出口，别人往往无法感觉到。安兹记得某位公会成员曾经用失魂落魄的声音说过：他以为妻子明白自己的感激所以没有说出口，结果妻子的不满在不知不觉间积累到了令人难以置信的地步。

（是塔其来着？）

安兹正拼命回忆，只见丛林秘屋出现在了他的视野中。一行人站到门前，马雷在门里看到了他们，打开了门。

"姐、姐姐，欢迎回来。"

"谢谢，我回来啦。"

马雷背后就是摆好了料理的餐桌。亚乌菈的目光投向了餐桌，安兹紧张了起来。

"哇，看起来好香啊。"

看到亚乌菈脸上露出了灿烂的笑容，安兹这才放下了心。"唉，我今天本来想吃猪排盖饭来着……"安兹本来还担心亚乌菈会说出这样的话——虽然他也觉得亚乌菈应该绝对不会这样说。因为安兹很少有机会和别人坐在同一张餐桌旁吃饭，他担心自己对食物的感觉已经变得极其迟钝了。

"是啊，你能这样想，料理长想必也会很高兴。还有，芬里尔的那份饭我们也准备好了……"

据点旁边的树桩上放着为芬里尔准备的一块巨大的肉。那是纳萨力克的牧场饲养的牛，刚刚宰杀，还滴着血，新鲜得很。牧场在距离纳萨力克比较远的地方，牛是在宽广的草场上放养的。

料理长说过："我个人更喜欢以谷物为主饲料饲养的那个品种的牛肉，而不是以草为主饲料的。"或许是他的影响力使然，也可能是其他人也有和他一样的喜好，这种牛肉在纳萨力克不大受欢迎。

按说牧场里的牛不该放养，该采取能让它们的肉变得更好吃的饲养方式才对。可是养牛的人手不够，在耶·兰提尔中建立亚人地区时被迫搬迁的那些人中，基本没人拥有畜牧相关的技术，就算有，也都到开拓村那边去了。虽说如此，也只有对食物的味道很挑剔的人才会在乎这些问题，这些肉用来当魔兽的饲料一点问题都没有。

"那边那只魔兽熊吃什么？"

"不吃也没关系，它在遇到我之前好像刚刚吃饱了。而且我听说，在野兽彻底理解人才更厉害、完全服从人之前不给它们食物，也是一种驯养的方式。"

"是这样啊……是啊，好吧，或许确实是这样的。人类也是这样，只有在精神上走投无路了，才会乖乖听话。"

三人这样聊着，一起走进了丛林秘屋中。

"可以吃了。"

亚乌菈进门之前说了这样一句话，刚才还在忍着的芬里尔马上张开嘴咬住了肉。魔兽熊只是愣愣地看着芬里尔大口吃肉，它那失望的样子确实很像人，安兹觉得就像亚乌菈刚才说的那样，它可能真的有相当高的智能。

顺带一提，冥府三头犬不需要进食，现在给召唤出的魔物吃东西只能白白浪费掉。召唤出的魔物倒也不是不能通过料理获得强化效果，可是安兹觉得眼下丝毫没有那个必要。他决定之后，发现冥府三头犬好像在想："咦？这是真的假的啊？""这也太欺负人了吧？""我肚子也饿啦！"不过又一转念，觉得一定是他自己的错觉。

三人到了安兹准备好的餐桌前。

"来，吃吧。"

"我开动啦。"姐弟二人齐声说着，而安兹当然不能吃东西。第一个把料理送进口中的是亚乌菈。

"安兹大人！太好吃了！"

"嗯嗯。"马雷点着头对姐姐的意见表示赞同，两人一起向安兹露出了笑脸。

"那真是太好了，我会转告料理长的。那你们姐弟一边吃，一边听我说吧。经过亚乌菈的调查，我们现在知道了，可以在这里建立临时据点。所以，接下来我们找个更合适的地方把丛林秘屋移过去，结束之后，就开始搜寻黑暗精灵的村子。"

两人都停住了嘴，认真地听着安兹说的话。好吧，换成铃木悟，要是上司开始说和业务有关的事，他也会停下嘴来听着。

"找到后，我们要和黑暗精灵建立友好的关系。为此实施一个计划——如果亚乌菈愿意，我们将开始执行'红鬼哭了'任务。"

安兹脸上露出了坏笑。他以前曾经和同伴们一起用过这个计策，"红鬼哭了"就是他的伙伴为这个计策取的名字。安兹本打算使用他自己召唤的魔物，不过现在亚乌菈正好带回来一只合适的魔兽。只要亚乌菈同意使用，它就是一张最棒的牌。

这只魔兽不完全处于亚乌菈的控制之下，这给任务带来了一丝不安因素，不过反而能促使大家在执行任务时更加认真。

不同的魔物表演的能力差异很大，安兹也不知道这是不同个体之间的差异还是不同种族之间的差异。虽然愤怒魔将展现出了超群的演技，但是希丝曾经说过，"头冠恶魔演戏非常蹩脚"。

安兹虽然也考虑过隐藏起身份及实力和黑暗精灵开展交流，不过还是觉得耍点小花招更容易在他们当中立足。如果安兹有无限的时间，倒是可以采取其他办法，可是考虑到教国，他觉得时间并不充足。

"苦了？不对，是苦乐吧？安兹大人，请问那是一个什么样的计划呢？"

看着亚乌菈好奇的样子，安兹脸上又一次露出了坏笑。那是以前同伴们教给他的各种计策之一。

这个计策的名字似乎是有典故的，但安兹没有听说过，而且当时还不懂装懂。不过他有过亲身经历，能解释出它到底是一个什么样的计策。马雷开了口——

"啊！是哭鼻子的红鬼吧！前段时间我读了那本书！"

安兹是第一次听说这个计策的名字出自何处，他闭上了嘴，缓缓抬头看向了半空。

小孩子让他清楚地认识到了自己的无知，安兹觉得如果这里能看到宽广的蓝天，他的心灵或许能得到一丝慰藉，毕竟在这个大世界中，他实在太渺小了。

可是现在他能看到的只有丛林秘屋的天花板，他凝视了一会儿平平无奇的天花板，看向了马雷那天真无邪的笑脸。

他觉得还有可能是马雷搞错了。

"是这样啊，马雷好厉害啊。我还没有读过那本书呢。它叫哭鼻子的红鬼啊……"

"是的！既然和那本书的内容有关——我们要用姐姐带回来的那只熊对吧！"

啊，应该不是搞错了。

听到马雷的这句话，安兹确信了。

"嗯，嗯。马雷好厉害啊。"

随后，安兹向姐弟二人露出了笑脸。

3 章　亚乌菈的奋斗

## 第三章 | 亚乌菈的奋斗

1

这座黑暗精灵的村庄坐落于大树海中。

它与精灵的村庄无异。

有这样一个例子，很久以前，被称为原野精灵的种族才是普通的精灵，当时他们生活在阜原上，不光文化形态，连体格都与森林精灵不同，以至于现在的人们反而把他们当成了新出现的种族来认识。

那么黑暗精灵又如何呢？他们本来和精灵是同一种族，生活在同样的环境中，所以体格、魔法方面都没有区别。两者的文化也基本相同，围绕精灵木的生活方式也一样。因此，黑暗精灵修习的职业也和精灵一样，以游击兵和森林祭司为主。

要说两者的区别，顶多能举出肤色和驱赶野兽的方式等一些细枝末节的习俗。

黑暗精灵的村庄中，往往利用野兽对某些气味的厌恶，这是黑暗精灵移居大树海之前，在以前的森林中从树人那里学到的宝贵知识。他们会把气味浓郁的香草种在村子周围，调配并喷洒兽类厌恶的特殊药剂，或者使用森林祭司的魔法——魔法的效果时间和有效范围都有限，需要分配相当多的能力才能保护整个村子。

这种方法在大树海里同样有效，比起土都之外其他精灵的聚居地，黑暗精灵的村子更加安全。

可是，精灵不知道这种方法。如果这种方法传开了，兽类或许会渐渐适应那些气味。不光魔兽，野兽也一样，它们看起来愚蠢，实际上并非如此。如果它们记住了那种气味意味着前方有猎物，这样的方法反而会给黑暗精灵带来更大的危险。所以哪怕精灵是接纳了他们的亲戚，黑暗精灵也没舍得把用气味驱赶兽类的方法教给精灵。

可是这一天，黑暗精灵会明白，他们所谓安全只是一层薄冰。


远处传来兽类骇人的咆哮声。

这样的咆哮声对大树海中生活的人们来说是家常便饭。有时伴随着朝阳的升起，有时在夜深人静的时候，他们没有一天不会听到兽类的咆哮。

再说有些个头很小的生物也会发出惊人的咆哮声，并不是说咆哮声一定代表着会发生什么坏事。

咆哮声确实非常可怕，能在咆哮中灌注特殊力量的魔兽其实不少，它们的咆哮也是五花八门。有些咆哮能让听者感到恐惧、困惑、失去斗志，有些咆哮甚至能让听者瘫软无力。

不过，只要距离够远，这类特殊能力往往不会生效。一声来自远方的咆哮并不意味着祸事临头，按说对树海居民来说再平常不过才对。

可是这一天，一名黑暗精灵男子听到咆哮声后，向村子发出了警报。

男子的身高没有超出黑暗精灵平均身高的范畴，不过他那修长柔韧的四肢轻盈麻利，挥动起来能让人感觉到他身体中蕴藏的力量，使他看上去显得更加高大。

他有一张标致而秀气的面孔，在村里的女性当中也很受欢迎。

居住在大树海的黑暗精灵没有人不知道这名男子，他拥有历史悠久的布鲁贝利家的姓氏，是一位经验丰富的一流游击兵。布鲁贝利是当年大迁徙时，统领大局的十三大家族，初始十三家之一。

男子——布鲁贝利·艾格尼亚手中握着村里仅有的几张黑暗精灵式复合弓之一。

只有在每三年一次的贝科亚花绽放时召开的弓术大赛上，取得了极其优异的成绩，才能取得握上这种弓的资格。

随着艾格尼亚的呼唤，黑暗精灵中的士兵马上集合起来。虽然说是士兵，其实也不是专业士兵，只是没有出村去打猎的游击兵。

艾格尼亚居住的村子在附近的黑暗精灵村庄中是最大的，可即使如此，居民也只有二百多一点，他们养不起专职战士。

看着集合起来的同伴们脸上那诧异的表情，艾格尼亚微微抖了抖他那长长的、集中精神听远处的声音的耳朵，同时用紧张的声调说道：

"专门请大家集合起来不是为了别的事，刚才那种咆哮，以前我听过一次。那是成年连甲熊，而且是完全发育成熟的个体发出的咆哮。"

艾格尼亚能感觉到，集合起来的同伴们一下子紧张了起来。

他们当然会紧张。只要是生活在森林里的黑暗精灵，想必没有人不知道连甲熊这种可怕魔兽的名字，哪怕是孩子。

这个村子周围虽然也有其他几种高危魔物，但是连甲熊放在它们当中也算是独占鳌头。

招惹幼年连甲熊倒还好说，招惹成年——而且是完全发育成熟的连甲熊，那就相当于找死。它们是非常可怕的魔物，有能挡住弓箭的装甲，有能轻易劈开黑暗精灵的臂力，而且各方面身体能力都很强，他们很难在连甲熊的追击下依靠奔跑逃脱。

"我确实听到了什么东西咆哮的声音，可那咆哮声真的是连甲熊发出的吗？不会是听错了吧？"

一名女性黑暗精灵有些怀疑，这样问艾格尼亚。

她是一位很有能力的游击兵，也是这村子里三名副狩猎头领之一，手里握着和艾格尼亚一样的复合弓。

看来哪怕有她这么强的实力，也没能听出那号叫是不是连甲熊发出的。

再说——比如有一种模样可爱的鸟就叫号叫小鸟，它们拥有特殊的能力，能模仿好几种魔物的咆哮声，而这片森林中还有其他拥有类似能力的生物。

在这样的森林中，单凭咆哮声判断出现了什么样的生物极其困难，她会心生疑问也不奇怪。可艾格尼亚就是这村子里最优秀的游击兵，他不光弓术超群，在感觉的敏锐度和分析情报的能力方面同样出类拔萃。她会产生这样的疑问倒不是因为不信任艾格尼亚，恐怕更多是出于侥幸心理：希望是搞错了。

"很遗憾，我没有听错。那让人浑身汗毛倒竖——感受到绝对力量的咆哮声，不管过去多久我也不会忘记。直到现在还总是在我脑海中响起，我是不会听错的。"

接下来开口的是狩猎头领。

这个村子的权力中枢由长老会、狩猎头领、药师头领、祭祀头领组成，其中的长老会由三名长老组成，所以按人数来说一共是六人。狩猎头领就是其中之一。

他没有握复合弓，特长是用陷阱狩猎，不过就算把弓术扣掉，从综合能力来说，他也比艾格尼亚差了很多。虽说如此，他毫无疑问还是一位颇具实力的游击兵，比艾格尼亚年轻却沉稳老到，作为狩猎头领来说无可挑剔。

"发育成熟的连甲熊发出咆哮……说明有什么东西进了它的地盘。这应该没错吧？"

连甲熊基本上只有与强敌和同族中的竞争对手对峙时才会发出咆哮，不过宣告胜利和通知同族自身位置时也会咆哮，再就是繁殖期的咆哮。不管是因为什么引起了连甲熊的咆哮，有什么东西进入了它的地盘的可能性都很高。

这是因为连甲熊一旦确定便不会轻易改换地盘，虽然会随着身体的成长扩大范围，却很少到地盘外去狩猎。所以认为是有什么东西进了它的地盘才合理。

"唉……真会给别人添麻烦。虽然不知道是什么魔物这么鲁莽，不过它扰乱了森林的平静，真希望它能变成连甲熊的晚餐。"

狩猎头领抱怨一番之后，周围的黑暗精灵也表示同意他的说法。艾格尼亚见状苦笑起来。

黑暗精灵都知道连甲熊的习性，只要不贸然刺激它，它甚至能起到维持周边生态平衡的作用。

"我同意你们的意见，不过还说不好是有东西进了它的地盘吧？我上一次听到连甲熊的咆哮，就是在连甲熊同族相争的时候。而且那次战斗发生在它们的地盘之外。"

"那个，非常抱歉，艾格尼亚先生，我有个问题想问……我基本上什么都没有听到，不过我觉得既然艾格尼亚先生说是连甲熊在咆哮，那应该就是事实。可是，连甲熊的地盘离这里应该相当远吧？为什么把我们召集起来呢？"

听到在场者中最年轻的男子提出的问题，周围的人都默默地表达着赞同的意思。

"是这样的，虽然不知道连甲熊到底遭遇了什么，但是毫无疑问出现了需要它发出咆哮的情况。说不定它的地盘会发生变化，也可能是地盘将要易主，或许还会发生某种我们想都想不到的情况。比如……这么说吧。"

艾格尼亚说到这里顿了顿，继续说了下去。

"比如有强大的魔兽输给连甲熊之后成功逃走，然后向着我们这边跑了过来。所以我们要做好准备，以便不管发生什么都能保护好村子，同时尽早，比如明天到咆哮声传来的方位去看看森林里的情况。"

在场者都觉得有道理。

森林居民必须尽早感知森林的变化，彼此之间共享情报。对于仰仗森林生活的人们来说，这是一件非常重要的事。

"看来今天的狩猎要取消了啊。不光狩猎，最好连森林里都不要去了。食物应该还有吧？"

"不用担心，前段时间我们打到了一只个头大的猎物。不过，就算是这样，还是尽快通知祭祀头领，请他们开始生成果实为好啊。毕竟我们不知道要过多少天才能确认森林恢复安全的状态。"

"还有……对了，最好把这些问题告诉长老。请他们通知村里所有人，以免有人误入森林。"

在艾格尼亚的提醒下，大家开始交换意见，不过没有一个人说他是"过虑"。树海虽然会带给居民恩惠，有时也会突然让灾难降临到他们身上。要在树海中活下去，最重要的就是不放过任何细微的恶兆，小心再小心。

他们必须尽快通知全村的人，森林有安全性下降的可能性。

"其他村子怎么办？等情况比较明确再联络他们？还是说在这种情况下尽早通知他们为好？"

"我觉得都有道理，这方面的问题直接丢给长老们去决定就行了吧？"

"喂，稍等一下，我们最好统一意见。万一那些死脑筋的老祸害说出什么鬼话来，只要我们有统一的意见，也好靠多数派的优势驳倒他们。"

"怎么能说是老祸害，加内恩。他们有时候确实不愿意变通，但是他们经验丰富，只是一直在凭借积累起来的知识，选择更安全的道路。"

狩猎头领出言告诫副狩猎头领之一——普拉姆·加内恩。

"我——"

加内恩脸红了，把嘴张得老大，打算反驳，艾格尼亚伸手捂住了他的嘴。

"差不多就行了。请大家想想我为什么把大家叫来，只说眼下最重要的事情吧。大家应该很明白连甲熊的危险性吧？"

艾格尼亚感觉到加内恩闭上了嘴，这才把手松开。

他在心里叹了口气。

（我本来觉得不完全是坏事，才对大家和长老们的对立睁一只眼闭一只眼。希望大家能考虑下时间和场合啊。）

"是啊，老祸害的问题回头再说，现在应该优先考虑如何加强村子的防卫，对吧。所有人都参加太多了吧？"

"单说今天一天，我觉得应该三班倒来放哨。考虑到明天还有明天的事，就更是应该保证休息好。"

他们都习惯了整天放哨，只要请森林祭司施放消除疲劳的魔法，就不会影响明天的工作。

不过，如果要去连甲熊的地盘附近进行调查，必须尽可能避免感知能力的下降。

"是啊。这——"

他们听到了咆哮声，所有人都面带紧张的神情，看向了声音传来的方位。

"这一声怎么好像很近啊？"

有人把大家的担心说出了口。艾格尼亚只点了一下头，表示同意。

"就像刚才艾格尼亚先生说的，会不会是进入连甲熊地盘的什么东西跑了出来，连甲熊也追了出来呢？"

连甲熊往往对猎物穷追不舍，如果是被它们认定为猎物并开始逃跑，它们恐怕会追到地盘之外。一边咆哮一边追，这有点不符合艾格尼亚印象中连甲熊的习性，不过他也觉得这总比连甲熊败下阵来，被赶出自己地盘的可能性更大。

"如果真的是这样，只要连甲熊能抓住那个猎物，它就能填饱肚子，或许就不会危害这个村子……如果真的有猎物跑了过来，我们要不要迎上去把它射杀？"

"不行！那相当于贸然刺激连甲熊。再说了，那猎物很可能强大到了能从连甲熊的地盘逃出来的地步，如果它真的往这边来了，我们应该只进行驱赶。"

"不，等一下，要是连甲熊跑到村子附近就不好办了，万一它把这里当成狩猎场可如何是好。我觉得应该派几个人出村，如果连甲熊或者它的猎物有朝这边来的迹象，就把它们引到别的方向去。"

艾格尼亚觉得大家畅所欲言是好事，可也不能为了讨论花费太多的时间。他本来不打算再出头，可也顾不上那么多了。艾格尼亚拍了下手，吸引大家的注意力。

"不管怎么说，这毫无疑问是紧急情况，我们最好尽快行动起来。如果连甲熊能回到地盘里当然最好，如果它不肯回去……如果出现了它离开地盘却没能追上猎物的情况——"艾格尼亚环视所有人一周，"而且还是在这个村子附近跟丢了猎物，今天恐怕会是极其漫长，而且极其糟糕的一天。"

在场者想象着会发生什么样的事情，纷纷皱起了眉头。

"首先有一点很重要，那就是不能单靠来到这里的人，全村人都要出一份力，特别是森林祭司，他们的协助是不可或缺的。还有，药师头领说不定有能对连甲熊生效的毒药。"

对付连甲熊这样的魔兽，用操纵精神的魔法往往比物理攻击硬打更有效。哪怕是被厚实的皮肤、脂肪、肌肉保护，弓箭难以奏效的目标，魔法，比如森林祭司召唤出来的火元素等只是一碰就能给目标造成火焰伤害之类的手段，也可能造成比弓箭更大的伤害。

哪怕硬碰硬无法战胜的敌人，只要用上魔法之类的手段，也有可能取胜。他们过去甚至涉险过关，战胜了能匹敌连甲熊的魔兽。

"不过，如果聚在一起只是议论，那只会浪费更多的时间。希望主导权在我们手里——"艾格尼亚看了看狩猎头领："可以交给你吗？"

"唉……"狩猎头领好像很不情愿一样摇了摇头，"这也是没法子的事啊。那好，大家听着，分出一半实力最强的人，增强村子的防卫。剩下的一半人手到村里去向大家发警报，发完警报之后，保护那些没有战斗力的人。至于怎么分，贝尼利，交给你来决定。加内恩，去把情况告诉药师头领，奥维去告诉祭祀头领，长老会那边我去。好了，动起来！动起来！动起来！"

艾格尼亚正打算抬脚，发现狩猎头领在对他使眼色，于是他跟着狩猎头领跑了起来。

"我一直在考虑，你才是这村里最好的游击兵，应该由你来承担头领的职责才对吧？"

"要是真这样，那可就更麻烦了啊。因为这个姓氏，其他村子也知道有我这样一个人。"狩猎头领马上说道："何止是知道。"艾格尼亚没有理会，继续说了下去："这样一来对立就会更严重地波及其他村子。"

"啊，真是头疼。要是长老们稍微，真的只是稍微让一点步，你觉得会不会好点？"

"绝对没希望啊。长老们要是让了步，他们还会要求更大的让步。就算长老们都隐退了，也只会导致问题发展到其他的村子。长老们的脑筋死板一点，事情反而更好办。"

"那要怎么做才能解决问题啊。"

"怎么可能解决得了，除非到了闹出大乱子那一天。"

狩猎头领不说话了。

"我去加强村子的防卫，拜托了啊。"

"嗯，也拜托你了啊。"

和狩猎头领分头行动之后，艾格尼亚一直守在咆哮声传来的方向。在这期间，人们以最快的速度把情报传遍了整个村子。情报之所以能传播得如此迅速，不光是因为游击兵们跑遍了整个村子，还因为村里的人们习惯了与危险的魔物为邻，早就形成了健全的情报传达体系。

过了不到十分钟，祭祀头领已经开始用魔法生产食品，药师头领已经把烈性毒药和防备不时之需的解药送到了艾格尼亚手中。

人们保持警惕过了一段时间。

后来人们没有再听到连甲熊的叫声，为此集合起来的游击兵们的紧张状态也开始放松下来。艾格尼亚也和他们一样，他放松肩膀，揉起了因为握弓变得硬邦邦的手。

他觉得连甲熊可能是抓住了猎物，也可能是猎物跑远了，它回到了自己的地盘。

就在这时，狩猎头领站到了艾格尼亚身旁。

"为了以防万一，有必要尽早到连甲熊的地盘去看看啊。可以拜托你去吗？"

"我就知道你会这样说，交给我吧。"

艾格尼亚已经想过进入连甲熊的地盘之后要如何行动了。

他就像看到了按说应该在他视线延长线上的连甲熊一样，凝视着连甲熊的地盘所在的方位。他好像看到森林中有一个巨大的影子。

"啾啾！"

艾格尼亚的嘴唇抖动起来，发出了鸟叫一样的声音。熟练修习艾格尼亚的职业就能发出这种特殊的声音，这不是单纯的模仿，它可以把艾格尼亚的紧张感传给听到声音的同伴。这样一来，听到这个声音的同伴就不会被震慑住或者遭受先制攻击。

正在放松的气氛突然紧张起来。

艾格尼亚感觉到大家都看着他，不过他没有移动视线，用下巴指了指刚才他看到影子的方向。

他希望那是他的误会。

他希望那是他看走了眼。

他希望那是他搞错了。

那影子在他眼前一闪而过，它在许多棵巨树后面，艾格尼亚的视线只是扫到了它。他觉得很有可能是他看错了，可惜，艾格尼亚作为游击兵有着高超的实力，他那优秀的视力辜负了他的期待。

"那是连甲熊……"

不知是谁这样说了一句——那话音只有自言自语一样的音量，但是所有在场者却听得格外清晰。

没错，不管是谁都能看得出来。

那巨大的影子正迈着缓慢的脚步从树木间走向他们这边。

它就是大树海的破坏者——连甲熊。

只是——

"我、我说，布鲁贝利先生。它……怎么……这么大……啊？连甲熊有这么大吗？"

年轻的游击兵干咽一口口水，这样问艾格尼亚。

它隐藏在相当远的树木间。人们还看不清楚它到底有多大，不过和周围的树木做比较，就能大致估算出它的块头。它太大了，不对，应该说是巨大得过了头。

"斯莫莫，我上次看到的连甲熊没有这么大，它还没有长到这么大。这或许是个成长速度极快的异常个体……搞不好……"艾格尼亚像从喉咙里挤出了接下来的几个字，"是王种。"

人们小声发出了一阵惊呼。

超越正常的体形，或者体毛的颜色与众不同，有这样的特殊变化，或者拥有特殊能力的个体，在这个村子里被称为异常个体。而异常个体中还会出现鹤立鸡群，进化得更加强大的个体，它们君临其种族的顶点，还会凭借战斗能力对广大的森林产生巨大的影响。在这个村子里，人们将其称为王种。

也就是说，如果他们面前的这只连甲熊真的是王种，它的强大将远超普通的连甲熊。

普通的连甲熊虽然不好惹，但是全村齐上阵总有办法将其打跑。可是，如果他们眼前的这只魔兽就是连甲熊王，硬碰硬他们恐怕没有活路。

"这怎么可能！我确实听说有王种，可是它应该在北边很远的地方吧！"一个游击兵激动地说着，喷出了好多吐沫星子。不过，为了不刺激连甲熊，说话者压低了音量："亚久村怎么没来人啊！"

他们听人说过，另一个黑暗精灵的村子——亚久村附近栖息着王种。王种不会频繁出现，这样想来，这只应该就是亚久村附近的那一只。

"莫非已经遭了殃？"

如果王种真的有改变领地，向着艾格尼亚他们的村子移动的迹象，亚久村应该会派人来报信才对。亚久村没有来人，王种却站在他们的对面。

沉默降临了。向着第一声咆哮传来的方位一直走，就能到达亚久村。

（连甲熊已经在亚久村狩猎过了，它现在知道了黑暗精灵是什么样的食物，循着气味或者其他线索向着我们村子来了。）

虽然没人开口，但是大家都得出了同一个答案。

紧张的气氛中出现了绝望。

就算连甲熊在亚久村喜欢上了黑暗精灵的味道，它应该也不会知道这个村子还有新鲜的食物。

很多连甲熊都对食物比较挑剔，它们虽然是杂食性魔兽，往往专门找一种食物来吃。如果它真的喜欢上了吃黑暗精灵，那这里的村民恐怕必须逃离这个村子，就算他们痛下决心逃走，恐怕它还是会追上来。这样想来，他们应该做的就是诱导它远离这个村子。

不过艾格尼亚心里还有一个疑问。

"不，不能说亚久村一定是遭了殃。"大家都把视线转向了艾格尼亚。"我看到过的那只连甲熊把这附近划成了它的地盘，如果王种从亚久村那边径直过来，一定会进入那只连甲熊的地盘。这样想来我们应该能同时听到两声咆哮才对。也就是说……恐怕是地盘本就在这附近的那只连甲熊发育起来，成了王种。"

这只连甲熊还有可能是来自亚久村附近的那个王种。如果王种和占据了这一带的连甲熊性别不同，或许碰了面也不会打起来。而且就算两只连甲熊打了起来，其中一只——应该是王种——也很可能不发出咆哮。

不过眼下来看，亚久村是不是遭了殃并不重要。王种已经冲着他们的村子来了，他们现在该考虑的是怎样做，最好的办法是什么。

既然如此——

"与王种战斗相当于自杀。我认为应该召唤元素，我们趁元素拖延时间的时候逃走。"

"怎么可能逃得掉啊！毫无疑问会在森林里被那家伙追上！只要把我们保存的肉之类的食物丢给它，让它吃个饱就行了。"

"对啊！连甲熊的习性有点像熊，不是说它们喜欢蜂蜜吗？！只要把食物上涂满蜂蜜丢给——"

就在这时，仿佛能让大地、空气、森林都颤抖起来的巨大咆哮声响了起来。它已经不再躲藏在树后了。

慢慢走过来的就是连甲熊中的王。

黑暗精灵们的呼吸越来越短促，在场的所有人头脑中都一片空白，刚才他们想出的每一个点子都被吓飞了。

他们现在能切身感受到自己和连甲熊之间战斗力的差距，已经被吓坏了。看似刚才那声咆哮有着特殊的效果，已经在他们身上引发了恐惧之类的精神现象，其实并非如此。

作为生物，他们和它在水平上有着决定性的差异，黑暗精灵被震慑住单纯只是感受到了这一点。也就是说，两者之间战斗力差距太大，黑暗精灵毫无还手之力，只能坐等连甲熊王的蹂躏。

（不好。）

基本所有黑暗精灵都确信了即将发生在他们身上的悲剧，绝望已经控制了他们。不过，现在就认命还太早了。

艾格尼亚大喊一声：

"动起来！！"

他的这一声同样是为了呵斥自己，振奋自己的精神。

"动、动、动起来？我们能做什么啊！"

"谁知道！"

听到女性黑暗精灵那尖叫一样的问话，艾格尼亚大声回了一句，就像挥下了一把沉重的柴刀。

"谁、谁知道？"

"你怎么还火了……"

"不要依靠我——不对！你们难道不明白，我也不知道在这种情况下怎么做才对吗！就算不知道，我们也得动起来才行！愣在那里有什么用！最起码试试刚才的点子——"

连甲熊的脚步显得格外缓慢，艾格尼亚觉得它可能是想让他们感到恐惧。

连甲熊王低着头，正在尝试从种在村子周围的花中嗅出黑暗精灵的气味。它那样子不知道为什么显得有些"不太自信"，给人一种落了难的感觉。艾格尼亚忍不住抓住了心中的那根救命稻草，希望它是受了伤，或者是生了病、中了毒。可是他明白，自己恐怕是在极限状态下开始逃避现实了。

（要开弓吗？现在已经没有必要担心会激怒它了，它毫无疑问打算向这边来。那还是先下手为强……弓箭射程足够，而且只要开了弓，大家应该就能横下心了。要是我能激怒它，再把它引向远离村子的方向……等等，是不是有更好的办法……）

"对啊，油。"

听到艾格尼亚自言自语，周围的游击兵们脸上露出了诧异的神情，不过马上便理解了他的意图。

"对啊！给它泼上油，再用火元素点着它！"

"它的身体那么大，泼油它肯定躲不开！"

"同时请森林祭司召唤水元素，以免火势扩大！"

村里没有多少油。油尽管不难弄到，但因为用途有限，村里并没有储备。

"我去吧！"一名黑暗精灵喊着，向着村子中央跑去。他应该是想去把油的事告诉储藏库里的森林祭司，如果森林祭司不知道情况有变，把所有的魔力转化成了食物就麻烦了。

就在这时，连甲熊王的咆哮声让空气震颤起来，这一声和刚才一样骇人，同样能让黑暗精灵感觉到自己与它之间绝对的力量差距，不过这时黑暗精灵们已经横下了一条心，不会再因为听到这种咆哮声而动摇。

"怎么回事？"

有人发出了显得有些诧异的声音。似乎不光是艾格尼亚，在场的所有游击兵都产生了相同的疑问。

以连甲熊的习性来说，它们只要现了身，就会马上径直扑向猎物。艾格尼亚发现这只连甲熊似乎没有冲上来的意思——不对，它毕竟是王，恐怕是另有目的。

黑暗精灵们正在观察，只见连甲熊又站起来咆哮了一声。

让自己显得更高大，试图借此威慑对手，这是野生兽类常有的行为。艾格尼亚只是不明白，它为什么不发动攻击。

连甲熊王不是普通的兽类，它是魔兽，脑瓜非常聪明。既然是这样，它为什么明明能看出他们是弱者，却还是选择了威吓行为呢？

更奇怪的是，它翻来覆去地咆哮，这到底是有什么意图呢？

"我说，这莫非是在让幼崽练习狩猎？"

听到不知是谁说出的话，艾格尼亚也觉得如果是这样，倒还能理解它的举动为什么这么奇怪。

兽类的父母会带着孩子出去狩猎，孩子会看着父母狩猎，学习对付不同猎物的诀窍。如果没有这样做，孩子学不会狩猎技术，离巢独立后很快便死掉的例子很多。连甲熊王举动虽然显得古怪，但它说不定是在教藏在某处的孩子，该怎么对付黑暗精灵这种猎物。

"如果是这样，考虑到将来，我们最好让它的孩子看到，黑暗精灵是一种很不好对付的对手，会让它们吃苦头才行吧？它的孩子要是记住黑暗精灵就是猎物，那岂不是麻烦了。"

"要是杀掉了幼崽，王种说不定会闹个天翻地覆啊。"

"如果它是来教孩子狩猎，只是用涂了蜂蜜的肉……恐怕没法让它满意啊。既然是狩猎，那肯定是要攻击活生生的猎物，不过，还是有试一试的价值吧？"

连甲熊王突然抽动着鼻子，向黑暗精灵这边跑了起来。

刚才它那打了蔫的样子已经不见了。可是，艾格尼亚不知为感受不到逼人的杀气，同时感受到了其他的情感。艾格尼亚把目光扫向了连甲熊王后方，因为他觉得它表现出了逃命的兽类特有的紧迫感——

（怎么可能啊，什么生物才能追得连甲熊王逃命啊。）

"这是怎么回事……简直莫名其妙……"

不光艾格尼亚，他的许多同伴也被搞糊涂了。

他们看不出来连甲熊王到底想干什么。猜测森林之王的目的或许本就是不可能的，可是游击兵的经验和直觉完全派不上用场的敌人，他们还是第一次碰到。

虽然被搞糊涂了，黑暗精灵们还是沿着桥敏捷地后退起来。连甲熊王正在向着他们跑，这是毫无疑问的事实，他们只要动得稍微迟缓一点，就有可能变成连甲熊王的食物。

连甲熊王来到已经没有了人的精灵木底下，站了起来。

艾格尼亚发现它确实称得上巨大。

它立起来可以轻松达到木桥的高度。

它挥起了那极粗的前臂。

精灵木的树干就像被炸开了一样缺了一块，那棵树被打得剧烈摇晃。

精灵木之间的木桥蜷曲起来，黑暗精灵们拼命抓着旁边的人，以免被甩到桥下去。

森林祭司把村子外围的精灵木制造得格外坚固，他们反复用魔法促进精灵木的生长，给它们充足的营养，让这些特制的精灵木成长得又粗又大。这些巨树有着能把任何魔物的冲撞挡回去的强度，可连甲熊王只是挥了一下前腿就把它打成了这样。这充分证明连甲熊王的臂力比以前到这村子里来过的任何魔物都更强。

"可恶的怪物……"

"可以说是不出所料啊……真是太厉害了……"

"你还顾得上赞叹啊？怎么办？怎样做才能把牺牲降到最小？"

连甲熊王只是挥了一下前足，已经有人丧失了斗志，嘟囔起来。

这样的一击只是被蹭到都会丢掉性命，亲眼看到了自己绝对无法抗衡的一击，也难怪他们会这样。

连甲熊王像发了疯一样，不断攻击着同一棵精灵木。

它的举动虽然极其异常，但是艾格尼亚又觉得它不像是因为魔法无法控制自己发起了疯。它那样子就像跟那棵精灵木有仇。而它还不时停止攻击，把视线投向艾格尼亚他们黑暗精灵这边，然后重新开始攻击。

（看这样子……也不像是在教孩子狩猎的方法啊……）

他没有在连甲熊王附近发现幼崽。

艾格尼亚瞥了一眼挂在腰际的箭筒，还有收在里面的箭。

（莫非是有什么地方的黑暗精灵攻击了它，惹恼了它？所以它变得仇恨精灵木了？）

说不定只有他们黑暗精灵认为精灵木本身没有气味，连甲熊这样的魔物或许能凭借其敏锐的嗅觉感知精灵木的气味。不过如果真的是这样，只要他们放弃这个村子，眼下应该是安全的。

（不，肯定不会这么简单。它发一阵狂之后肚子会饿……说不定会循着我们的气味追来。看来还是给它涂了蜂蜜的肉，祈祷它吃了能心满意足吧。只是，最让人不放心的，就是它时不时瞥我们这边……看起来像是在观察我们。）

连甲熊王还是时不时把视线甩向黑暗精灵这边，而且每看一次，就攻击精灵木一番。

"我猜……它是不是想把我们拖在这边啊？"

"有其他的个体从别的方向向着村子来了，它有必要这样做吗？它可是连甲熊王啊！"

"它是不是想把我们赶出村子啊，比如有其他的连甲熊在埋伏我们。"

"我从来没听说过连甲熊会这样狩猎……不过，不这样解释实在说不通啊。这样想来，只能全村人向四面八方逃了吧？只要每批人都带上肉之类的食物，连甲熊吃到东西应该就不会攻击人了吧？"

"看来只能这样办了吧。"

"别那么难过嘛，我们又不是要抛弃村子，只要连甲熊走了，我们再回来就是。"

有人这样安慰其他的人，可是艾格尼亚不认为真的会这么顺利。

因为他看到连甲熊王开始发出刺耳的噪声切削精灵木，觉得它或许是想把这里当成新的地盘。

如果真的是这样，艾格尼亚他们除了丢下一切抛弃村子之外，没有其他的选择。

在魔法的作用下，精灵木的成长极其迅速。可是，再怎么迅速，也不是一朝一夕能长成现在这么大的。对与精灵木生活在一起的黑暗精灵来说，失去精灵木组成的村子，相当于一切都被夺走了。在新的精灵木长成之前，他们只能找其他的村子来借住，如果没有其他村子愿意接纳他们，他们不知道将付出多大的牺牲。

"那好，我们把涂了蜂蜜的肉给连甲熊，同时离开村子吧。"听到狩猎头领的话，大家点了点头。"那么首先，斯莫莫和普伦去把涂了蜂蜜的肉准备好，其他人留在这里吸引连甲熊王的注意力，以免它向村子里走。"

两个年轻游击兵向着村子中心跑了过去。

连甲熊王已经把第一棵精灵木削了个稀巴烂，它又走到了另一棵树前，挥起爪子，突然定住了。

艾格尼亚他们还没来得及想它这是怎么了，连甲熊王便动了起来。

它向着村子中心的方向去了。

"拦住它！！"

艾格尼亚马上从箭筒中抽出了两支箭，搭在了弓上。他看到视野的一角，同伴们得到了他的命令，也像被触发了一样举起了弓。

艾格尼亚可以使用特殊技术，一次射出两支箭。

两支箭都命中了连甲熊王那巨大的身体——两支都落在了地上。

紧随其后，许多支箭飞向了那只魔兽。

一部分飞过去的箭命中了连甲熊王的面门和前足，然后落在了地上，其他的直接刺中了它附近的地面和树木。游击兵们并不是把箭射偏了，连甲熊王身体巨大，就算它正在动，射偏的难度也比射中更大。

他们射箭不是为了给连甲熊王造成伤害。

他们是想吸引它的注意力，争取时间。

可是，连甲熊王没有丝毫停下脚步的意思，它只是看了他们一眼。

"怎么会这样！"

（它不是食物链的顶点吗？它受到我们这些弱小生物的攻击

居然不予理会，这是怎么回事啊？它没有把弱者看成弱者？它的举动像是有什么目的……莫非袭击过其他黑暗精灵的村子？它知道孩子和容易受到伤害的人在村子中央，所以想通过威吓确定他们的位置？王种连甲熊居然不理会我们，直接去攻击更弱的目标，莫非是它自己还很弱小的时候就学会了这样狩猎？）

就是因为以前有过这样狩猎的成功经验，所以才会故技重施，这样解释很合理。哪怕对强得可以称之为王的魔兽来说，这个道理也一样。

这样想来，它反复攻击精灵木，应该是另有目的，比如想把有战斗力的人集中到它这边。这样假设，它那古怪的行为就不再显得不对劲，而是很有道理了。

艾格尼亚觉得它那样做，恐怕也是基于以前成功狩猎的经验。可就算能得出这个结论，艾格尼亚他们能做的还是只有一件事。

他们只能阻止连甲熊王，不让它到村子中央——孩子们所在的地方去。

"追！"

不等狩猎头领发话，所有人已经跳下了桥，在地面上向着连甲熊王冲了过去。

如果沿着精灵木上的桥跑，总免不了多走一些弯路。跑在连甲熊王伸手可及的地方当然十分危险，可是他们别无选择。再说——

艾格尼亚死死盯着跑在前面的连甲熊王。

哪怕连甲熊王真的掉头攻击我们，那也算是争取到了时间。

对体形巨大的连甲熊王来说，跑在黑暗精灵的村子里——跑在成片的精灵木中似乎十分吃力，哪怕它的奔跑能力绝非游击兵们可及，游击兵们还是没有被它甩开。而艾格尼亚在黑暗精灵中身体能力是最优秀的，他成功缩短了和连甲熊王之间的距离。

艾格尼亚听到前方传来了尖叫声。

并非有人已经受到了攻击。

村子中央的人已经看到了巨大的连甲熊王。

（可恶！）

村子中央有一处村民口中的广场，它不在地面，而是一处像托盘一样的地方，固定在精灵木长出的桥中间。

来到广场之后，连甲熊王站立起来，张开那两条又粗又骇人的前足，再次发出了咆哮声。

它的这次咆哮声比刚才力量更足，有着能使听者愣住的震慑力。广场虽然吊在地面上空，但是连甲熊王体形巨大，能攻击到广场上的人。

连甲熊王那巨大的身体令见者畏惧，连甲熊王的咆哮让人们认识到自己和它之间绝对的实力差距。两种效果加在一起，足以让没有战斗力的人——实力较弱的新手游击兵和孩子们动弹不得。

艾格尼亚扔掉了他握在手中的黑暗精灵式复合弓，空出了双手。

这种弓是黑暗精灵的宝物，是在黑暗精灵搬离原来的故乡前制造出来的，这座森林中没有用来制造它们的各种材料。现在修理用的零件已经变得很少，弓本身也无法再制造出来。长老们如果知道他这样把弓扔掉，一定会训斥他。可是，他怎么可能还顾得上小心翼翼地把弓收起来呢？

"噢噢噢噢噢噢噢！"

为了吸引连甲熊王的注意，同时也是为了鼓舞自己，艾格尼亚吼了起来，然后扑了上去。他趴在连甲熊王那巨大的躯体上，抓着凹凸不平的硬皮，飞快地向上攀登。

"嘎嗷嗷！"

连甲熊王挣扎起来，扭动着躯体，想把艾格尼亚甩下去。

艾格尼亚的身体随之浮了起来，差一点从连甲熊王身上摔下去，可是他死死抓着那硬皮挺住了。他继续向上攀登，到达了连甲熊王的后脑下方。它挣扎得更凶了。

当然了，换成黑暗精灵，如果有蜂类在他们的脖子旁边飞来飞去，他们也会像连甲熊王这样做。

艾格尼亚把身体贴在连甲熊王的后颈上，死死抓着不让它把他甩下去。

他觉得很奇怪，不明白它为什么不躺下打滚，也不伸出那骇人的爪子来抓他，不过这对艾格尼亚来说是幸运的，他觉得应该庆幸。

艾格尼亚就这样挺住了。

在摇晃的视野中,他发现村民,特别是孩子们都看着他,这让艾格尼亚又急又气。

"你们在干什么!快逃啊!"

他本来不想出声,可现在顾不上那么多了。而连甲熊王受到喊声的刺激,挣扎得更凶了。为了让连甲熊王分心,游击兵开始用箭射它。同伴们有高超的弓术,哪怕连甲熊王带着背上的艾格尼亚挣扎,同伴们误伤他的可能性也很小。

不过,艾格尼亚的一箭都没能伤到连甲熊王分毫,这些箭看起来同样没能对它造成伤害。如果连擦伤都无法造成,就算箭上涂了毒,毒药也不会对它生效。

艾格尼亚双手用上了更大的力气,现在不能让连甲熊王把他甩下去。

经过一段仿佛永远不会结束的时间,艾格尼亚觉得连甲熊王的动作好像开始变得迟缓。大概是一直在疯狂挣扎,这会儿累了,不过他认为它一定会很快恢复体力,重新疯狂挣扎起来。

艾格尼亚的手已经麻了,他觉得自己一定挺不过下一次。

他把手伸向腰际,拔出了佩在身上的短剑。

随后,他奋力向上一纵,想把身体送到靠近连甲熊身上看起来最脆弱的部分——眼睛和鼻子的位置。连甲熊王的脖子等部位也有不受甲壳保护的地方,可是那些部位还有厚实的毛皮,毛皮下还有结实的肌肉。艾格尼亚不觉得他用手中的短剑攻击这些部位能对它造成伤害。

就在这时，艾格尼亚的身体浮了起来。

他松开一只手后，连甲熊王马上剧烈地扭动起身体。本来他就是使上了浑身解数才没有被甩下去，现在松开了一只手，艾格尼亚再也没法保持平衡了。

他的视野上下颠倒，听到了一声不知哪里传来的尖叫。

（糟了——）

艾格尼亚马上明白发生了什么，他扔掉手中的短剑，把手伸向腰际，掏出了一个小小的皮袋。

他摔在了地上，这一摔把他肺中的空气挤了出去，他马上变得无法呼吸了。

虽然疼痛很剧烈，可他最强的感觉还是焦急。

艾格尼亚仰面朝天躺在地上，他的视线和从正面瞪着他的连甲熊王对上了。

他动弹不得。

眼前的连甲熊王震慑住了他，他觉得身体就像僵住了。

艾格尼亚明白，轻举妄动会引来灭顶之灾。

他能感觉到连甲熊王呼出的气喷在身上，连甲熊王的气息竟然格外怡人，这是他没想到——应该说是让他震惊的。

艾格尼亚觉得想笑。

他不需要思考，也不会迟疑，因为他早就横下了心。

（来吧，连我的肉带这东西一起吃下去。）

被连甲熊王吃掉是再糟糕不过的结果，因为它会记住黑暗精灵的味道。

不过，如果它品尝过之后，发现自己不喜欢黑暗精灵的味道呢？

艾格尼亚松开了手中皮袋的口子。

这是药师首领事先给他的毒药。考虑到连甲熊王的体形，这点毒药实在太少了。

不过艾格尼亚觉得，就算毒不死它，也能让它尝到毒药的滋味。

他决定等它张开大嘴咬上来，就攥着毒药把整条手臂塞进它的嘴里。

如果连甲熊王选择用爪子攻击他，那他的计划就泡汤了。

就算它咬了上来，恐怕也不是一条手臂就能解决问题的。

艾格尼亚已经做好了死的心理准备。

不对，应该说他早就做好了准备。

他早就下定决心，为这个村子活着，为这个村子死去。

他觉得自己身体条件生来比其他人更好，就是为了这一天。

（来，尝尝吧。这个村子里的黑暗精灵难吃得会让你吐出来！）

连甲熊王把视线从他身上移开了。

（怎么了？）

连甲熊王咆哮一声，抡着尾巴，挥起前足，像是在泄愤一样开始翻来覆去地攻击周围的精灵木。它那样子就像根本没看到艾格尼亚。艾格尼亚明白那是不可能的，因为他刚才感觉到视线和连甲熊王的撞在了一起。

"艾格尼亚！快过来！"

艾格尼亚正搞不明白情况，不知如何是好，听到游击兵同伴的喊声，这才回过神来。

他刚才做好了被吃掉的心理准备，可他当然不愿意被吃掉。

可是，他真的能逃掉吗？连甲熊王看起来似乎对他不感兴趣，可他能感觉到，它时不时就扫他一眼。他觉得连甲熊王或许另有所图。

（逃走才是正确答案——是不是呢？）

艾格尼亚想不明白，他现在看不出来这只连甲熊王到底想干什么。

就在艾格尼亚的困惑达到极点的时候，突然飞来了一支箭，戳在了魔兽眼前的那棵精灵木上。

钉！尖厉，但又清脆得让人起鸡皮疙瘩的声音像波纹一样传向周围，所有的黑暗精灵——就连连甲熊王都定住了，整个村子突然变得鸦雀无声。

就在这时，艾格尼亚听到了一个可爱的话音。

"那个……不要太过分了——"

整个世界突然被照亮了。

一个黑暗精灵孩子从精灵木后探出了头，然后走了出来。这孩子不是这个村子的居民，看起来像是非常可爱的男孩子，又像是非常可爱的女孩子。不，艾格尼亚在仔细观察之后，发现她是一位可爱得惊人的少女。他忍不住出声赞叹起来——

"好、好可爱。"

多么可爱的一位少女啊。晨露汇聚成水珠，从叶片上滴下来时，在朝阳的映照下会像宝石一样闪闪发光。艾格尼亚觉得这样的水珠尽管非常美，可还是远逊于这位少女的美。

他眼中的这个女孩子仿佛由内而外释放着耀眼的光芒，这应该就是他刚才为什么觉得整个世界突然被照亮了。

他还觉得她那一举手一投足都散发着生命蓬勃的气息，哪怕距离如此之远，他都能闻到那芬芳的气味。

艾格尼亚忍不住抖动着鼻翼闻了起来。

他想尽可能把那芬芳的气味吸进自己的肺里，让血液带着它流遍他的整个身体。

艾格尼亚不知道这种芳香叫什么名字，他只觉得每个细胞都在欢呼雀跃。

这样的一位绝世美少女的手上戴着手套，他觉得无法一睹她的手指简直太遗憾了。

"难以置信……"

少女手中握着一把精良得吓人的弓。身为游击兵的直觉向艾格尼亚叫喊，它的巧夺天工绝对不只体现在华美的外观上，它比他见过的任何一把弓都更孔武有力。

可是,这把弓是不是精良根本无关紧要。

少女拿着与她那娇小的身材不相称的大弓,这种不平衡感反而成了为少女的可爱增色的因素之一。

她的一切都那么令人着迷。

她闪闪发光。

"看这看这,魔物,好了,快点离开——我绝不允许你继续作乱。"

她的声音很可爱。

她的声音太可爱了。

她的声音怎么那么可爱。

刚才他应该听过她的声音,可当时他的注意力全被她的美貌占据了,不记得刚才她发出了什么样的声音。可是这会儿,他的脑子准确地对她的声音做出了反应。

她的声音在他的脑子里不断回响,每次回响他都觉得自己像是要起一身鸡皮疙瘩。

那位绝世美少女伸出一根手指,指着连甲熊王。

为什么那根手指不是指向他呢?

艾格尼亚觉得好可惜。

艾格尼亚觉得好遗憾。

那双美丽的眼睛没有看向他,这让艾格尼亚觉得很难过。

"咕噜噜噜噜。"

连甲熊王发出了低吼声。

那不是威吓猎物的低吼声，那声音里隐藏着畏惧。

连甲熊王提防着这位绝世美少女。

艾格尼亚觉得这是当然的。

看到这样一位绝世美少女出现在眼前，不管是什么样的生物都会被震慑住，都会怀疑她其实是女神。

当然，或许有些人会质疑，觉得魔兽没有这样的审美能力。可是艾格尼亚觉得，如果有人这样想，那简直太愚蠢了。

艾格尼亚坚决地否定着。

他有着否定的根据。

拥有强大力量的魔兽是美丽的，那么反过来说，这位绝世美少女就算拥有绝对的实力也一点都不奇怪。

没错，没有什么好奇怪的。

就在连甲熊王表现出动起来的意图时——艾格尼亚睁大了眼睛。

绝世美少女已经把箭搭在了弓上。

自从绝世美少女现身，艾格尼亚还一次都没有从她身上移开视线。他因为舍不得，恐怕甚至连眼都没有眨一次，可是他回过神来，发现她的箭已经搭在了弓上。

不，他觉得这没什么奇怪的。

这位绝世美少女简直是世界的宠儿，她能做到这样的事一点都不奇怪。

艾格尼亚对此毫不怀疑。

一道光闪过——

"嘎嗷嗷嗷！"

连甲熊王发出了惨叫声。

艾格尼亚不在乎那射出去的箭飞向了什么地方，对他来说，更重要的是不能从这位绝世美少女身上移开视线，哪怕是一瞬间。

"■、■■■■■?！■■■■■■■?！"

"■■■！"

"■■■■■?！"

周围的人不停地说着什么。

艾格尼亚觉得那声音很吵。

（请你们闭上嘴！你们这么吵，那位绝世美少女开口说话的时候，我岂不是什么都听不到了！）

艾格尼亚正努力把美少女说的每一句话都听清楚，其他人说的话对他来说只是碍事的噪音。

连甲熊王的脚步声越来越远。

艾格尼亚觉得这也无关紧要。

"■?！■■■■■■■■■■■■■■■■■?！"

（不要吵啊！因为你们说话，万一我没听到那孩子的声音，你们怎么赔我啊！）

"你没事吧？"

绝世美少女对他开了口。

她正在对他说话，而不是对别人。

她在对他说话！

艾格尼亚兴奋得僵住了，他说不出话。他的脑子里一片空白，不知道该说什么才好。他觉得呼吸都变得越来越困难，尽管成了这样，他还是知道自己现在这样肯定会显得很没礼貌。艾格尼亚在氧气不足、脑子乱成一团的情况下，动员起浑身上下所有的力气，从嗓子里挤出了最恰当的答案：

"括、唉。"

"嗯？咦？什么？"

绝世美少女显得很惊讶，她这样的表情同样可爱得令人难以置信。不对，艾格尼亚认定不管什么样的表情放在她的脸上都会显得可爱。

"抱、抱歉，看起来，艾格尼亚是被连甲熊王吓坏了。"

"是吗？"

听到狩猎头领的话，绝世美少女只是平静地回答了这样两个字。艾格尼亚这时总算冷静了一点，为自己的失态红了脸。

"砍界！射的，那一箭！"

"什么？是这样啊，他是说感谢你射箭救了他。"

周围的其他游击兵似乎也回过神来，想到了他们首先应该对这位绝世美少女做什么。他们争先恐后地从精灵木上下到地面，向那位绝世美少女鞠躬行礼，开始道谢。

"没事，不用谢。"

艾格尼亚心想：不对。

没错，不对。

他们应该做的不是感谢绝世美少女的帮助，而是感谢她现身于此，让他们看到了她。

"砍界！"

"我说你……真的没事吗？魔兽把他甩下来的时候，他是不是撞到了头？让神官……这里的神官应该是森林祭司吧？是不是让他们帮他看看为好？那只魔兽有可能用了什么特殊的能力啊。"

"是啊。头可能受到了严重的撞击，最好把艾格尼亚送过去。"

人们把用两条木棍和绳子制成的担架抬了过来。艾格尼亚被甩在地上造成的疼痛已经消退了，不过他很可能只是看到那位绝世美少女之后兴奋得感觉不到疼痛。人在极限状态下活动时可以忘记疼痛，这样想来，看到这位绝世美少女，变得感觉不到疼痛是理所当然的。

说实话，艾格尼亚想跟着她走，想留在这里跟她呼吸同样的空气。可是，他一转念，想到如果他真的负了伤，绝世美少女说不定会因此伤心。艾格尼亚认为她如此可爱，肯定是心地善良的。这样想来，他绝对不能让她为了自己伤心。

他的理性拼命说服了他的欲望，结果就是，艾格尼亚老老实实上了担架。

绝世美少女还在与狩猎头领说话。艾格尼亚转动眼睛，看着她的背影远去，他这样想着：

我的心脏为什么跳得这么剧烈……莫非这就是……爱！！

布鲁贝利·艾格尼亚，他在两百五十四岁上迎来了初恋。

2

亚乌菈跟着在前面的黑暗精灵——自称是狩猎头领的男子向前走。他似乎是统领这个村子里所有游击兵的人，可是亚乌菈还是觉得刚才倒在地上的那名男子更强。她想不明白这名男子明明不强，为什么能成为游击兵的代表。在人类社会的战士当中，往往也是实力最强的担任首领。不对——

（莫非是职业不一样？比如刚才那个人是战士，而这个人才是游击兵？莫非他像威克提姆那样有特殊的能力？）

亚乌菈想起了纳萨力克第八层的楼层守护者，觉得这个人可能有某种特别的职责，这才想通。随后，她开始感知背后的气息。

她的身后有好多人。

她的身后还有 位至尊。

亚乌菈和狩猎头领身后有好多黑暗精灵都跟来了。她派到村里来的魔兽熊应该没有造成多少损失，所以，村里人闲着没事——也可能是在好奇心的驱使下——跟在她这个稀罕的人身后走了起来。

亚乌菈当然没有从他们身上感觉到敌意和杀气。

当然，他们也有可能巧妙地把这些情感隐藏了起来，巧妙到亚乌菈也无法感知的地步。不过亚乌菈凭借直觉否定了这种可能性。毕竟如果有那么强的高手，在亚乌菈现身前应该早就杀掉了那么弱的魔兽了。

（看来没有露馅。）

亚乌菈觉得眼下看来，村民们还没发现派来魔兽熊的就是她。

（唉。）亚乌菈呆呆地想着。（为什么安兹大人说不要让这个村子里的人死掉呢？）

亚乌菈的主人给她的指示，概括起来就是："混进这个村子里，建立起友好的关系。"

亚乌菈觉得如果等更多的黑暗精灵死掉后再出手，黑暗精灵一定会更感激她。或许有人会提出"要是早点儿来该多好"，不过亚乌菈觉得那种只会抱怨的蠢货不管别人怎么做都不会满意。亚乌菈认为那种只会给她——也就相当于只会给纳萨力克带来危害的家伙，只要认准了就应该马上铲除。

比如她可以把魔物熊再派来一次。

（嗯——可是，我不明白安兹大人的意图啊。考虑安兹大人的指示，我觉得还是应该给黑暗精灵们更进一步的绝望，这样接下来的救援才更有戏剧性，效果也更好啊……要是换成雅儿贝德或者迪米乌哥斯，他们是不是能理解安兹大人的意图呢？）

亚乌菈不管怎么绞尽脑汁，还是没法看透主人的目的到底是什么。当然，或许不管换成谁，都无法完全看穿那位睿智的统治者的意图，可是她不能以此为借口停止思考不求进取。

她的主人希望看到他们的进步，特别是他们这些楼层守护者，主人希望他们作为纳萨力克的最高干部，能成为纳萨力克全体成员的榜样。

（嗯——嗯。我觉得可能是担心把他们杀掉，到了需要他们的时候会很麻烦，可是安兹大人恐怕有更深入的考虑。）

关于那只魔兽熊也是这样。

亚乌菈曾经问主人，要不要在黑暗精灵面前把它杀掉，可是她的主人说，杀掉太可惜，而且会有很大的害处。

亚乌菈以前确实没有见过它这样看起来很稀有的，放在这个世界上来说应该算是比较强的个体。眼下没有发现实力与它相当的同类，在这种情况下，亚乌菈也赞成主人的意见。

她确实提出了有效利用它的办法，可是亚乌菈还是觉得把它杀掉更有利于降低村民怀疑她和它"一唱一和"的可能性。在这一点上，她的主人也表示了赞同。

只是，她的主人似乎不希望看到她亲手杀掉魔物熊这一行为本身发生。

当时主人没有告诉她这样做有什么害处，所以直到现在她还是百思不得其解。

（安兹大人脑瓜太灵，我们只要按安兹大人的命令做就不会出问题，也不会有错。可我不能就此满足啊……）

只会服从命令的部下是二流的部下，只有彻底理解命令的目的和上司的意图，努力拿出超越上司预期的好成果，这才算一流的部下。

（雅儿贝德和迪米乌哥斯可是都能完成一流的工作啊，甚至会得到安兹大人的夸奖。我也不能输给他们啊。可是……嗯……不杀掉这个村子附近那只比较弱的魔物熊，把它用上会更好一点吗？那样做就完美了吗？）

亚乌菈看着走在前面的狩猎头领的背影。

这名男子自从开始带路便一言不发。

（按说，我这样的一个孩子从绝境中救下了这个村子，他应该有很多话想问才对啊。可他连个自我介绍都没有，莫非这是黑暗精灵的习俗？应该不会吧……）

亚乌菈觉得这名男子不是不愿意和她说话，他也不像是认为和她没什么好说的。她从他的背影中感受不到那种拒绝的气场，这一点只要看他的步伐就明白。

他为了配合亚乌菈缩小了步幅，步速本身也降低了。如果一个这样做的人其实讨厌亚乌菈，那除了说他是一个性格复杂的人，亚乌菈也没别的想法。

亚乌菈猜测他是一个不善言谈的人，要不然就是不习惯与亚乌菈这样的孩子说话。

说实话，亚乌菈觉得他作为给客人带路的人是失职的，不过亚乌菈本来就没打算和他聊什么，因为这一点指责他就太不讲理了。出现现在这样的情况，只能怪亚乌菈没有找一个更热情好客的黑暗精灵。

（没办法啊，我主动跟他搭话吧。）

为了让气氛变得更友好，按说应该先来几句无关紧要的闲话再进入正题，可是亚乌菈考虑到即将达到目的地，时间有限，她选择了开门见山。

"我们是要到魔兽熊来作乱的时候也没现身的那些人那里去对吧？他们是叫长老来着？"

"魔兽熊？你们那边是这样叫连甲熊吗？"

"嗯，我们这边是这样叫的。"亚乌菈面不改色心不跳地撒了个谎，"能跟我说说长老们吗？"

"好的。你说得对，我们是要到长老们那里去。刚才长老们要是也去了广场，也就不用麻烦你跑这一趟了，听说他们正在他们的精灵木里帮我们制造油。"

"是吗，那长老们是几个人？"

说到这里，狩猎头领第一次转过头来看了看亚乌菈。

"对啊，你们那边不一定一样。三个人。"

亚乌菈稍微加快了一点步速，走到了狩猎头领旁边。

"在我住的——离这里很远的城市里,没有所谓长老会啊。"

"是吗,看来你们那里和我们这样的村子不一样啊。听说精灵们的城市里也有国王……我倒是听说城市就是居民的数量更多的村子,莫非是人多了之后,三个长老就不够用了吗?"

"谁知道呢,我的国家几乎没有其他的黑暗精灵,这我也不知道啊。"

亚乌菈想得到对方的情报,但是不愿意交出她这边的情报,她耸了耸肩。

再说,亚乌菈连这里的长老有多大的决定权,到底是什么样的职务都不知道,她当然没法信口开河。首先,她不能说人数少就没法把城市运营好,毕竟有她的主人这个现成的例子。

(要是有三个安兹大人,恐怕能把整个世界那么大的地方都统治得井井有条,根本用不着我们啊……)

亚乌菈正在思考她的主人,只见狩猎头领睁大了眼睛:

"你不是从黑暗精灵的国家旅行到了这里吗?"

"嗯?不是啊。在我生活的国家,我刚才也说了,基本上没有其他的黑暗精灵啊。"

准确的数量是重要的情报,告诉对方只能说是损失。所以亚乌菈只会给出模棱两可的回答。

"那里最多的是其他种族,人类、哥布林、蜥蜴人、半兽人,还有好多别的种族。我们是听说这座森林里有和我们种族相同的黑暗精灵,所以特意来到了这里。"

"是这样啊……"

狩猎头领回答时的语气显得有些沉重，亚乌菈有点想问清楚这一声到底有什么深意，可是又觉得不宜操之过急，决定避免主动刨根问底。亚乌菈更希望他能问一下我"们"是怎么讲。

"不过，你们居然能和那么多不同的种族一起生活……真令人惊讶。"

"是吗？"

只要有尊贵的统治者高高在上，不管下面有什么样的种族，所有人自然都会向至尊低头臣服。亚乌菈觉得反过来说，这个世界不处于这样的状态，也就是说——这个世界还不了解什么才是真正的无上至尊。

正因为如此，他们必须让整个世界的人都知道安兹·乌尔·恭的名号。

（必须让这个世界上所有的生物都处在绝对统治者安兹大人的统领之下。）

这样一来，绝对的和平一定会随之而来。亚乌菈认为如果有人想要得到真正的和平，就应该接受无上至尊的统治。

这些黑暗精灵不知道世界上还有她的主人，亚乌菈觉得他们有些可怜。这就是文明人对无知的野蛮人产生的那种怜悯。

（要是换成雅儿贝德，她可能会为这些人不知道世界上还有安兹大人而发怒，可那也太不讲理了啊。明白安兹大人多么伟大之后，恭恭敬敬地顶礼膜拜，这才是最重要的啊。）

不过，也可能有人在见识她的主人多么伟大后，还因为愚蠢之外的原因，不肯低头臣服。

他们是能与无上至尊们分庭抗礼的人，或者是受到那些人统治的人。

诸位无上至尊和神一样伟大，亚乌菈虽然不愿意承认，但是确实有人和无上至尊们地位相同。

亚乌菈当然认为，诸位无上至尊在地位相同的人中也是出类拔萃的。毕竟曾经有那样的人来侵犯纳萨力克，却全部被诸位无上至尊击败了，而且亚乌菈也听说过，无上至尊中有一位的实力位列整个世界的第三名。

可是，确实有能与无上至尊们分庭抗礼的人，这似乎是无法否定的事实。正因为如此，留在亚乌菈他们身边的无上至尊，也就是他们的主人才会居安思危。

（我明白，恐怕正是因为安兹大人对那些人非常熟悉，所以才会担心。可我倒是觉得，应该没有那样的人啊……可是安兹大人时刻不放松警惕，我怎么能这样想呢……）

如果真的有能匹敌无上至尊的人，不管这些人隐藏得多么巧妙，只要他们和别人打交道，肯定会多少获得一些声望和知名度。历史上已经留下了这样的蛛丝马迹，可是，如今人们甚至听不到这些人的传闻。

亚乌菈认为，有可能因为他们现在的位置是偏僻的边境，以至于情报传不到他们这里。

（迪米乌哥斯好像认为，还是应该继续保持警惕啊……）

迪米乌哥斯曾经说过，关于魔导王的诞生和魔导王的实力，想必不管怎么封锁，情报也会传到其他国家，有朝一日情报传遍整个大陆的时候，就是看清有没有匹敌无上至尊的人（玩家）的时机。他还说，作为楼层守护者，要时刻不忘主人的警告，保持一定程度的警醒。

迪米乌哥斯还说，如果那些人决定介入，一定会选择发生战乱等事件、世界过度混乱的时候，而到时候也正是发现那些人的机会。

"确实，我们和其他种族虽然称不上友好，不过也不会发生激烈的争斗。应该说我们没有余力相互争斗，毕竟魔物才是我们共通的敌人，我们有时候会为了更安全的住所发生对立，有时也不得不联起手来……森林外面的魔物都很厉害吗？"

亚乌菈感觉到男子的问话中包含着另一个问题："所以你才这么厉害吗？"

"啊，嗯。应该算是很厉害吧？对我来说好像不怎么厉害？"亚乌菈看男子好像想说什么，抢先向他问道，"你们不知道森林外的情况啊，你们从多久以前开始就没有离开过这片森林了？"

"我倒是听长老们说过，我们在三百多年前来到了这座森林，我没听说过后来有黑暗精灵到森林外面去过。"

"三百年？听说？你为什么这样说呢……大叔，三百年前你应该已经出生了吧？"

猎人头领的表情这时才第一次发生明显的变化。

"我才活了两百年多一点。"

亚乌菈很想把猎人头领的脸仔细观察一番，不过她还是努力忍住了。

（两百年，是不是虚报年龄？要不然就是这里的黑暗精灵计算年龄的方式和其他地方不一样……）

亚乌菈觉得猎人头领在骗人，可是这话她实在说不出口，那是因为猎人头领回答亚乌菈的问题时，情绪明显变得低落了。

亚乌菈觉得他恐怕，不对，是一定知道自己看起来很显老。

亚乌菈倒是没有安慰他的义务，不过她转念一想，为了面向今后建立起良好的关系，她或许还是安慰他一下为好。

"啊——嗯。你自然而然地，就是……释放出来了老成的魅力，对。"

"没事，不用在意。这片森林里的生活确实太辛苦，让人容易变得苍老。"

亚乌菈决定对此不再说什么。既然他得出了这样的结论，也愿意得出这样的结论，这时候保持沉默也是一种体贴。

"是这样啊。既然如此，你们想不想离开这片森林？比如，到我们住的国家去。"

亚乌菈不知道她的主人到底有什么意图，不过把这方面的话题跟黑暗精灵们提一提应该没有损失。她还是个孩子，不管说了什么，童言无忌这个词都能帮她开脱。再说只是这样的小事，主人也不会怪她自作主张。

再说了，如果她的主人真的不愿意让她自作主张，应该会通过"讯息"告诉她。

"这或许也是个好主意……啊。"

"你好像不是很感兴趣啊。我的国家可是个很好的地方呢。那里相当安全，应该不会出现那种攻击黑暗精灵的魔物。确实，你们到了我的国家恐怕也会遇到其他难事，不过你们应该能得到国家的各种援助，而且现在这样的烦恼应该不会再有了。"

"那真是个很了不起的国家。从你的语气我就听得出那是一个多么棒的国家。可即便如此，也没法打消我的忧虑啊。到一个新的地方去一定会伴随着不安，大家会担心在那里无法继续像现在这样生活……如果要冒这样的险，还不如继续这样生活下去，会这样想，会不会是因为我已经失去了冒险精神呢？"

仗着自己是小孩子，亚乌菈只是张口就来，狩猎头领却回答得相当认真。他要么是一个本性认真善良的人，要么是把亚乌菈看得很高，不论是两者中的哪一个，亚乌菈觉得只要她开口，这名男子不管什么都肯说。她在心中咧嘴坏笑起来。

"那么我觉得，来几个人试一试应该也不错吧？"

"这确实不错啊……去不去呢？要去的话去多少人呢？这方面的问题要做决定，长老们的意见分量很重……不过恐怕也会有不少人反对那三个人的意见啊……"

"咦？莫非我接下来要去见的长老没有什么凝聚力？"

狩猎头领皱起了眉头。

"我倒是不讨厌他们啊——就是这里。"他们来到了一棵树前，它和其他的精灵木没有什么区别。"我觉得你应该知道，这里面没有多宽敞。我把长老们叫出来吧。长老们，客人来了！"

狩猎头领放大了嗓门。只见两男一女，三名黑暗精灵从树上的洞中鱼贯而出，来到了地面上。

虽然说是长老，其实这三人的外表并不老，以人类来说，看起来就像三十五六岁。

（毕竟黑暗精灵的年龄很难从外表看出来啊。刚才我叫大叔已经搞砸过一次了……啊，我是不是应该叫他哥哥才对？可是他和长老们相比，年龄看起来没什么区别啊。）

就在亚乌菈出神的时候，跟着她的那些黑暗精灵在她身后站开，围着她形成了一个半环。

"客人啊，这三位就是我们村子的长老。长老们啊，我来为你们介绍一下，这位就是来自这片森林之外的——由各种族组成，黑暗精灵很少的国家的旅人，就是她帮我们击退了连甲熊王。"

听到狩猎头领的介绍，亚乌菈微微鞠了个躬，说是鞠躬，看起来也就是点了点头。她担心自己过于谦恭，说不定会影响将来她在这个村子里的地位。亚乌菈虽然是个孩子，可她也是救了这个村子的人，她不能让人只因为她年龄小就把她看扁了。

（可是安兹大人的指示是和黑暗精灵友好相处，如果我的地位变得过高好像也不妙吧？）

"我叫亚乌菈·贝拉·菲欧拉，请多指教。"

"嗯，欢迎你来到这里，来自远方的幼树，亚乌菈·贝拉·菲欧拉。"

站在中间的男性黑暗精灵郑重地跟亚乌菈打了招呼。亚乌菈觉得他恐怕就是三名长老的代表，可是他看起来不像有那么大的岁数，老成的腔调和年轻的外貌之间形成了反差，反而让亚乌菈觉得有点滑稽。

亚乌菈听到周围看热闹的黑暗精灵中有人小声说话，但音量足以让在场者都听到。

"这可是救了村子的恩人，首先应该道谢才对吧。还有，怎么好意思对恩人直呼其名，莫名其妙。"

"是啊，就是啊，只要心怀感激，第一次跟恩人开口肯定不会说出这种话来。莫非看恩人是个女孩子就摆起架子来了？"

那是女人的议论声。

要是亚乌菈能说出她的真实想法，她会说不觉得长老们说的话显得有多没礼貌。同样的言行，出自自己喜欢的人，人们就会觉得受用，出自自己讨厌的人，人们就会感到不快，这真是典型的例子。

长老代表的脸开始扭曲。

"嗯。我正打算道谢呢。亚乌菈·贝拉·菲欧拉阁下，衷心感谢你击退了连甲熊王，救了我们的村子。"

"没错，小年轻们太性急了，话总得一句一句说。"

站在长老代表旁边的女长老说完这话，只听别处传来女人悄悄说话的声音：

"我们说的就是你们不分轻重缓急，岁数大了脑子都会变僵，连这都听不明白。"

亚乌菈看了看狩猎头领，只见他那表情就像胃正在疼。亚乌菈觉得他一定受到过质问："你到底站在哪一边？"长老代表右侧的男性长老也面带和狩猎头领一样的表情，其他两位长老都板着脸，那位女性长老同时还瞪着周围的人们。

（看来，我有必要好好考虑该站到什么位置，然后再决定采取什么样的态度啊。）

亚乌菈是一股强大的外部力量，正常情况下，不管哪个派系应该都想拉拢她。到那时候，她该如何行动，才能让纳萨力克的利益最大化呢？

她觉得最好逐一向主人请求指示，可是她总有一天会遇到没法请示主人，只能自己做决定的情况。

（要是安兹大人能直接把答案告诉我们，那就好办多了啊……）

他们的主人之所以不直接把意图说明白，恐怕是因为希望他们——包括楼层守护者在内的"安兹·乌尔·恭"的所有成员有所成长，希望他们自己的主动性发挥作用。主人想看到他们自己思考问题，自己行动起来解决问题。

可是——主人的这种期待对亚乌菈来说显得非常沉重。

（哪怕我犯了错，安兹大人应该也会用非常厉害的妙招补救……）

就算是这样，也不代表亚乌菈可以犯错。

仗着主人会为自己擦屁股就肆意妄为，那除了不忠之外什么都不是。

作为楼层守护者，作为这次任务的执行者之一，亚乌菈觉得自己必须认真思考，找出能为纳萨力克带来最大利益的那条路。

对已经下定决心的亚乌菈来说，现在黑暗精灵在她眼前争吵，当着客人的面内讧，只让她觉得无语，觉得这些家伙简直是蠢货。

不过她又觉得，这对她来说或许正是个好机会。如何利用他们的内部对立，有可能才是让任务成功的关键。

（安兹大人就是等着发生这种情况？不，应该不会吧，安兹大人应该没有得到与这村里的内部矛盾相关的情报。不过，安兹大人给我的指示是混进这个村子，建立良好关系，考虑到这一点，我现在应该……）

"我说啊——我远道而来，你们却在做会让我后悔的事，这是故意的吗？如果不是故意的，能不能请你们在我看不到的地方吵？我回到城市之后，还想跟其他种族的熟人炫耀黑暗精灵的村子是个好地方呢，你们能不能给我看点值得炫耀的呢？"

黑暗精灵顿时不作声了，就像被劈头盖脸泼了一盆冷水。

他们的反应再正常不过了，只要觉得自己现在的所作所为有一点丢人，也肯定不希望这样的事传到其他种族的耳朵里。

说实话，亚乌菈本人倒是在反省自己把话说得太直了。虽然击退了魔兽熊——连甲熊，可她毕竟是个孩子，说出显得太傲慢的话，恐怕会同时招来两派的反感。不过，她觉得自己刚才说这样的话也不能算是绝对的失误。

亚乌菈是救了这个村子的旅行者，如果有人忘记这一事实，再把他们自己在客人面前丢人的事抛到一边，只把亚乌菈当成眼中钉，那这样的人毫无疑问有人格问题。亚乌菈觉得要是这样的人没有站到她这一边，而是做了她的敌人，那反倒是一件可喜可贺的大好事。

确实，主人给她的指示是建立友好的关系，不过没有说要让所有黑暗精灵都对她产生好感。亚乌菈虽然不知道主人计划的全貌，不过她觉得，放弃配不上纳萨力克的黑暗精灵应该更好。

（再说我要是与两派之一为敌，本来与其敌对的另一派应该会试图拉拢我。这样倒是也可以，不过以我为中心建立起第三派或许也不错。）

亚乌菈觉得哪怕两派都与她为敌也没关系，因为她能感觉到，村里还有狩猎头领这种不属于任何一派的黑暗精灵，实在不行，她还可以拉拢那些黑暗精灵站到她的一边。不过，她觉得如果真的搞成了那样，或许要向主人谢罪才行。

"咳咳。那么，亚乌菈·贝拉·菲欧拉阁下，你来这个村子到底有何贵干呢？"

"菲欧拉是我的姓，用菲欧拉来称呼我好了。我觉得你们应该猜到了吧，我从传闻中听说这片森林里住着黑暗精灵，于，是，啊，我就来找同族了。因为我的城市里基本上没有黑暗精灵，所以，如果你们同意，可以让我在这个村子里住一段时间吗？"

"那倒是可以——就你一位？"

"现在只有我自己。"

"现在？"

"嗯。我擅长在森林里赶路，所以派我先赶来报信了。其实按照计划，过一段时间……最晚三天之后吧？我的弟弟和舅舅也会来。"

自然不用说，亚乌菈口中的舅舅就是她的主人，安兹·乌尔·恭。

"舅舅？"

"嗯。是这样——我的双亲失踪了。"亚乌菈在心里向泡泡茶壶道着歉，继续说了下去，"是舅舅把我们抚养长大的。"

她其实可以撒个更方便的谎，可是谎话万一穿了帮就会变成麻烦，所以她尽可能不说与事实背离太多的话。

"是这样啊……让你想起了伤心的往事，真是抱歉啊。所以你才独自一人来到了这里——既然能击退连甲熊，而且是王种连甲熊的实力，能独自一人来到这里也不奇怪啊。"

亚乌菈本以为长老会说些安慰她的话，没想到是她自作多情了。

仔细想想就明白，这里毕竟是危机四伏的大树海，失去了父母的孩子并不稀奇，长老大概是觉得没有安慰的必要吧。

"那么，几位在村里住一段时间我们倒是觉得完全可以，如果几位需要，我们可以借一棵精灵木给几位，请问意下如何？"

"嗯，拜托了。"

"我知道了。谁来——阿普尔，你给菲欧拉阁下带路，找一棵空着的精灵木吧。可以吗？"

回话的是狩猎头领：

"当然可以，交给我吧，我会挑一棵村里最好的精灵木。"

"还有，既然舅父阁下和弟弟阁下三天后到，欢迎宴会等到时候一并举办，你看可以吗？"

"当然可以，那就这样拜托了！"

"那好，菲欧拉阁下，等你方便的时候，能跟我们讲讲你们旅途中的事吗？要是能讲讲没有黑暗精灵的，菲欧拉阁下的国家，那就太好了，因为我们对这片森林外面的世界一无所知。当然，如果涉及菲欧拉阁下的伤心事，那也不必勉强。"

那么，要怎么做才好呢？

亚乌菈思考起来。

傻呵呵地把实话都说出来，暴露自己的情报没有好处。如果是为了吸引听众和观众，她可能会讲一讲，可是她展现实力的演示会已经完成了，再讲没有意义。不过，傻呵呵地把实话都说出来当然不好，可是守口如瓶也不好。亚乌菈决定要么撒谎，要么一点一点地给出正确的情报，要么把假话和真话掺杂在一起说……

（为了避免将来说穿帮，我得和安兹大人他们商量一下编好故事，不过肯定不能什么都不说。我现在要是回答想等舅舅来了之后问问再说，他们恐怕会觉得这么小心谨慎很可疑啊。）

在这样的情况下引起对方的怀疑不是好事。

亚乌菈觉得看清主人的最终目的之前，哪怕要离开这里，也要和黑暗精灵保持友好。

（嗯——安兹大人没有给我"讯息"，意思应该就是让我自己思考自己解决吧。可是，我怎样做才能让安兹大人更满意呢？）

"菲欧拉阁下，你怎么了？"

她沉默得似乎太久了一点。亚乌菈微笑着说道：

"我是在想，我说出来不知道你们会不会相信。不过，旅途中和我们城市的事倒是可以跟你们说一说，比如仙灵小道之类的。"

"仙灵小道？！那不是传说吗？"

周围的黑暗精灵发出了惊叫声。

"月之道、仙灵小道之类的真的有啊。"亚乌菈心想：当然是在纳萨力克的第六层。"不过，我没法把位置之类的具体情报告诉没有被仙灵选中的人啊。"

"呵呵，不好意思，菲欧……不，我可以称呼你亚乌菈阁下吗？"

那个女长老双眼放光。亚乌菈早就有答案了，她虽然不知道为什么觉得不愿意，可是考虑到主人的命令，她也没法拒绝。

"可以啊。"

"那好，亚乌菈阁下。刚才我就在想，这真是个好听的名字啊。"

"谢谢。"

亚乌菈露出了真诚的微笑。无上至尊给她的名字受到了夸奖，她绝对没法予以否定。只是，她也明白这样的夸奖只是恭维，也不打算在这个话题上多做文章。

亚乌菈的这种反应似乎足以令女长老满意，她愉快地继续说了下去：

"亚乌菈阁下也是被仙灵选中的黑暗精灵啊，真是了不起。这个村子里有很多没被选中的人，所以我们——曾经在北方生活的黑暗精灵们是如何来到了这里，很多人都不知道。"

（黑暗精灵们难道就是用仙灵小道来到了这里的？仙灵小道还有这种功能？）

纳萨力克内的仙灵小道没有把使用者传送那么远的能力。亚乌菈觉得这个女长老要么是搞错了，要么就是在说另一种仙灵小道。

亚乌菈觉得获得了情报虽然是好事，但是她犯了个小错误。不过她转念一想，决定尽可能获得更多的情报，然后——

（我要得到安兹大人的夸奖！）

亚乌菈在心中紧紧攥起了拳头。

\* \* \*

亚乌菈在狩猎头领的带领下走向住宿的地方。

安兹用了"完全不可知化"，一直跟在亚乌菈身后，这时他总算松了口气。

与他同等的敌对者没有现身，安兹松了口气当然有这方面的原因，不过更多是因为亚乌菈与黑暗精灵的第一次接触做得非常成功。

虽说如此，他也没法肯定黑暗精灵们现在对亚乌菈表现出的友善不是装出来的。一个小孩子专程远道而来，如果有人毫不顾忌地对这样的孩子表现得冷淡，那作为人来说这人一定有相当大的问题。正常人哪怕不欢迎，起码也会把真正的想法隐藏起来。

所以，虽说这可能是他过虑，不过他还是想搞清楚黑暗精灵们到底是不是在演戏。像上次遇到那个男性精灵时一样，使用魅惑系的精神操作魔法当然很简单，可要是连"记忆操作"

也用上，事后处理就太麻烦了，所以安兹还是想留着它作为最后的手段。当然，如果只是杀掉，那就省事多了。

他觉得还是应该保持现状看看这个村子。

明显总是一成不变的村子，现在迎来了亚乌菈这个全新的话题，安兹认为村民们一定都非常想谈论亚乌菈。

在亚乌菈听不到的地方，村民们会把真实情感吐露到什么程度呢？

对处在"完全不可知化"状态下的安兹来说，现在就是获得真实的第一手情报的好机会。

三名长老回到刚才他们所在的精灵木中，聚在一起的黑暗精灵也散了。安兹的问题是该跟着哪一伙黑暗精灵，偷听他们的对话才好。他刚才已经看到那些人中有几个和亚乌菈年龄——安兹只是从身高推测——相仿的孩子。

说实话，安兹想跟着孩子们，听听他们怎么评价亚乌菈。

"那个女孩子"——他听到那棵精灵木中传出了话音。

（可恶！这我岂不是非得偷听那些长老说话不可了！）

从帮姐弟二人交朋友这个角度来说倒并非如此，但长老们要说的话按说才是情报价值最高的，安兹确实应该听听他们要说什么。

安兹保持着"飞行"，轻飘飘地升到了长老所在的那棵精灵木入口。

安兹探头一看，没有发现三名长老。他看到了楼梯，长老们的声音是从上面一层传来的。虽然安兹在精灵木门口也能听到他们说话，不过为了听得更清楚，他还是用"飞行"走进树中，上了楼梯。

"那么，你们觉得那个少女说的，有多少是真的？她那意思好像是在说他们在用仙灵小道旅行啊。"

那位最年长的长老说话的腔调和刚才略有不同。不过这是很正常的，安兹对不同的人说话时也会改变腔调，他甚至觉得不管对谁都用同一种腔调说话的人才可怕。

安兹认为这人现在的腔调应该就是和朋友说话时才会用的那一种。

"我觉得应该不全是假话啊，要不是用了仙灵小道，旅行对那么小的孩子来说太难了吧？"

"这不好说吧，她可是有实力击退连甲熊王啊！"

"是吗？她不是依靠那把武器的力量吗，你也看到了吧？那把弓好像会放光一样！那绝对是一把非常棒的珍品！说不定是妖精送给她的东西。"

亚乌菈现在装备的弓是安兹给她的，在YGGDRASIL时代，它只能算是那种不怎么强的装备。不过，要说华丽度，它或许确实能算是顶级的。

（在这里是不是也该把符文宣传一番呢……）

安兹正在思考，三名长老继续说了下去：

"那孩子，不知道会在这里住到什么时候啊。如果可能，我希望她能一直住下去。"

"不，这恐怕没希望吧。等和随后赶到的舅父阁下还有弟弟阁下会合之后，他们说不定会马上从这里出发吧？除了这里之外，还有好几个黑暗精灵的村子呢，他们说不定想到其他村子也转一转，多交一些朋友呢。虽然不知道他们为什么来找我们——黑暗精灵同族，不过他们应该没有理由只认这个村子啊。"

"确实，他们为了什么来见我们——黑暗精灵同族，这一点应该好好问一问啊。哪怕是为了这个，也该把欢迎宴会办得热闹一点。"

"是啊，确实是这样，我们要举全村之力，举办一次尽可能盛大的宴会，保证他们去过其他村子后，印象最好的还是这个村子。让大家开始努力准备食物吧，为三天后的宴会做好准备。"

"年轻人会不会反对呢？"

"肯定不会啊。这可是为了欢迎拯救村子的那个女孩子和她的家人举办的宴会啊，就算是那些小年轻，也会明白在这件事上必须尽心尽力。"

"对啊。那等宴会的时候，问问舅父阁下仙灵小道的事应该就行了吧。只要他们感受到我们欢迎的诚意，话说不定也会多起来。"

"就是啊。不过话说回来，我还是希望他们能留在这个村子里啊。"

"你还在想啊。受到仙灵的青睐，对你来说就那么有魅力吗？"

"是啊，这还用问吗！我们——不对，这一带的村子里的第一批居民基本都已经失去了仙灵的祝福。要是那孩子能留在这里……"

"你该不会是在想，那样就能在别的村子的人面前趾高气扬了吧？如果真是这样，那你想做什么我可都要反对。"

"我怎么会那样想呢。不过，只要搞清楚如何受到仙灵的祝福，我们说不定也能重新获得祝福。"

听这段对话，安兹觉得他们所谓仙灵似乎不像是一个种族，更像是元素之类的东西。这种仙灵的祝福在YGGDRASIL里确实是有的，不过安兹又觉得，或许是这个世界上的仙灵有给人祝福的力量。

也可能是这个世界上有与祝福仙灵和诅咒仙灵为友的职业。安兹记得那个职业有一种特殊能力，可以使用仙灵小道之类的传送能力。

（或许应该找人问清楚啊。）

而且安兹觉得问清楚后应该和亚乌菈共享情报。

安兹左思右想的时候，长老们还在继续对话：

"这样一来，那些小年轻应该也会改变对我们的看法啊。"

"你可别为了问问题生拉硬扯啊。不仅如此，还要对晚一步到的舅父阁下和弟弟阁下表现出敬意。我可不希望他们回到自己国家之后，把对这个村子里的黑暗精灵的坏印象传开。"

安兹让飘在眼睛里——空洞的眼窝中的红光变暗了一点。

（嗯……莫非选择这个村子是个错误？我可不希望亚乌菈被当成这个村子内部斗争的工具。）

他当然不能让泡泡茶壶交给他的孩子受到心灵创伤。安兹开始反感这个女长老。

（我得提醒他们姐弟二人不要和大人走得太近……希望这村里的孩子还是天真无邪的吧。）

三人的话题聊到了宴会的事上。发现亚乌菈似乎没有受到怀疑，安兹松了口气，使用"高阶传送"，然后在到达目的地之后解除了"完全不可知化"。

"啊，安兹大人，欢迎您回来。"

马雷正等在丛林秘屋外面，看到安兹后低头行了个礼。

"我回来了，马雷。看来这边没出什么问题啊。"马雷身旁飘着安兹制造的高阶不死者眼球尸。安兹移动视线，寻找那个巨大的躯体，可是没有看到。"是这样啊，芬里尔还没有回来。"

"是、是的，还没回来。"

芬里尔得到的任务是在连甲熊从黑暗精灵的村子逃出去后，把它带回丛林秘屋来。

只要黑暗精灵稍微有点脑子，他们在得到亚乌菈这张王牌之后，一定想追踪连甲熊留下的痕迹，以便把它斩草除根。

所以，要把连甲熊带回临时据点，需要做些手脚，好让黑暗精灵的讨伐队无法追踪。

可是连甲熊的躯体巨大，又没有隐蔽、潜行之类的特殊能力，它没法把自己的痕迹隐藏起来。这样想来，必须有别人用某种办法帮它隐藏。

芬里尔就这样被选中了。芬里尔有森林行者这一能力，只要它把连甲熊驮在背上，就能在不留一丝足迹的前提下回到这里。

当然，安兹也可以去使用"高阶传送"把它带回来，或者像娜贝拉尔那样用"飞行"把它扛回来，这些办法也是有的。

可是安兹的职责是和亚乌菈一起进入黑暗精灵的村子，全力以赴收集情报，同时在发生紧急情况时，帮助亚乌菈逃走或者歼灭敌人。所以连甲熊的事就交给了芬里尔。

（看来是我的猜测落空了啊……我本以为连甲熊逃走之后，黑暗精灵会马上派出包括亚乌菈在内的讨伐部队……早知道时间这么充裕，我就自己来做了。）

"是吗，那么咱们在这里等等吧。我觉得你肯定很担心，所以还是说一下吧……不过，你看我自己一个人回来，应该已经猜到了，亚乌菈应该没有联系你吧？"马雷听到安兹的提问，点了点头。"你猜对了。亚乌菈顺利潜入了黑暗精灵的村子。"

马雷和亚乌菈能通过道具彼此联系，既然马雷没有收到亚乌菈的求援信号，这就可以说她是安全的。不过在紧急情况下，亚乌菈也有可能来不及求救便被控制住，所以安兹还是觉得不能大意。

而且为了潜入村子，亚乌菈改变了一部分装备，她现在的装备比平时的差很多。现在敌人想杀死亚乌菈，安兹觉得恐怕要比平时容易得多。

安兹明明知道这一点，还没有给她安排护卫，这当然是因为此事并非他独自决定的。

安兹和亚乌菈、马雷商量过之后，才决定不在亚乌菈身边安排任何护卫。他在做这个决定的时候，承受了极大的不安，他觉得自己如果有胃，一定会疼得昏过去。

安兹现在还有些后悔，觉得这个决定或许是错误的，或还有更好的点子。比如安兹能制造非实体不死者，他或许应该让那样的不死者潜伏在亚乌菈身边。

不在亚乌菈身边安排护卫的好处有两个，第一个是在紧急情况下可以随机应变召唤魔物，而另一个是——

（在没有纳萨力克的成员，而且是没有部下的情况下，亚乌菈或许能暂时忘记纳萨力克，放松下来以轻松的心情接触黑暗精灵。这样一来……）

——亚乌菈或许能交到朋友。

可是现在，出现了影响亚乌菈交朋友的致命问题。

那就是亚乌菈成了黑暗精灵村子的救世主。

要说"红鬼哭了"本身有问题，安兹觉得并不尽然，恐怕没有其他办法能比这个计策更快地帮助亚乌菈融入黑暗精灵的村子。只是现在的情况称得上过犹不及。

如果铃木悟本来在并不对等的现实世界中与"安兹·乌尔·恭"的成员相遇，他恐怕没法与他们成为朋友。同一个道理，现在亚乌菈拯救了村子，成了全村人的恩人，她与村里普通的孩子也不可能形成对等的关系。

安兹必须行动起来，抹平两者之间地位的差异。

这就是安兹的想法。

必须把亚乌菈在村民心目中的地位拉回到一个普通的孩子。

安兹看了看马雷。

他觉得，只给亚乌菈交朋友的机会而不给马雷，这是不公平的。他不光要给亚乌菈交朋友的机会，还要给马雷同样的机会。

亚乌菈和马雷都是安兹替泡泡茶壶照顾的孩子，他当然不能让两人受到不同的待遇。

确实，针对亚乌菈和马雷不同的个性进行培养或许是很重要的，不过，机会应该平等地给到他们两个人。

（我连孩子都没有养过，瞎想什么呢，真是的。父亲该是什么样的，我问谁才好……）就在这时，恩弗雷亚的面孔出现在他的脑海中。（这是个不错的人选，他是一位合格的父亲。可是——）

没错，可是，马雷有个问题。

他的问题倒不是他羞怯的性格。

（因为泡泡茶壶的喜好，马雷可是穿女装的啊。）

安兹在黑暗精灵的村子里看过了，大部分村民都穿着长裤，偶尔有人穿长裙，不过那些人也都是女性。不仅如此，这些女性似乎还在长裙下套了一条长裤。安兹当然没法掀起裙子确认，所以他也不是百分之百看准了，他看到的那东西说不定是连裤袜。

亚乌菈为安兹解释过，生活在森林里，露着皮肤不是什么好主意，女性黑暗精灵也穿长裤可能就是因为这个吧。

（只要有攻击行为，"完全不可知化"的魔法效果就会消失。不，应该说是有害行为才对。这样说来……稍微把裙子掀起来一点看一下算不算是有害行为呢？）

安兹以往从来没动过一点这方面的脑筋。

他看了看马雷的脸。

"啊，咦，您、您怎么了？"

"没、没事，没什么。"

（我傻吧！我在想什么啊！）

正常的——不对，是普普通通的那个自己在叱责他。

他当然知道不该那样做，可是想在魔法领域探索未知的好奇心强烈地刺激着他。

（别想了！停下！我这是在想什么！居然想掀起马雷的裙子来看，简直太不正常了！）

只要安兹提出来，马雷想必会同意——

（我这是在想象什么！）

"您、您这是怎么了？"

"没什么，只是脑子里想到了一件实在太荒唐的事。将来或许会做做实验，不过现在不是时候，而且实验对象也不合适。"

马雷脸上露出了困惑的神情，安兹觉得没必要再就这件事多说什么了。

再说选马雷做实验对象，还不如选雅儿贝德她们更好，或许应该说是显得更正常。

安兹这样想着，否定着脑海中那不断刺激他的好奇心，把犯了原则性错误的它赶出了脑海。

（不管怎么说，黑暗精灵看到身穿女装的马雷说不定会觉得不对劲，进而排斥他。绝对要避免这样的事发生啊……为什么让他穿着女装呢……不对，不对，不要想这个，现在该考虑的不是这个。既然这是泡泡茶壶的决定，我阻止马雷服从她的决定，那肯定是不对的。不对是不对……我可不可以让他暂时换上男装呢？如果马雷能暂时换下女装，那就可以让他和亚乌菈一起在村里生活了啊。可是……）

安兹做梦都想不到，朋友的喜好有朝一日居然会让他如此烦恼。

"那个，马雷，跟你商量一件事……"

"好的。"

马雷面带认真的神情凝视着他。

（泡泡茶壶，我做错了吗？）

安兹脑海中浮现出那团粉色的东西，她不知为什么向他竖着拇指，那样子让他有点来气。

"那、那个……"

"抱歉，马雷。我刚才出了神……"他用那没有肺的身体呼出了一口气，把脸转过去正面看着马雷说道，"马雷啊，我希望你能暂时换下女装。"

他说得不够清楚。

这一点安兹也明白，所以趁着马雷的表情还没变化，赶紧继续说了下去：

"你先听我说。刚才我也说了，是暂时，不是说让你永远不要穿女装。马雷应该明白我也想让你到村里去协助亚乌菈，对吧？所以仅限于在黑暗精灵村子里的这段时间。这从某种意义上来讲，算是一次潜伏任务。而马雷的衣服太惹眼了，换上其他服装执行任务也算是任务的一环，可以吗？"

安兹一口气把想说的话全说了出来，想借此来说服马雷。

马雷凝视着他，安兹觉得他一定是在想，为什么只有我要换？因为安兹没有对亚乌菈提换衣服的事。

安兹没法说得更巧妙了。

他找不到合适的借口，确实，男孩子穿女装不行，女孩子穿男装就可以，这简直太不讲理了，他觉得泡泡茶壶考虑到这——

（不对，这应该只是她的喜好，或者说是性癖，她毕竟是佩罗罗奇诺的姐姐。）

那么安兹现在该做的就是蒙混过关。幸运的是，亚乌菈在纳萨力克穿的装备太惹眼，她已经换掉了很大一部分，安兹也没想到这一点能在说服马雷时派上用场。

"我不是也让亚乌菈换了几件衣服吗？因为穿着太强的装备去很可能会受到怀疑啊。怎么样？"

（卑鄙……好卑鄙。让马雷来决定换不换，相当于把责任推给了马雷啊。）

"我、我明白了？请交给我吧，安兹大人。"

"你愿意吗？"

"是、是的。既、既然是为了任务，那个，泡泡茶壶大人一定会理解的。"

"是、是吗？嗯。她一定会理解的。"

通过女装这件事，安兹明白了泡泡茶壶在马雷心目中的分量。安兹开始想象以前的朋友听到这话会有什么样的反应。

（我觉得她有很大概率会自责不已，然后向马雷道歉……不对，她也可能会有完全相反的反应……）

不过，安兹觉得这样一来，可以认为亚乌菈和马雷的交友计划已经推进到了最终阶段。

"那好，我们做好准备，去和亚乌菈会合吧。"

3

　　在离开黑暗精灵村子有一段距离的地方，亚乌菈正举着弓。这把材料中包括金属的弓显得远比黑暗精灵们平时用的弓强悍。

　　它又大又长，高出亚乌菈的头顶好多。

　　亚乌菈把这样的一把弓拉得吱呀吱呀响。

　　这是一把本来就保存在村里的强弓，可是村里力气最大的人也拉不开它。现在一个孩子若无其事地拉开了它，这让所有在场的黑暗精灵都睁圆了眼睛，不过他们脸上紧接着便露出了认可的神情。

　　"这弓保养得相当不好啊，它会发出声音，说明很多部件都老化了啊？你们没人拉得开它，恐怕纯粹是因为它已经不适合使用了吧？嗯——恐怕射不准啊，不知道箭会不会向着我瞄准的地方飞啊……"

　　亚乌菈现在正瞄准一种魔兽，它长得像麋鹿一样，名叫巨角筐鹿。巨角筐鹿拥有极其巨大的角和森林行者能力，在森林里也能灵敏地活动。黑暗精灵说它们会利用这两种武器发动破坏力惊人的冲撞攻击。

　　如果亚乌菈用犀利的视线紧盯着她的猎物，安兹或许会觉得她像一流猎人一样威风，可是他眼中亚乌菈的侧脸上只有，怎么说呢，像平时一样的，从某种意义上来说没什么紧张感的表情。她的表情实在显得太放松，不像是在狩猎，就像随手捡起了一块小石头，正打算扔出去。

亚乌菈的表情和她身边三名盯着同一猎物的游击兵，黑暗精灵村中的两名男子、一名女子完全不同。他们脸上的表情显得极其认真，而且努力隐藏着自己，以免猎物发现他们。安兹虽然看不出来他们和平时有什么区别，但是他可以想象，他们一定是在努力心如止水，消除自己的气息。

他们也带着弓，不过只是握在一只手中，没有举起来。

正常情况下，为了避免猎物逃掉，或者避免在猎物被激怒后受到反击，猎手们会一齐把箭射向猎物。不过这次为了避免妨碍亚乌菈，他们没有这样做。

这一点从他们现在的位置也看得出来，现在所有的游击兵都等在地面上。

黑暗精灵狩猎时，为了避免受到猎物的反击，往往采取守株待兔的方式，他们会到尽可能安全的树上准备好，等待合适的猎物现身。现在所有人都到了地上，这正说明了他们对亚乌菈的信任。

那么，观摩这次狩猎的观众中，最欠缺隐藏气息能力的就是安兹。那要说他是怎么做的，他还是像平时一样用了"完全不可知化"。"完全不可知化"登场的频率实在太高，以至于安兹已经开始担心"全靠这一招到底行不行啊"。不过魔法完全藏起了安兹的气息，不光猎物——黑暗精灵们也没有丝毫察觉的迹象。这次狩猎的过程中，安兹一直跟在一行人身后，而显得有所发现的只有亚乌菈一个人。

亚乌菈射出了箭。

紧接着——大概只过了眨一次眼的工夫——巨角篦鹿便转头想看清周围的情况。

箭射出去的时候，发出了自然界中不存在的声音，它恐怕是听到了。

不对，安兹一转念，觉得那不可能。

那声音非常之小，而且亚乌菈离目标还有很远的距离，按说它不可能听得到。那巨角篦鹿为什么有了反应呢？

他觉得偶然应该是最准确的答案，要不然就是巨角篦鹿拥有特殊的能力。如果都不是，那只能是巨角篦鹿敏锐地捕捉到了亚乌菈在攻击时释放出的杀气。

可是亚乌菈的箭好像预测到了巨角篦鹿会有怎样的反应，轻松刺进了它那动了起来的头部，就像它的肉体没有阻力一样。

巨角篦鹿的身体向旁边一歪——可是没有倒下，它的脑子分明已经被箭射穿了。

魔兽、野兽，兽类都有旺盛的生命力。

换成亚乌菈平时装备的YGGDRASIL产的弓箭，毫无疑问能给它造成致命伤，不过她从黑暗精灵那里借来的弓箭似乎没法一击杀死巨角篦鹿。

（这样看来，武器装备性能给战斗力造成的影响真是好大啊。当然，亚乌菈自己应该也没有用太强的特殊技术，如果用了，结果或许会不同啊。)

那猎物头部带着刺到肉体深处的箭，像突然惊醒一样动了起来。它受了重伤，所以打算逃走，而不是应战。

不过，亚乌菈似乎连它的这一步也预测到了，又射出了一箭。

第二箭再次射穿了它的头部，巨角篦鹿轰然倒地。

"好了，还可以吧。"

"果然厉害，菲欧拉大人！！"

亚乌菈把她取得的成果说得好像理所当然一样，离她最近的黑暗精灵男子赞叹起来，那语气就像已经彻底醉心于亚乌菈一样。他名叫普拉姆·加内恩，是村里的副狩猎头领，在这次亚乌菈的狩猎中担任领队。

安兹觉得他那反应和表情都不像是在演戏，有这样一个人对亚乌菈来说也算是在村里得到了一个有用的帮手。可是，安兹还是皱起了眉头。

这个副狩猎头领的反应好得过了头。

他那仿佛着了火的眼睛里放射着尊敬、崇拜、仰慕、依赖掺和在一起形成的复杂光芒——有点像圣王国那个眼神凶恶的少女复活之后眼睛中放射的光芒。说白了，成年男子不该用这样的目光看一个外貌看起来码比自己小一轮的孩子。

亚乌菈和这批人一起出来打猎已经是第二次了，第一次的时候这个副狩猎头领没有表现出这样的态度。

确实，这个副狩猎头领早就知道是亚乌菈击退了连甲熊。

可他似乎认为，那终归只代表战斗力的强大，不代表狩猎才能优秀。实际上安兹用"完全不可知化"之后，听到他亲口对别人说过，他提出请亚乌菈一起打猎，很大程度上就是想看看她作为游击兵的实力到底如何。

可是进入大树海后，亚乌菈麻利敏捷的动作令他战栗，亚乌菈隐藏气息的能力让他惊愕，亚乌菈射箭的样子让他瞠目。当时他惊得张大嘴的样子甚至让安兹觉得有些滑稽。而到了现在，安兹觉得他恐怕已经成了黑暗精灵村中最佩服亚乌菈的人。

可是，从安兹的目的来说，这样一个人令他很是头疼。

有这样的一个人，安兹想把亚乌菈的地位拉回一个普通的孩子会变得很难。

如果这个副狩猎头领只是想利用亚乌菈，想方设法拉拢她，那倒好办很多。可实际上并非如此，这就让安兹很难办了。

（杀只是最后的手段啊……）

"好了好了，先别急着夸我，快点把它处理一下吧。"

"是！遵命，菲欧拉大人！！伙计们，开始吧！！"

另外两个人也表现出了对亚乌菈的尊敬，不过普拉姆那样子反倒让他们保持住了冷静。他们脸上一直带着一言难尽的神情看着普拉姆，这会儿也动了起来。

他们把绳索缠在巨角箆鹿的蹄子上，找附近的树杈将它倒吊起来。只是巨角箆鹿身躯巨大，三个人一起上似乎也非常吃力。

亚乌菈伸出手攥住绳索，轻轻一声"嘿"，同时把绳索一拽，只见三个人奈何不得的猎物应声而起。

"厉害！不愧是菲欧拉大人！"

听到普拉姆的称赞，亚乌菈微微皱起了眉头。

安兹非常理解她的心情。

他想着纳萨力克成员们的面孔，重重点了点头。

不着边际的称赞当然会让人觉得不愉快，而因为一点小事大夸特夸也会让人感到别扭。安兹就会怀疑称赞他的人是在讽刺他。

安兹正在想这可能是因为他对自己不自信，与此同时，黑暗精灵们则紧锣密鼓地推进着巨角箆鹿的拆解工作。

一个男性黑暗精灵把手悬在猎物上，只见他手中释放出了白雾一样的东西，似乎是用了能冷却猎物的特殊力量。不过，据安兹所知，纯粹的游击兵没有这种能耐，他觉得这名黑暗精灵应该是用上了其修习的森林祭司或者其他职业的力量。

完成这一步之后，他们切开猎物的喉咙，让血流进下方的容器中。据说先给猎物放血是为了防止血液中的各种细菌繁殖，安兹觉得，只是刚才那一名黑暗精灵恐怕不足以冷却如此巨大的躯体。

据说黑暗精灵会用容器中接的血做料理。

不过带着血走路，容易把食肉兽引来，所以只有村里的黑暗精灵狩猎的时候，他们很少这样做。第一次狩猎的时候，安兹也听他们提过这一点。

他们挖了个坑，把头颅和内脏全部扔进坑里。

平时他们会把一部分内脏也带回去，不过这次光是巨角篦鹿的身体，肉就足够多了。

处理猎物的工作暂时到此为止。

按照黑暗精灵的习惯，他们会把猎物带回村里再完成剥皮等其他的工序。

安兹好像很懂行，可要是问他普通的猎人会按什么顺序处理猎物，他也只能回答完全不知道，因为他没有狩猎方面的知识。黑暗精灵的做法或许就是最普遍的。

黑暗精灵们把猎物从树上放回地上，把棍棒穿在四肢之间，"起！"然后一齐喊了声口号，把它担了起来。他们看起来被压得够呛，安兹也不知道准确数据，不过他猜测这只巨角篦鹿身上剩下的肉恐怕占到了本来体重的百分之五十以上。

亚乌菈没有参与作业，她的工作是放哨。

一行人开始返回黑暗精灵村子。

以往他们的狩猎都是守株待兔的方式，而且需要花很长时间才能放倒猎物。这次因为有亚乌菈的参加，他们还没出村多久便可以把猎物带回村子，每个成员脸上都喜气洋洋。虽说他们是习惯了森林的黑暗精灵，离开村子想必还是会让他们提心吊胆。

"哎呀，真不愧是菲欧拉大人，又让我们见识了一次超群的弓术。"

一行踏上归途之后，先张开嘴的就是普拉姆。看他那样子就知道，他说的完全是发自肺腑的真心话。

"是吗？确实，我可能是比你们厉害……不过人外有人啊。那个……我的亲戚……嗯——这样说太不敬了，总之就是有厉害的人。啊！我说的可不是我舅舅。"

"听说舅父阁下和弟弟阁下今天或者明天就到了，这么说来，两位也是实力超群的游击兵吗？"

"不是，他们两个都不是游击兵。"

"是这样啊？听您说两位结伴穿过这片森林，我还以为两位都是实力超群的游击兵呢……那两位是什么样的人呢？"

"他们的实力确实厉害。不过到底怎么个厉害法，反正你们很快就知道了，你就盼着自己看吧。还有，不好意思，能不能让我集中精神放哨？我自己一个人想逃当然容易，可是考虑到还有大家，能不能早一秒发现敌人恐怕决定了大家能不能逃得掉啊，你说对不对？"

安兹觉得她是不知道该不该说关于安兹和马雷能力的话题，什么能说什么不能说，于是先下手为强，找了个相当巧妙的借口把对话本身结束了。不知道对方会如何理解她的这个借口。

兴高采烈地和别人搭话，如果对方拒绝对话，就算得到说得通的理由，也不是每个人都能坦率接受，有些人心里恐怕会觉得不痛快。

（这人毕竟是亚乌菈的崇拜者，应该不要紧，不过他也是村里排得上号的人物，万一他记仇，到处说损害亚乌菈名望的话，那我到时候就得想想办法了啊……）

现在亚乌菈的名望受损倒不能说完全是坏事，可是安兹担心坏得超过他的预期。

然而不出预料，安兹只是过虑了。

"非常抱歉！我没有注意到！"

普拉姆一个猛子低下头，向亚乌菈道起了歉。要不是扛着猎物，他恐怕会跪下磕头——以黑暗精灵的与跪下磕头相当的方式来谢罪。这种过激的反应恰恰证明，他是亚乌菈的忠实崇拜者。

"啊——好啦，毕竟你也有一定的实力，平时应该能注意到的吧？就是和我在一起才有些松懈，这说明你非常信任我的实力，对不对？这本身很令我高兴，不过，希望你能考虑一下时间和场合。"

（嚯——还挺会安慰地位比自己低的人。她或许是把做楼层守护者的经验用在了这里。这没准是NPC成长的表现，真是令人欣慰啊。要不然就是……她从泡泡茶壶那里继承了什么东西。是什么呢？如果真是这样，那也令人很欣慰啊。这说明亚乌菈身上有泡泡茶壶的影子嘛。）

安兹觉得看到亚乌菈的背后浮现出一个粉色的团状物，那画面不太赏心悦目，他那不会动的脸上露出了微笑。

一行人按亚乌菈的吩咐，始终保持着警惕，默默走在回村的路上。他们一次也没有遇到猛兽，顺利回到了村里。确定一行人已经到了安全地带，普拉姆马上扯开了嗓子：

"各位！好消息！菲欧拉大人又搞来了一个巨大的猎物！！"

安兹咂了下舌头。

他虽然料到事情会搞成这样，不过也明白自己没办法防止这种情况发生。猎人到危险的地方去狩猎，当然想炫耀自己的成果，让全村人搞明白这是谁的功劳。更不要说亚乌菈是外人，副狩猎头领应该是想提高亚乌菈的地位才这样做的。

可他的好意是安兹不太想要的。

村民沿着精灵木上的桥聚拢过来，看着那巨大的猎物赞叹起来。

"那好，我回去了啊。"

"好的！后面的事请交给我们吧，菲欧拉大人！！"

亚乌菈把其他的事都交给了普拉姆，与聚集过来的村民擦肩而过，走向了在村里借住的房子。

安兹想去追独自一人走上归途的亚乌菈，不过他必须精细地掌握亚乌菈和村民关系的变化，只好留在了原地。

亚乌菈只是回了下头，看向飘在空中的安兹这边。

（她看起来好孤单啊……）

亚乌菈的侧脸就给安兹这种感觉，或许是他的情感丰富过了头。

　　黑暗精灵当中，有人畏惧亚乌菈，也有人对她心怀敬意，可是没有一个人亲近她。

　　村民没有把她当成一个远道而来的少女，只把她看成在所有方面都强于他们的人，尊敬和佩服她。我们还要再重申一次，这样的地位本身倒是不错。

　　可是，考虑到安兹的目的，这样的地位就显得很糟糕了。

　　（我必须让亚乌菈从村子的英雄变回普通的孩子……可是不管怎么考虑，这也太难了。要是想动摇亚乌菈在我到达前取得的地位，我自己恐怕有可能受到村民的排斥。当然了，就算我是亚乌菈的亲人，村民肯定也会更重视在村里立下功劳的亚乌菈，而不是我这个晚到一步的家伙。）

　　安兹留在原地没动，只见村里的黑暗精灵一个接一个聚了过来。当然，其中也有身高和亚乌菈差不多的黑暗精灵孩子。

　　猎物被拆解之后变成了食材，交到了村民手中。

　　"拿着，别忘了感谢搞来猎物的菲欧拉大人啊！"

　　每个拿到食材的黑暗精灵脸上都带着笑容，说着表达感谢的话。

　　就算是黑暗精灵中的狩猎高手，也不是每次都能带回猎物，而搞到这么大一块肉的机会更是少之又少。这是安兹在他们上一次或者上上次狩猎时听说的。

　　肉接连分给赶来的村民，越来越少。别忘了感谢菲欧拉大人啊——每分发一块肉,亚乌菈的崇拜者普拉姆就会把这句话重复一遍。

刚才我们已经重申,安兹对亚乌菈的地位本身并不觉得不满。

亚乌菈搞来了猎物,这是事实,如果有人不觉得感谢,安兹反而会觉得那样的人招人厌恶。可是——

"真不愧是菲欧拉大人啊,真希望能由她那样的人来管理我们的村子。"

"是啊,一点都不错。不光打跑了连甲熊王,狩猎技术也是一流的,要是菲欧拉大人能留下,这个村子就再没有后顾之忧了啊……"

"没错,没错。"

聚集在普拉姆周围的五个成年黑暗精灵你一言我一语地说着。

在村民心目中,亚乌菈的地位越来越高,而跟着大人来拿肉的孩子们也听到了他们说的话,这可是个非常大的问题。

"可是,小菲欧拉还是个孩子啊?"

一名身上散发着青草气味的男性黑暗精灵小声说了这样一句。

那群亚乌菈的崇拜者马上变了脸色:

"那是那些长老——老祸害的思维方式!"

他们大声喊了起来。

普拉姆几秒前还面带温和的微笑，这会儿脸色已经彻底变了，他扯着嗓子不住嘴地吼道：

"年龄算个屁。岁数大就了不起吗？！不！确实，有些人或许会随着年龄的增长，积累起丰富的经验，获得优秀的能力，可并不是所有年长的人都有这样的优点。年龄不能当成评价人的绝对指标。然而——没错！然而，唯独能力可以当成评价人的绝对指标！！"

安兹同意他的意见。

他在跑业务的第一线见过很多的实例，能干的人起初就能干，而能力不行的人不管到多大岁数还是不行。

"优秀的才干！在这么危险的地方，只有它才是能拯救众多村民的力量！能力才是绝对的指标！不管有能力的人多么年轻！"

"可是……小菲欧拉也太年轻了吧？"

其他亚乌菈的崇拜者对提出反对意见的女子冷冷地说道：

"这种想法不就和那些长老一样吗？你和他们是一样的啊。"

"什么？"

女子用充满敌意的目光看着冷言相向的那名黑暗精灵。看她的样子，安兹就明白了长老们有多不受人待见。

（说实话，我不觉得他们会做什么被人讨厌成这样的事啊……）

安兹不明白为什么年轻人有这么大的负面情绪。不过安兹从开始监视这个村子还只过了两天，他也没法看到一切。他觉得原因或许就在他看不到的地方。

"为了让那些长老的——年龄优先的想法退场，我们难道不应该行动起来，追随菲欧拉大人这样出色的黑暗精灵，有必要的话就请她成为我们的领袖吗！"

安兹心想：你别说了。

他皱起了眉头。

安兹把亚乌菈送到这个村里来，不是为了这个目的。

亚乌菈要是听到了这样的话，搞不好会表示赞同，开始向着统治这个村子的方向努力。这样一招棋可以说有利于扩大纳萨力克的势力，可是，安兹不想得到这样的结果。

安兹把目光转向了看着大人们争吵的孩子们。

刚才看到好吃的之后出现在他们脸上的喜悦已经不见了，现在紧张的气氛让他们脸上阴云密布。

（这就是关键的问题啊……）

安兹是想让亚乌菈和马雷交到朋友。

这个世界上的孩子——以那位名叫妮姆的少女为代表——和生活在铃木悟那个世界的孩子不一样，他们应该会受到天真无邪的好奇心驱使靠近亚乌菈。可是安兹自己偷偷观察也好，听亚乌菈说的话也好，这样的孩子还一个都没有出现。

或许正是因为生活在大树海这个危险的环境中，孩子们的好奇心受到了抑制，安兹没法说没有这个可能性。可是，他们更有可能是看到了成年人对待亚乌菈的方式，产生了她和他们完全不同的认识。孩子们已经形成了固定观念，认为亚乌菈虽然是孩子，但又不是孩子。

安兹甚至会想，干脆让亚乌菈的声望变差，孩子们说不定才更容易靠近她。

（成年人都尊敬和佩服的人，孩子们当然很难不客气地……不对，很难对她表现得亲密啊，哪怕她的年龄和他们相仿……不对，或许正是因为年龄相仿，孩子们才更觉得她异乎寻常吧。就我偷听到的那部分来说，父母们倒是没有让孩子们不要去靠近亚乌菈或者要尽可能对她礼貌。这是不幸中的万幸，还是说这也不是好事呢？）

"唉……"安兹想着，叹了口气。

他觉得这样下去，亚乌菈肯定交不到朋友。

（既然如此……我自己行动起来，拜托孩子们试试吧？只是，我也拿不准这样做一定会有好的效果。可是总不能坐以待毙，只能指望这样做能给现状带来变化啊。世上做父母的都要这么操心的吗……）

安兹早就有的疑问这会儿变得更大了，他听到的最后一句话让他扶着额头发动了"高阶传送"。

"再说，什么叫小菲欧拉！应该叫菲欧拉大人才对啊！"

4

这是个梦。

我在做梦。

我知道这是梦。

那个词叫什么来着？

对了，这叫清醒梦。

这就是做梦者知道自己是在做梦的梦。

在这梦里，我是个孩子。

而且——梦中的我被打得摔了出去。

梦中的我天旋地转。

我不觉得疼，没错，这是梦，所以我不觉得疼。

可是梦中的我又很疼。

梦中的我脸一阵一阵生疼，嘴里好像撞得破了口子。

梦中的我嘴里充满了血腥味。

这是梦，我却能尝到味道。

真是神奇。

这真的是梦吗？

手出现在了我的视野中。

那是一双沾满了土的小手。

这果然是梦啊。

现在我的手没有这么小。

我总算放下了心。

这果然是个梦。

梦中的我视野开始动了。

梦中的我不想动,不想站起来,可还是站了起来。

梦中的我拾起自己落在地上的棍子攥好,重新站了起来。

母亲站在梦中的我面前。

她面无表情,就像戴着一副面具,冷冷地看着梦中的我。

母亲手中握着一根棍子,一根用来抽打我的棍子。

紧接着,那根棍子挥向了梦中的我。

换成现在的我,我能挡得住,可是当时的我做不到。

梦中的我在感到疼痛的同时摔了出去。

梦中的我摔在地上,又一阵疼痛传遍全身。

梦中的我视野模糊了。

眼泪流了出来。

我不经意地想到,自己上一次流眼泪是什么时候的事了。

梦中的我抬起了头。

梦中的我看到母亲在说着什么。

梦中的我看向了不知什么时候脱了手落在地上的木棍。

大概是母亲在命令我站起来吧。

可是,梦中的我站不起来。

梦中的我很疼,已经坚持不住了。

我那时应该是向母亲求饶了。

母亲的表情没有变化,她只是慢慢地,像故意做给我看一样，重新摆好了用木棍攻击的架势。

梦中的我听到了话音。

梦中的我转过头去，看到一名胖乎乎的女子跑了过来。

这名女子是当时在我家帮忙做家务的人，我记得她做的饭很好吃。

我叫她娜兹尔阿姨。

她做的蛋包饭很棒，又嫩又滑，我很喜欢吃。她做的料理才是我记忆中家的味道，也是我心目中美味的标准。

遗憾的是娜兹尔阿姨恐怕已经去世了。好不容易做个梦，我怎么梦到了和母亲进行训练，而不是吃娜兹尔阿姨做的料理呢。

我后来才知道，母亲是会给孩子做料理的，可是我从来没吃过母亲做给我的料理。她大概把全身心放在了对我的训练上，我记得有人这样说过。

当时的我太无知，所以觉得那才是对的。

可是，现在——现在我已经长大成人，我能肯定那并不对。

我基本上不记得和母亲一起吃过饭，记忆中的我总是独自一人进食。

"早上好……"

世界又有了颜色，我大概是要醒过来了。既然要叫醒我，早点儿来多好。

我并不是想忘记。

没错，我很清楚。

母亲不喜欢我。

遭到侵犯怀上的孩子，对母亲来说一定是非常令人厌恶的。

所以，母亲也不曾为我庆祝过生日。

我没能从母亲那里得到一点点普通的孩子能享受到的祝福。

谢谢你。

祝贺你。

太好了。

就连这些极其普通的祝福也一样。

仔细想来——母亲叫过我的名字吗？

这名字到底是谁给我取的？

可是，如果母亲真的讨厌我，为什么不杀掉我呢？

她要杀掉我很容易。

可是她没有杀我。

这样说来，母亲并不讨厌我。

这种想法只是我可悲的一厢情愿吗？

"请、请您等一下，法因大人。她还是年幼的孩子，继续这样的训练一定不会带来好的结果。"

母亲看向了娜兹尔阿姨，可是娜兹尔阿姨毫不退缩。

现在回想起来，我总觉得娜兹尔阿姨恐怕也不是泛泛之辈。

"两、两位差不多该休息一下了,我这就去准备水……"

"不用。"

"法因大人喝水的时候,我来把伤口包扎一下……"

"不用。"

母亲把手举向了梦中的我,伤马上痊愈了。

疼痛也消失了。

"不用,对吧?"

母亲弯下腰看着梦中的我。

母亲的眼睛像玻璃球一样,脸上的表情也像完全消失了,看得梦中的我很不舒服。

"嗯……不用。"

"是吗?"母亲看向娜兹尔阿姨,"明白了吧?她还不用休息。再说她已经有了一定的实力,就算死了也能复活。你看,是不是什么问题都没有。"

"好的,遵——"


"早上好。那个——绝死大人,您不在吗?"

一个女子微弱的声音响了起来,用战战兢兢来形容或许是最合适的。声音不是来自梦中,而是来自现实。

她醒了过来。

她看到了天花板,这是她自己房间的天花板。她的头还昏昏沉沉,不过能感觉到旁边的房间里有一个气息,而且气息的主人没有敌意。

"既然是做梦,为什么不让我做个更荒唐的梦啊……"她嘟囔着叹了口气,把手放在了眼睛上,发现手指好像被眼泪弄湿了。"我已经醒了,能请你等一下吗?"

"是!请您不要对我这样不值一提的人如此客气!让我等多久都可以,您慢慢来就好!"

她没有说一句威吓的话,可是外面的那个女子却被吓得够呛,她忍不住想再叹一次气。她从床上撑起了身体,把旁边椅背上搭着的上衣披在了身上。

听声音她就知道来找她的是谁。

她觉得既然来者是同性的同事,那就不用穿戴得太整齐。再说一直让同事等在旁边的房间,直到她完全梳洗穿戴好也不合适。

她打开门,走进隔壁房间,发现那位正站着等她的女同事看起来有些手足无措,就像不知道该把自己安排在什么地方。

"对不起,让你久等了。你怎么不坐下等我呢?"

"没事没事,我没有等多久,首先,嘿嘿嘿,打扰了绝死大人休息,真是非常抱歉,希望您能原谅我。"

女同事脸上赔着笑,不住地点头哈腰,而且她的双手有可能是下意识地合在一起不住揉搓。这位女同事可是教国王牌漆黑圣典的第十一席——拥有"无限魔力"的别称,已经进入了人类中英雄的领域。她现在这么低三下四,实在是让人替她难为情。

"那好，可以请你坐下吗？"

"不必不必不必不必，不用坐，我把事情说完马上就走，怎么好意思在绝死大人房间里的沙发上坐……"

女同事慌忙摆起了手。

绝死倒是觉得，不过是在沙发上坐一下，用不着拒绝得这么彻底。

"坐下又不会发生什么事，再说我也不会发火啊？不是，真的……你不用这么低声下气……咱们不是同事吗？"

听到这话，女同事又像献媚一样笑了起来：

"嘿嘿嘿，我这样的小喽啰，怎么能说是绝死大人的同事，实在不敢当。"

"不是，你真的不用这样……我跟你说啊，我负责的——跟我进行过模拟战斗的漆黑圣典成员中，你可是最低声下气的一个。你以前不是挺自负的吗？"

漆黑圣典的成员都进入了英雄的领域，时常有人恃才傲物。让这样的人再也傲不起来就是绝死绝命的工作之一。所以，哪怕是漆黑圣典的同事，也只有犯过那种前科的人才能认识她。

不过，每一个那样的人，都受到过绝死绝命的训练，这位女同事经历过的和别人没有什么不一样。哪怕是受过绝死绝命更严格——她甚至后悔自己当时做得过了火——训练的队长，现在也只把她当成普通同事来对待。会变得如此低三下四的只有这位女同事一个人。

　　以她的例子来说，绝死觉得自己可能选错了训练方式。

　　（看来今后训练时，要多考虑对方的性格啊。）

　　"不把人放在眼里当然不好，可是你完全可以大大方方的啊。"

　　"嘿、嘿嘿嘿，在绝死大人面前我怎么敢啊。"

　　女同事的双手搓得更快了。

　　绝死觉得自己没有做会让她变成这样的事。

　　她只是正面承受着这位女同事的魔法走上前去，骑在她身上，注意着不打死她，在训练的名义下反复抽打她的脸。

　　当时这位女同事虽然被绝死压在了身下，却没有马上认输，而是拼命尝试使用魔法。在这一点上，绝死还觉得她是个挺有骨气的家伙。不仅如此，经过不懈的努力，她现在已经能承受着击打施放魔法了，可见她是个有上进心的人。

　　绝死还算比较赏识的人对她表现得低三下四，这让她心里有些难过。

　　"那么，今天有什么事？我或许能猜得差不离。"

　　"是、是的，真不愧是——"

　　"啊——不用奉承我。"

　　"啊，好、好的。我奉命来告诉绝死大人，精灵讨伐部队开始了下一步进军，希望您做好准备赶赴前线。"

　　"是这样啊……"

绝死微笑起来，只见她眼前女同事的脸扭曲了。绝死不觉得自己笑起来有那么可怕，她平时脸上应该就带着笑容的。

"这样一来，总算能拔掉喉咙里的一根鱼刺了啊。"

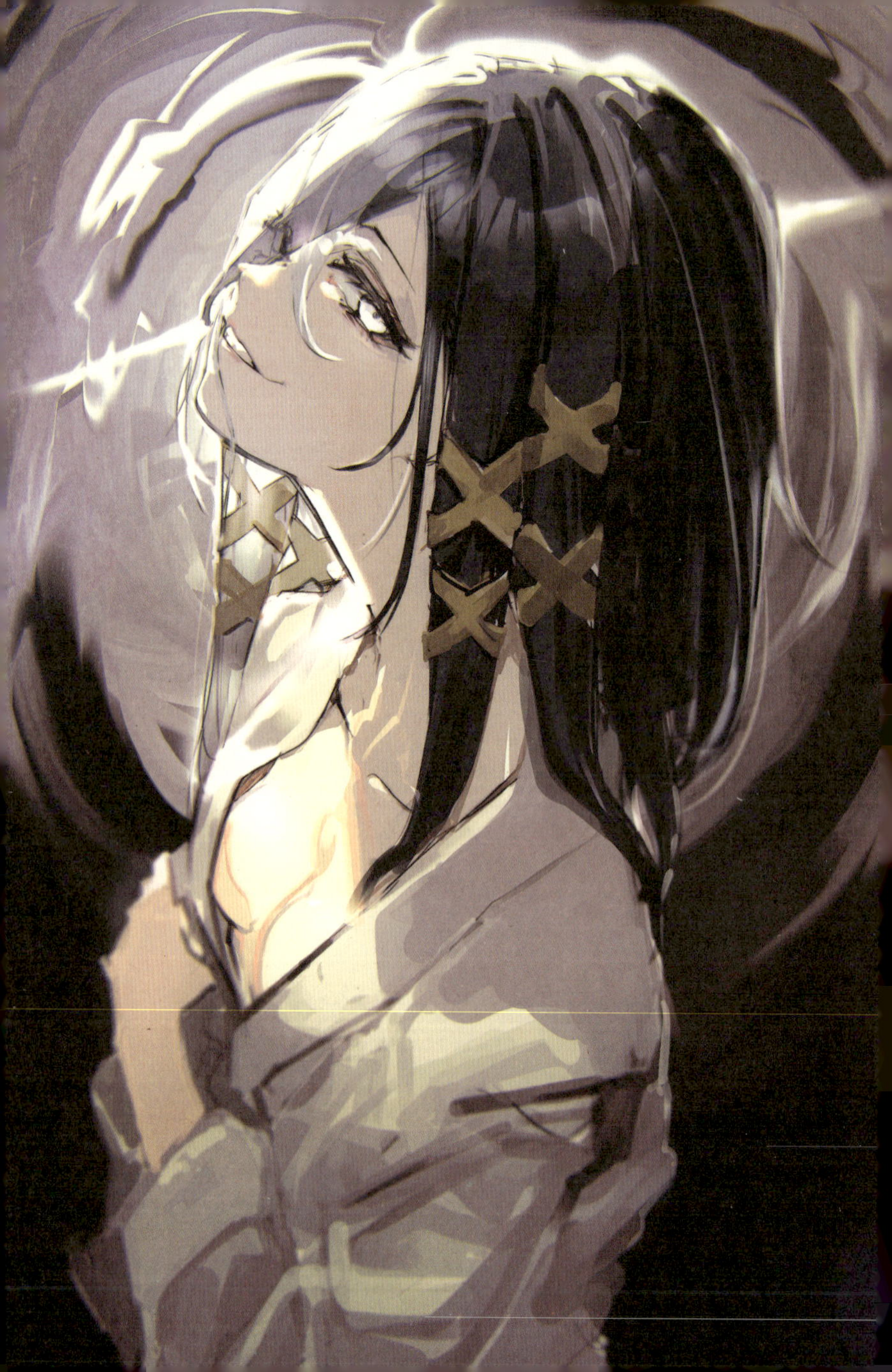

# 过　场

　　有一种不死魔法吟唱者吸收了莫大的魔力，超越了死者大魔法师，人们把它们称为暗夜大魔法师。历史上人们发现过的暗夜大魔法师个体数量极少，很多生者都为这一点感到庆幸。

　　这是因为暗夜大魔法师拥有极其强大的力量。

　　它们超越了人能企及的领域，会熟练运用超高位阶——第六位阶的众多魔法。凭借如此强大的力量，它们面对有一定年龄的高阶龙类，竟然可以当面锣对面鼓而不落下风。不仅如此，它们还掌握着许多种特殊能力，带领众多的不死者，拥有高度的智力，以固若金汤的要塞为居所。

　　它们称得上是一个国家的统治者，不死者之王。

　　事实上，广为人知的三个——

龙类暗夜大魔法师"库冯提拉·亚戈罗斯"。

巨神人（泰坦）暗夜大魔法师"修耶伊翁"。

虽是暗夜大魔法师——应该是——却无人知其真名的影王"恐惧"。

暗夜大魔法师，统治着能匹敌小国的领地，周边国家无人不知这些可怕的怪物。所以人们提到暗夜大魔法师的时候，只会胆寒和畏惧，他们可以说是与天变地异同等的，仿佛神话中走出的怪物。

他身为没有人不畏惧的暗夜大魔法师，不为世人所知，潜伏在世界的阴影之中——外号"深渊"的巴涅吉埃利·安夏斯低着头，缓缓退出了那个巨大的房间。

他有六条手臂和两个头，熟练使用最高到第六位阶的魔力系魔法和同样是最高到第六位阶的其他系魔法，他是人类绝对无法战胜的可怕怪物。如果他走到世界的正面舞台，刚才我们说的著名暗夜大魔法师将不再是三个，而应该是四个才对。他是这个组织的发起者，也是坐镇内阵，资格最老的不死者。

他成立的这个组织名叫"深渊之躯"。

"深渊之躯"是不死者魔法吟唱者组成的集团，最初成立的目的是协调成员彼此之间的利益，避免冲突。

因为不死者拥有无限的寿命，他们一旦开始研究魔法，迟早有一天会与实力相当的其他不死者发生冲突。

不死者没有三大欲求,所以往往会产生某种强烈的其他欲望。而这种现象发生在不死魔法吟唱者身上,往往体现为求知欲。因此,争夺一项知识的时候,双方往往都无法让步,导致冲突发展成歼灭战,两者会一直战斗到一方被消灭。

生者会把热情倾注向三大欲望,而不死魔法吟唱者的热情完全集中在求知欲上,求知欲就会变得过强,以至于无法克制。

在这样的冲突中被消灭的不死者还不少,后来甚至开始出现更糟糕的情况,想坐收渔利的生者将冲突双方一并消灭。

后来出现了一批魔法吟唱者,他们发现,为了独占知识和魔法道具寸步不让,最终同归于尽不是上策,不如在能合作的方面合作,能交易的方面做交易,这样做才更聪明。然后,他们整理出了花名册。

这块石碑上面只是刻着参加者的名字,整理者没有向这花名册灌注魔力,它却不知什么时候拥有了魔力,被后世命名为"格拉尼艾佐碑文"。

一开始,碑上只刻了四个暗夜大魔法师和三个死者大魔法师的名字,还有几条规矩。组织也很松散,只是违反规矩就会被其他成员群起攻之。

后来又过了两百年左右,它已经成了一个像模像样的组织。

参加组织的不死者数量也变多了,内阵七个,外阵四十八个,它已经成了有合计五十五名成员的大组织,而内阵的七名不死者都是难度到达了一百五十的强者。

不过，知道世上有这样一个组织的人还很少。

参加这个组织的不死者有两种。

其中一种会把自己的势力向生者的世界扩张，他们为了达到目的，利用生者展开活动。另一种完全不和生者打交道，他们躲藏在世界的阴暗处，悄悄地为实现自己的目的展开活动。

而很少有不死者会有前者这样的想法，后者占了绝大多数，所以他们的组织也没有在生者的世界做过什么惹眼的事。

再说像前者那样在生者世界扩张势力，敌人的数量也会随之增加。更不要说不死者是所有生者的公敌，有时生者甚至会实现跨越国境的合作，消灭这样的不死者。

于是前者的数量就更少了。当然，也有些不死者扎根生者世界的阴暗面而不为人知，可是如此优秀的强者世所罕见。

结果"深渊之躯"就成了只在传闻中出现的组织。之所以没有邀请前面提到的三个强大的不死者加入，也是因为担心他们的加盟让组织变得惹眼。

退出那家伙所在的房间之后，他来到了一条又宽又高的通道中，通道旁边有一个亮着微光的房间。

这是一个休息室，与那家伙见面前都要到这里等着。那家伙没有一点体贴别人的意思，当然不会预备这样的地方，这是巴涅吉埃利他们向那家伙请愿，得到批准之后建成的房间。

等在房间中的一名成员向巴涅吉埃利说道：

"你回来了啊,那下一个轮到我了。"

不久前巴涅吉埃利也在这个房间中,他不用看就知道是谁在说话。这也是因为除非受到召见,否则他们不能来到这里,否则就会惹火那家伙。而今天受到召见的只有内阵的成员。组织成立后已经过了将近四百年,内阵的成员数量现在是九名。

"深渊""白色圣女""死亡骑手""腐败之王""红眼公""贤狼""万军枯老""吞噬者""黄色幽鬼"。

刚才内阵成员齐聚于此,挨个受那家伙的召见,现在等待召见的只剩下了最后一个人,"白色圣女"格拉曾·洛卡。

她是一名皮肤像白蜡一样的女性不死者,头戴白色面纱,身穿白色连衣裙,整身行头都是白色。

在组织中她是第一个踏入第八位阶的,眼下正在向第九位阶进发。作为魔法学者,就连巴涅吉埃利都不得不承认她比自己更优秀。而现在组织的统治者也对她另眼相看,非常器重她。

不对——

(那家伙不会器重任何人。那家伙虽然不喜欢我们,可是没有别的办法,只好忍着用。)

这一点从那家伙的话里话外都能感受到。

那家伙没有一点掩饰的意思,甚至曾经说巴涅吉埃利他们用的魔法是受到玷污的。

正因为如此,格拉曾虽然受到重用,但是她并不觉得高兴。

不对,应该说那家伙只会索取,从不给予相应的利益,换成谁都不会感到高兴。特别是格拉曾，她作为学者有着优秀的才能，或许更是感到不快。

当然，他们不会在那家伙面前把这样的想法表现出来。很遗憾，就算整个组织的成员一起造反，面对那家伙也没有胜算。

"是啊，下一个轮到你了。等结束之后……要不要聊聊？我们很久没有聊过了。"

"你说什么？好吧……我明白了。我明白了啊。当然，我很愿意参加。还在老地方吗？"

"没错，我先去了。"

巴涅吉埃利和格拉曾道别后，在黑暗中走了一段路，能走在黑暗之中也是因为他是不死者。他们的休息室点灯也基本上没有意义，巴涅吉埃利虽然不知道谁在那里点了灯，不过他猜测应该只是出于装饰目的。

这里的地板经过了魔法加工，磨得像一整块板子，不过墙壁和天花板都很粗糙，还是岩石隧道的样子。

这里是一处巨大的洞穴，不过并非天然洞穴。它是"深渊之躯"的统治者花了相当多的时间亲手开凿出来的。

巴涅吉埃利每隔几年，或者受到那家伙的召见时都会来这洞穴里一次。每次看到它，想到那家伙为挖成这么巨大的洞穴付出的努力，他都会忍不住嘲笑起来。

倒不是他作为魔法方面能力优秀的暗夜大魔法师，要嘲笑那家伙用来开凿洞穴使用的物理手段。他主要嘲笑那家伙在他们面前总是表现得那么傲慢，可这洞穴正体现着那家伙的胆怯。

确认已经离得够远之后，巴涅吉埃利发动了两次"传送"，来到了他的目的地。

这里是内阵一员"红眼公"古尔努伊·罗格·安泰西·纳的城堡。他现在身处深山中城堡的前方。

古尔努伊在内阵的成员中算是最爱美的一个，他穿的用的都是高级货，城堡当然也不例外。

他向各个种族支付报酬——魔法知识、魔法道具，包括宝石在内的财宝，请他们建起了这座城堡。哪怕是没什么审美修养的人也看得出它的巍峨。只要内阵成员召开会议，他们就会来到古尔努伊的城堡。

巴涅吉埃利传送到城堡门前，服侍古尔努伊的不死者马上现身，把他请进了城堡里。

来到房间里之后，他发现除了格拉曾之外，内阵成员都到齐了。

"久等了啊。"

"辛苦你对付那家伙了。"

跟巴涅吉埃利搭腔的是城堡的主人古尔努伊。

他是一个肤色苍白的人形不死者，并非自然产生。古尔努伊本来是一个人类，后来用魔法将自己变成了不死者，所以以前对吃穿用度很讲究的习惯还留在他的身上。其他成员装备着能释放强大魔力的魔法道具，都打扮得和往常一样，唯独他一个人每次都穿上一套不同的漂亮衣服。只不过他的这些衣服基本没有灌注魔法的力量。

他说衣服对其他成员来说只是用来强化自己的东西，对他来说却是用来装饰自己的东西。

"我打算等格拉曾到了就开始，没问题吧？"

巴涅吉埃利在房间中布置的几个长沙发之一上落了座，向同伴这样问着。没有人提出异议。

他们接下来要进行以前已经有过几次的讨论，为向那家伙造反做准备。

他们承认那家伙是组织的统治者，本来就纯粹是因为那家伙的强大。

那家伙想必是从外阵的某个成员那里听说了"深渊之躯"这个组织，突然出现在内阵成员面前，展现了绝对的力量。

巴涅吉埃利他们之所以没有逃走，选择对那家伙屈膝，是考虑那家伙能威慑这个世界的最强者，不是想把组织发展壮大。

他们没想到，那家伙作为统治者来说属于最糟糕的那一类。

首先，"深渊之躯"的诞生不是为了在大陆中央制造骚乱。巴涅吉埃利可不想为了那些家伙的协定，被那家伙当成借出去的打手。

这样想来，他们应该准备用来制衡那家伙的新的力量。这是所有内阵成员，也是见到那家伙的机会比较多的成员们的共通想法。

按说谋反的参与者越多，出卖同伴的叛徒出现的可能性就越大。然而他们当中没有一个动这样的念头，可见他们对那家伙的忠诚度有多低。

而有一点巴涅吉埃利可以确定，那就是眼下他们当中没有叛徒。巴涅吉埃利还安然无恙，这就是最好的证据。

万一，他们的造反计划露了馅，巴涅吉埃利他们早就被消灭了。那家伙控制组织是为了得到巴涅吉埃利他们的研究成果，借以强化自身，说白了只是巴涅吉埃利他们组织的寄生虫。可是那家伙不会因为放任对自己好处更大一点，就考虑对巴涅吉埃利他们的密谋睁一只眼闭一只眼吧。

那家伙毫无疑问会行动起来，试图消灭巴涅吉埃利他们。

那家伙没有统治者该有的宽容和度量，不对，或许应该说是警惕性太强吧。

所以，巴涅古埃利他们还没有被消火，也就意味着那家伙没有发现他们的密谋。

幸运的是那家伙欠缺控制不死者的能力，如果那家伙专精控制不死者，考虑到实力差距，恐怕早就把巴涅吉埃利他们控制住了。

（你可别以为我们永远都只是受你榨取的奴隶！）

巴涅吉埃利在脑海中描绘出刚才见到的那家伙的巨大身体，咒骂起来。

角色介绍

# 连甲熊王

异形种

ankyloursus lord

## 大树海十五王之一

职位──亚乌菈的小白鼠
居所──大树海
属性──中立　　　　　　［罪恶值：0］
职业等级－无（YGGDRASIL中没有这种魔物所以尚不明确）

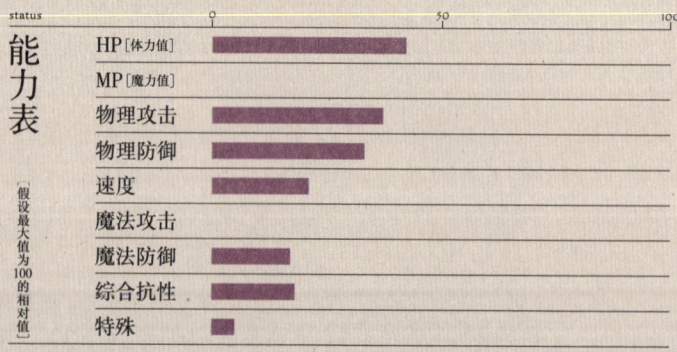

| status | 0 | 50 | 100 |
|---|---|---|---|
| HP [体力值] | | | |
| MP [魔力值] | | | |
| 物理攻击 | | | |
| 物理防御 | | | |
| 速度 | | | |
| 魔法攻击 | | | |
| 魔法防御 | | | |
| 综合抗性 | | | |
| 特殊 | | | |

能力表

［假设最大值为100的相对值］

## 四方津・时津

shihoutu tokitu

## 燃魂料理人

亚人种

职位——— 纳萨力克地下大坟墓料理长
居所——— 食堂旁边的休息室
属性——— 中立 ~ 恶 ———[罪恶值:-80]
职业等级 — 厨师 ——————— 5lv
　　　　　超级厨师 ————— 8lv
　　　　　总厨师长 ————— 2lv
　　　　　狂战士 —————— 2lv
　　　　　怒火战士 ————— 7lv

[种族等级]+[职业等级] ——— 合计78级
● 种族等级　　　　　　　职业等级 ●
总级数1级　　　　　　　总级数77级

### status 能力表

[假设最大值为100的相对值]

| 能力 | |
|---|---|
| HP [体力值] | ████████████ |
| MP [魔力值] | |
| 物理攻击 | ████ |
| 物理防御 | ██████ |
| 速度 | █████ |
| 魔法攻击 | █ |
| 魔法防御 | ███████ |
| 综合抗性 | ████ |
| 特殊 | █████████ |

# 四十一位无上至尊

OVERLORD
Characters

角色介绍

篇

# 可变护身符

异形种

variable talisman

## 不要脱掉铠甲

| personal character |

此人的起始种族百足群（蜈蚣集合体）是盗贼系，
不适合选择坦克系职业，可是此人喜欢这个种族的外观，
于是没有变更起始种族，所以能力只在二流之下。
此人职业构筑思路、玩家技巧、决写、对游戏的热情，
不管哪一项都不见长，所以不像是职业玩家，更像普通玩家。
他现在想必依然玩着各种各样的游戏，
借此来抚慰现实世界中留下的伤痛。

OVERLORD Vol.15 HALF ELF NO SHINJIN(JO)

©Kugane Maruyama 2022
First published in Japan in 2022 by KADOKAWA CORPORATION, Tokyo.
Simplified Chinese translation rights arranged with KADOKAWA CORPORATION, Tokyo
through JAPAN UNI AGENCY, INC., Tokyo.
Simplified Chinese translation by Beijing Hongyue Scientific and Technical Co., Ltd.

**著作版权合同登记号：01-2023-4244**

### 图书在版编目（CIP）数据

OVERLORD.8,半森妖精的神人.上/（日）丸山黄金著；刘晨译.— 北京：新星出版社，2024.4

ISBN 978-7-5133-5394-6

Ⅰ.①O… Ⅱ.①丸…②刘… Ⅲ.①长篇小说-日本-现代 Ⅳ.① I313.45

中国国家版本馆CIP数据核字(2024)第027323号

两年来第一本新作！！
下个月还会有新作！！
工作量太大了！！
so-bin